はちみつ探偵②

家出ミツバチと森の魔女

ハンナ・リード　立石光子 訳

Mind Your Own Beeswax

by Hannah Reed

コージーブックス

MIND YOUR OWN BEESWAX
by
Hannah Reed

This edition published by arrangement with
The Berkley Publishing Group,
a member of Penguin Group (USA) Inc.
through Tuttle-Mori Agency,Inc.,Tokyo

挿画／杉浦さやか

謝辞

次のみなさまに格別の感謝を。

- わたしが壁にぶつかるたびに、気の利いた意見と才気に富んだアイデアで救い出してくれる作家仲間のアン・ゴッデン・シガード。
- シャノン・ジャミーソン・バスケス——本書の完成は彼女の助力があればこそ。
- すばらしいレシピの生みの親、マーサ・ガッチェルとハイディ・コックス。

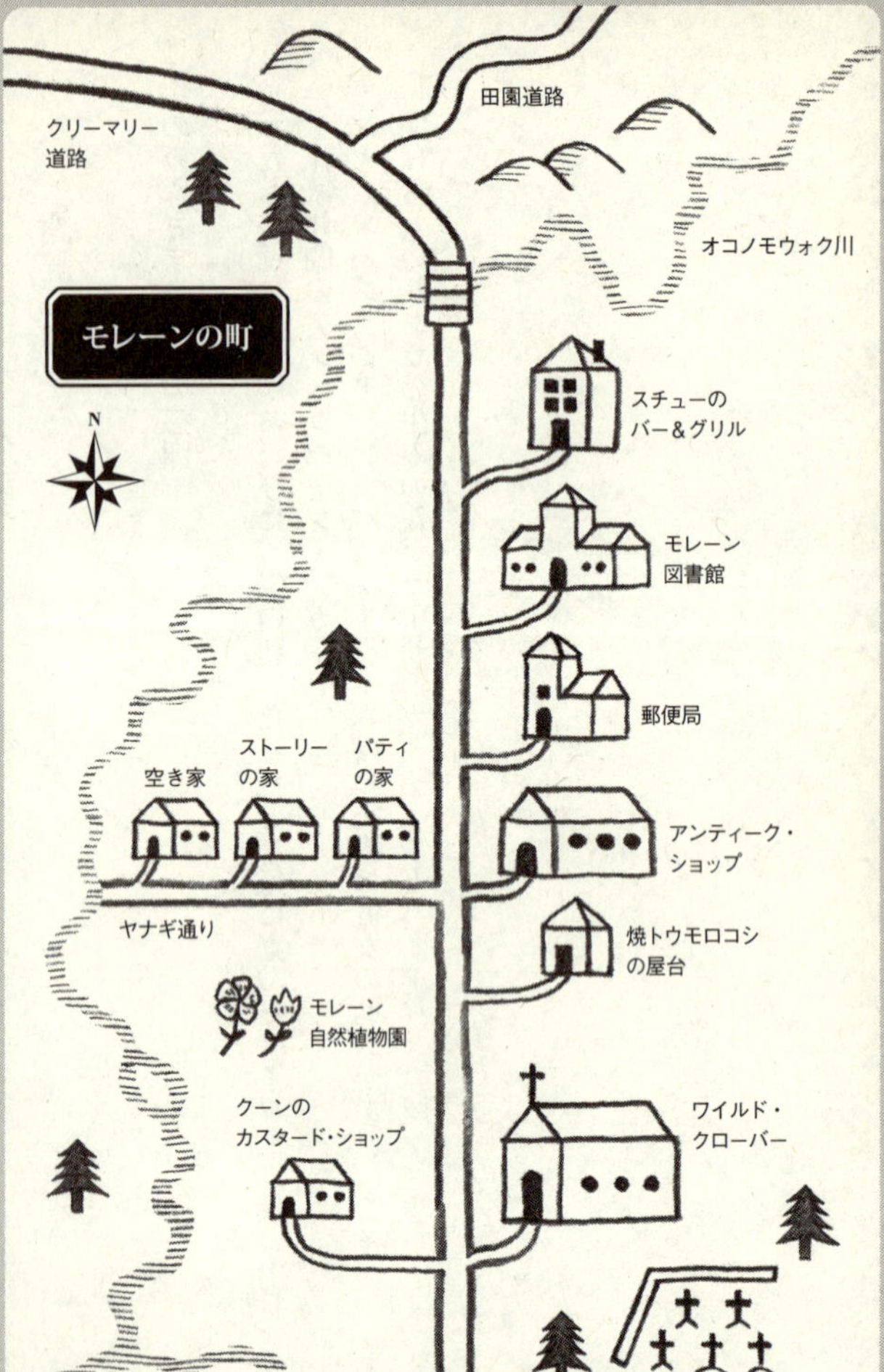
モレーンの町
N
クリーマリー
道路
田園道路
オコノモウォク川
スチューの
バー＆グリル
モレーン
図書館
郵便局
アンティーク・
ショップ
焼トウモロコシ
の屋台
空き家
ストーリー
の家
パティ
の家
ヤナギ通り
モレーン
自然植物園
クーンの
カスタード・ショップ
ワイルド・
クローバー
墓地
メイン通り

家出ミツバチと森の魔女

主要登場人物

ストーリー・フィッシャー……本名メリッサ。〈ワイルド・クローバー〉の店主
ホリー……ストーリーの妹
キャリー・アン……ストーリーの従姉
ガナー……キャリーの元夫
ハンター・ウォレス……ウォーキショー郡保安官事務所の刑事
ベン……ハンターのパートナー。警察犬
ジョニー・ジェイ……モレーンの警察長
パティ・ドワイヤー……ストーリーの隣人
ロリ・スパンドル……不動産仲介人
ローレン・ケリガン……十六年まえの事件で服役していた女性
ヘティ・クロス……ストーリーの隣人。通称魔女
ノーム・クロス……ヘティの夫
T・J・シュミット……歯科医
アリ・シュミット……T・Jの妻

1

うちの蜂たちは家出の計画を周到に練りあげていたのに、わたしはその兆候を見逃していた。蜂の群れは五月のよく晴れた日、正午少しまえに旅立った。女王蜂を中心にブンブンうなる大きなかたまりとなり、群れ全体――採餌蜂、清掃蜂、育児蜂、それに雄蜂――が女王蜂を守っている。ただし雄蜂がいるのは、雌の働き蜂たちが、彼らを連れていく気になった場合だけ。

ミツバチの群れでは、女子が主導権を握っているのだ。

わたしは猛然と追跡を開始した。というか、てらてら光る紫色のビーチサンダルでできるかぎり猛然と。追跡におあつらえ向きの靴ではないけれど、蜂たちがまえもって警告してくれなかったんだからしかたない。

真っ黒な蜂のかたまりはオコノモウォク川に向かい、岸の手前で右に曲がった。ありがたいことに――というのは、ちっぽけなわが町モレーンを流れるこの川は、春の大雨で増水していたので、もし蜂たちが向こう岸に渡っていたら、あとを追いかけるのはとうてい無理だったから。蜂たちはつづいて進路を妨げるもののないけもの道をたどり、わたしは群れのあとからビーチサンダルをぱたぱた鳴らしながらついていった。でも、しょせんはむだな努力。みるみるうちに引き離され、彼らとの距離は——わたしがつまずいたり、転んだりするたびに——ぐんぐん広がっていく。

蜂の群れは、川にかかっているひなびた風情の木橋に向かった。ハイキング道の拡張と整備に力を入れているウィスコンシン州の努力のたまものだ。

ところが、うちの逃亡者たちはその橋も通りすぎ、北に向かって飛びつづけた。

そこでふたたび急旋回。まるで目的地を正確に知っているように——いや、知っていると見てまちがいない。偵察蜂があらかじめ新しい下宿先を探していたはずだから。わたしのほうはそのあいだ鼻歌まじりで巣箱を見てまわり、何もかも順調だと油断して、この群れの逃亡が迫っているとは夢にも思わなかった。

ミツバチはこれまでの巣が手狭になってくると、分蜂（巣分かれ）する。人間が家庭を持ち、やがてもっと広い家が必要だと気づくのと同じように。養蜂家なら分蜂の前兆に気づかなくてはいけないのに、わたしはまだ新米で、何を学ぶにつけ高い授業料を払っていた。うちの母に言わせると、どのみちそれがわたしのやり方らしい。

分蜂について知っていることは——

・蜂たちは群れの一部を残していくが、あとに残った蜂はたいていい弱っている。
・分蜂する女王蜂は産卵をストップし、体重を落として飛行にそなえる。

・群れの大きさから見て、数千匹の蜂がお腹に蜜をたっぷりつめこんで逃亡した
い。
・雄蜂の大半はいまだに古巣の周辺をうろついているはず。雄蜂はもともとたったひ
ことでしか役に立たず、連れていってもお荷物になるだけだから。
・これから羽化する女王蜂が、あとに残された巣を引き継ぐために待機している。
・新女王蜂は処女だが、それもしばらくのこと。やがて交尾して卵を産みはじめ、古巣に残った蜂の数を増やしていく。

わたしの名前はストーリー・フィッシャー。洗礼名はメリッサでミッシーと呼ばれていたけれど、いかにもありそうな物語《ストーリー》をこしらえるのが得意だったせいで、やがて友だちや家族から茶目っ気に富んだあだ名を進呈された。念のために言っておくと、見えすいたうそをついたことは一度もない。話をもっと面白くするために、ちょっぴり手を加えただけ。事実と作り話のあいだの細い道を歩んできた。

自分ではそんな癖はとっくに卒業したつもりだ。

三十四歳になったいまは、もっと威厳や気品を身につけようと努めている。最近離婚したばかりで、時計がチクタクとせかしているから。でも、年齢や適齢期なんていまどきだれが気にする？　わたしはしょっちゅう自分にそう言い聞かせている。ときには皮肉まじりに、ときにはうめくような口調で。

目下のところ、まわりに人がいないのはありがたかった。威厳も気品も、とりあえずはおあずけだ。でこぼこの地面に注意しながら、空を飛んでいるミツバチからも目を離さないのは至難のわざ。何かにつまずいて転び――地面に落ちていた枝だった――顔から地面に突っこんだあと、ヨガ教室の生徒なら〝コブラのポーズ〟と呼びそうな姿勢で体を起こした。そのあいだに蜂の群れはオコノモウォク川を渡り、そして視界から消えた。

やれやれ。

手もとにある大量の資料によると、巣分かれした群れはいったん木の枝などで羽を休め、そのあいだに働き蜂たちが営巣にぴったりの場所を決定し、たいていは木のうろに落ち着く。そうなるまでに、群れを捜し出して養蜂場に連れ戻さなければならない。ただし今度は、もっと大きくて広々とした家を用意しなければ。この群れはもともとうちの裏庭にいた蜂たちなのだ。わたしは裏庭でミツバチを飼い、〈クイーンビー・ハニー〉というブランドで、はちみつ製品を製造販売している。

この分蜂群にとっては知ったことではないにしろ、ミツバチがわたしの手を借りずに自然のなかで生きのびられる確率はゼロに等しい。放っておけば、不慮の災難に必ず見舞われる――ダニ、病気、天敵、飢えなど。彼らが正気に戻ってくれないと、山ほどの危険が待ちかまえている。わたしはその都度、蜂たちに代わって、群れが生きのびられるように知恵をしぼらなければならない。そのお返しに、蜂たちは山ほどのはちみつ製品とまずまずの利益をもたらしてくれる。持ちつ持たれつのすばらしい協力関係。ただし、彼らがお行儀よいるかぎりは、だけど。

残念ながら、脱走した蜂たちにこれ以上時間を割くことはできなかった。もう店に戻らなければならない。そもそも軽い昼食を取るつもりで二ブロックしか離れていない自宅に帰ったところ、恩知らずな逃亡に出くわしたのだった。しかも間の悪いことに、蜂たちが問題を起こしたのは、店が一番忙しい土曜日。〈ワイルド・クローバー〉はウィスコンシン州の小さな町モレーンに一軒しかない食品雑貨店で、そこそこ繁盛している。地元で穫れる旬の農産物と加工品を主に取り扱い、日用雑貨も取りそろえているので、なじみ客が多い。毎日のお買い物が一カ所でできる店というのが、わたしのつねに変わらぬ目標だ。

店の棚にはウィスコンシン産のブラートブルスト（豚肉に香辛料、香草を入れてつくったウィンナー）にソーセージ、摘みたてのルバーブ、クレソン、こごみ、メープルシロップ、自家製のはちみつ製品、コーヒー、ワイン、チーズ、デニッシュ・クリングルが並んでいる。デニッシュ・クリングルはご当地名物で、薄くのばしたパイ生地にフルーツやナッツを詰めて焼き、糖衣をかけたもの。ぜひご賞味あれ。

わたしは起きあがると、脱げてしまったビーチサンダルの片方を捜し出してのそのそとはき、心と体に負った傷のぐあいを確かめた。たいしたことはない。空飛ぶ小さな虫にまんまと出し抜かれたことを勘定に入れなければ。

「ほっぺたに泥がついてる」わたしが〈ワイルド・クローバー〉のドアから入っていくと、パート従業員で従姉のキャリー・アン・レッツラフが目ざとく見つけた。「それに髪にも何かからまってるし。木の枝みたいね。ずいぶん長い昼休みだったけど、何かあった？　まるで干し草のなかで転げまわってきたみたいよ」

キャリー・アンは髪から小枝を取って、したり顔で笑いかけた。わたしが最近ハンター・ウォレスとよりを戻したことをほのめかしているのだ。彼はハイスクール時代のボーイフレンドだけど、そのあと長いあいだつきあいがとだえていた。いま？　またつきあっている、のかも。わたしは男女関係につまずきがちで、恋人との交際も、結婚生活においても、離婚したあともしくじってばかりいる。

従姉がにっこりした。「白状しなさいよ。どうしてこんなに遅くなったのか、それに、そんな格好で帰したのはだれかしら」

「なんでもないわよ」とわたし。「わざわざお聞かせするような話は何もないし、色っぽいことを期待してるなら、おあいにくさま」と言って、事務所と休憩室を兼ねた奥の倉庫に急いだ。そこで身なりを整えてから、キャリー・アンとレジを交代した。

従姉ははちみつスティックなみに痩せている。短く刈ってツンと立てた、麦わらみたいに黄色い髪、その髪におとらず厄介な飲酒の問題を抱え、その症状は収まったかと思えば、またぶり返す。いまのところは落ち着いている。それは勤務状況を見ればひと目でわかる。遅刻もせずに店にきて、たいていの仕事はそつなくこなす。従業員がアルコール依存症で、しかも親戚とくれば——お情けで雇っている場合もなきにしもあらず——世間では当たり前に思われている小さな一歩一歩が、とてつもなく大きな進歩なのだ。

キャリー・アンは飲酒のせいで、夫のガナーとふたりの子どもを失った。でも近ごろでは、ガナーも彼女の進歩とたゆまぬ努力に気づいて、キャリー・アンが酒を断ち、きちんと指導を受けていることを条件に、隔週の日曜日、子どもたちと会うことを認めている。わたしたちはみな、キャリー・アンが今度こそ最後の九ヤードを走りぬき、タッチダウンを決めて勝利をつかんでほしい、と祈るような思いでいた。

〝わたしたち〟というのは、町の住人ほぼ全員を指す。小さな町では、従姉の飲酒との闘いのような出来事を伏せておくことは難しい。とはいえ、とりわけ目を光らせているのは身内だ――わたしが離婚したときに資金を援助してくれたので、いまでは〈ワイルド・クローバー〉の権利の二分の一を所有している妹のホリー、母方の祖母であるおばあちゃん、それに、わたし。うちの母は、飢えた犬でさえ骨をもらうのをためらうような意地悪な性格で、そもそも人間がよい方向に変われるとは信じていない。悪くなって当たり前、よくなるなんてありえない。その信条は、額に刻みこまれたしわと、苦虫を噛《か》みつぶしたような表情を見ればよくわかる。口はいつもへの字に曲がっている。ホリーに言わせれば、母さんのしぶい顔は、父さんが重い心臓発作で救急車の到着を待たずに亡くなった五年まえかららしい。わたしに言わせれば、昔からずっとそうだった。

妹の考えは甘すぎて妄想に近い。

「ホリーから電話があったわよ」キャリー・アンがようやく伝言を思い出したのは、わたしが妹を捜していくつもの通路をうろうろしたあとのことだった。「今日も遅刻だって」

いやはや。ホリーに関しては勤務表はまったく当てにならない。それでも、うちには双子のバイト、ブレントとトレントがいる。彼らは大学の授業が許すかぎり、バイトに精を出していた。トレントはいま三番通路の奥で入荷したてのウィスコンシン産アルチザンチーズを棚に並べ、ブレントはお客さんがドア郡のワイナリー直送ワインを選ぶのを手伝っている。

わたしは携帯でホリーに電話した。応答なし。

「少し残業をしてくれると助かるんだけど」とキャリー・アンに声をかけた。見失ったミツバチのことが気がかりだった。蜂たちが群集の知恵に従って移動の合図を出し、いずことも知れない場所に飛んでいってしまうまえに、どうしても捕まえなければならない。蜂の群れはとかく、どこかに隠れた謎の母船から命令を受け取っているロボットのように行動する。

「悪いけど」と従姉は言いながら、かばんを肩にかけた。わたしがなんと言おうと、たとえすがりついても、これから帰るという紛れもないしるしだ。「集会があるから」

余分な仕事や責任を免れたいとき、キャリー・アンは決まってそう言う。〈ワイルド・クローバー〉での短い勤務時間のあいだに取る休憩よりも、アルコール《A》依存症自助グループ《A》の集会のほうが頻繁にある。それはつまり、とても多いということ。

「気にしないで」わたしはあきらめることにした。従姉に断酒をつづけてもらうことが何よりも大切だから。「じゃあまた明日。それとも、明日の日曜は子どもたちと過ごす日だった？」

わたしは勤務表をまだ確認していなかった。みんなの予定をもっときちんと把握しておかなければ。ホリーがその面倒な仕事の担当だが、店主たるもの、ほかのだれよりも従業員の動向につねに気を配っておく必要がある。

「いいえ、この週末は会えないの」とキャリー・アンは言った。「ガナーがもう少し大目に見てくれたらいいんだけど」

「だいぶましになったじゃない」とわたしは言った。「二、三カ月まえまでは、会わせてもくれなかったんだから」

キャリー・アンの表情がふとかげったが、彼女には逆境に負けない強さがあるし、いつまでも落ちこんでいるような人間ではない。

従姉が帰ると、わたしはあらためて店を見まわし、満足の吐息をついた。

この建物はもとは教会で、〝売り物件〟の看板が長いあいだ立っていた。わたしは店を開くことを思いつき、建物を買い取ると、立派なカエデ材の床と、ステンドグラスのはまった正面と奥と頭上の窓だけを残して、内装をすっかり改めた。新たにペンキを塗り直し、棚と冷蔵庫と慎重に吟味した商品をそろえて、〈ワイルド・クローバー〉は開店した。

店で毎日働くことの長所は、お客さんとのあいだに変化に富んだ多様な関係が結べること。お客はわたしやわたしの生活に興味を持ち、わたしはわたしでお客さんに気を配る。こんなに大勢の人に気にかけてもらっていると思うと、なんだか心強い。

店に縛られることの欠点は、善良な人たちに加えて——たいていのお客さんはこの部類に入る——できればおつきあいを遠慮したいような相手も、ちらほらやってくること。あいにく、商店主にお客の選り好みは許されない。

お客さんの多くは昔からの知り合いで、町全体が大きな家族のような気がする。たとえば、かかりつけの歯科医T・J・シュミットと妻のアリがそうで、いまも夫婦そろって買い物にやってきた。

T・J・シュミットはうちの町の基準からいえば、功成り名遂げた人物だ。ひなびた田舎だったモレーンで生まれ育ち、大学進学を機に町を出た。それはたいていの子どもがたどる道とはいえ、さらに高度な学問を修めた彼は、壁一面の証書を携えて帰郷し、新しい技術を活かして歯科医院を開業した。専門職に進んだたいていの者は、こんな小さな町では才能の持ち腐れだと考えて、戻ってこないというのに。

T・Jの心根は田舎の少年のままで、それは墓に入るまで変わらないだろう。

彼が帰郷する気になったのは、もちろん妻の影響が大きい。ふたりはハイスクールのころからずっとつきあっていて、アリも夫に劣らず、小さな町の暮らしが性に合っていた。

「月曜に予約があるのを覚えてるよね」とT・Jがわたしに声をかけた。丸っこい童顔で、肌の色つやは赤ん坊なみだ。

わたしはうなずいた。「そんな恐ろしい事実を頭から締め出したとしても、そっちから迎えにくるでしょうに」

T・Jは図星だとばかりに声を立てて笑った。彼がいるかぎり、住人はだれも歯石取りや、虫歯の充塡や、インプラント治療から逃れることはできない。

「そうっとやるから」と彼は言った。「何も感じないよ。約束する」と真っ赤なうそをつくと、四番通路に向かい、そこでも客たちと立ち話をしているのが見えた。

「新鮮なルバーブが入荷したわよ」とわたしはアリに言った。好物だと知っているので。彼女はさっそくルバーブのある棚に向かった。

そのとき、コインの裏側――つまり、こんなふうに人目にさらされる仕事の短所、温かくほんわかした家族的な雰囲気とはかけ離れた、忍耐を強いられる暗黒の一面が、アリのすぐあとからいばりくさって現われた。しかも彼女は常連客のひとり。みなさんにもお心当たりがあるのでは？　この手のタイプはどこにでもいる。

「あんたの元亭主の家だけど、なかなか売れなくて苦労してるの」とロリ・スパンドルが言った。わざとらしく目をむいた利己的な表情は、彼女が〝不誠実な営業員〟だと大声で知らせている。それとも、わたしがそんなふうに思うのは、彼女のうさんくさい面を知り抜いているせいかしら。

「それは困ったわね」と、わたしは調子を合わせた。

「だれも変人の隣には住みたくないもの」

「それはどうも、ロリ」とわたし。ちなみに元夫の家はわが家の隣にある。「やさしい言葉に涙が出るわ。根っから親切なのね」

ロリ・スパンドルはこの町でただひとりの不動産仲介人というだけでなく、以前、わたしの夫と寝たことがあった。それをどうこう言うつもりはない。当時、わたしたちはすでに別居中で、あの男とよりを戻すつもりはこれっぽっちもなかったから。とはいえ、ロリは町長の妻。よその男と火遊びするのはいかがなものか。貞節の掟は、わたしの結婚の決まりの第一条。元夫は結婚生活全般を通して、その決まりを守る気はさらさらなかったが、わたしがそれに気づいたのは、ずっとあとになってからだった。

ロリはわたしよりひとつ年下で、ミドルスクールのころから、わたしのデート相手、あるいはその候補を片っ端から追いまわしてきた。あの大きな胸にものをいわせて、それなりの成功を収めたようだ。

「蜂を飼う場所ならほかにいくらでもあるのに」とロリは言った。「わざわざ裏庭に巣箱を置いて、町じゅうを危険にさらす必要はないでしょう。おかげでうちの商売はあがったりよ」

思わず顔がほころんだ。わたしとしたことが。

「パティ・ドワイヤーは気にしていないみたいよ」と切り返す。「うちのすぐお隣だけど。通りをはさんだモレーン自然植物園のオーロラも」

「オーロラはあっちの世界の人だから、数には入らない」

「今日は買い物？　それとも文句をつけにきただけ？」

「あんたのおかげでこの町の不動産価格がどんな影響をこうむっているか、ひとこと言っておきたかったのよ」

ロリはそう言うと、ぷりぷりしながら一番通路に向かった。果物に爪を立てて軟らかさを調べ、ブドウを何粒も試食するために。

巣箱を置く場所ならほかにもあるというのは、ロリの言うとおり。おばあちゃんは農地をたくさん持っているので、このまえうちの蜂を処分するかどうかで町議会がもめたとき、万一にそなえてそこに巣箱を隠した。その問題が片づき、養蜂業に本格的に取り組むようになってからは、目がよく行き届くうちの裏庭に持ち帰っている。

そもそも、世間にはあまり知られていないが、住宅地や都心は花蜜の採れる植物が豊富で、花の季節も長いので、ミツバチは充分に暮らしていける。ときには人里離れた場所よりも都合がよい。おまけに、わが家の向かいはモレーン自然植物園で、このあたりに自生するすばらしい植物が年じゅう花を咲かせている。あそこはミツバチの楽園そのものだ。

それから半時間というもの、わたしは休むひまもなくレジを打ちつづけた。ようやくひと息つくと、いつものように誇りと喜びを嚙みしめながら、店内をひとめぐりした。開店してこのかた、売り上げは着実に伸びている。口コミやなじみ客のおかげだが、副業の養蜂ビジネスも観光客や住人の大部分から歓迎されていた。それに、新しいアイデアを思いつくたびに商売に取り入れている。

蜜ろうを使った手作りキャンドル教室もそのひとつで、今日の午後三時から〈ワイルド・クローバー〉の地下室で開くことになっていた。かつて教会の信徒たちが親睦のために集まった地下室を、ふたたび親交の場に役立てることができてとても嬉しい。

モレーンの町は週末になると、お天気さえよければけっこうにぎわう。ただし、わたしが住んでいるウィスコンシン州南部では、お天気はふたをあけてみないとわからない。今日はよく晴れているけど、まだ少し肌寒い。この町の見どころは、こぢんまりした図書館、クーンのカスタード・ショップ、〈スチューのバー＆グリル〉、アンティーク・ショップ、モレーン自然植物園、そしてウィスコンシン州の特産品を取りそろえた〈ワイルド・クローバー〉。町は田園道路沿いにあるので、観光客はすばらしい風景——古風な町並みや、なだらかな丘陵、川や湖——を堪能できる。わが家の通りの突き当たりからカヤックでオコノモウォク川に漕ぎ出し、川下りを楽しむ人もいた。川の周辺には森と尾根と沼がどこまでもつづいている。

図書館の月に一度のイベントと、うちの店で毎週開いている工芸教室も好評で、モレーンは訪れて損はないという口コミが広まっていた。手作りキャンドル教室も、十八人の定員がほぼ埋まっている。残りは二席だけ。ええ、今日は死ぬほど楽しめること請け合いです。

わたしは毎週、お客さんたちにそう宣伝してきた。

いまにして思えば、そんな言葉は使わなければよかったのに。

2

手作りキャンドルの教室が始まる十分まえになっても妹のホリーはまだ姿を見せず、わたしは歯ぎしりをし、爪を噛み、髪の毛をかきむしった。べつに妹の髪でもかまわないけど、それにはまず居どころを突き止め、頭をしっかり押さえつけないと。わたしは毎週土曜日に従業員が全員そろうよう苦労してやり繰りしてきた。それだと、最低でもふたり――欲をいうなら三人――がいつも店にいることになる。でも、今日のようにどうしても人手の都合がつかない日というのが、サービス業にはままある。双子はわたしがてんてこ舞いしているのを見て、手伝えないことを恐縮していたが、これから結婚式に出席するとなれば、さすがに残業は頼めない。切羽つまっていても、それぐらいの分別はあった。

ホリーに百回目の連絡を取ろうとして――それほど大げさではない――携帯の番号を押しているところへ、本人がいたっておっとりと入ってきた。わたしは、母さんを見習って頭ごなしにどなりつけたい衝動をこらえた。血筋というのは、直そうと思って直せるものではない。このごろつくづくそう思う。

ホリーは双子よりも、従姉のキャリー・アンよりも、わたしをやきもきさせる。双子のせいで気をもむことはめったにないけれど、従姉はひどい頭痛の種だ。それなのに、どうしてホリーにだけこんなに腹が立つかといえば、妹が共同経営者のはずで、おまけに肉親だから。それだけ立派な理由があれば、どれだけいらついても不思議はない。

ホリーはわたしと三つ違いの三十一歳。マックス・ペインと婚姻の誓いを立て（「はい、誓います」）、みごと玉の輿に乗った。お金持ちと結婚してよかった点は、お金を湯水のように使えることや、そのお金を気前よくわたしに貸してくれたこと。妹は〈ワイルド・クローバー〉の元夫の持ち分を買い取り、さらに養蜂業を始めるに当たって道具や機材をそろえるのに必要なお金をぽんと用立ててくれた。その思わぬ代償は、マックスがそれだけのお金を稼ぐために出張がちで、ホリーが気晴らしに（まあ、大部分は母さんの入れ知恵だろうけど）毎日店を手伝うようになったこと。ありがたく受け取ったお金が紐つきだと知ったときには、もうあとの祭りだった。

正直なところ、どっちみちお金は受け取っていたかもしれないけど、油断して不意をつかれるようなまねはしなかったはず。

〈クイーンビー・ハニー〉への関わりについて言えば、ホリーは蜂を怖がっていて、養蜂場に足を踏み入れるぐらいなら、野生の馬に蹴り殺されるほうがましだと思っている。養蜂場に危険があるとすれば、蜂にときどき刺されるぐらいのものなのに。べつにたいしたことじゃない。アレルギーがあるわけでもなし。わたしは妹の蜂恐怖症を治すために、機会を見つけては蜂の世話を手伝ってもらっている。たとえ蜂嫌いが治らなくても、母さんに言いくるめられて、余計なことに首を突っこんだ罰という意味合いもある。

それに、ジャガーを乗りまわすようなお金持ちは、たまにはしもじもの生活をかいま見ることも必要だ。

「いま何時だと思ってるの？」妹がのんびりレジまでやってきて、時間と手間を惜しんだ働きぶりを見せようとしたところで、わたしは声をかけた。その声には、われながら意地の悪いひびきがあった。そのときたまたまキャンドル教室の受講者が五、六人、レジの横を通りすぎて、教材の準備が整った地下の教室に下りていった。「どうして携帯に出ないの？　もう何時間もずっとかけてたのよ」

「充電切れ」ホリーは携帯を出して、黒い画面を見せた。

わたしはにらみつけた。

「MSGを受け取らなかった？」とホリーが訊いた。MSGとはアジア料理におなじみの、ありきたりの食卓塩とはひと味ちがう調味料を指す。ところが、携帯メールの略語が話し言葉に取って代わろうという勢いのホリーの場合、〝MSG〟とはメッセージ。つまり、「伝言を受け取らなかった？」という意味だ。

「キャリー・アンからあんたが遅刻するとは聞いたけど」と、まだぷりぷりしながら答えた。

「わたしが言いたいのはそういうことじゃないの」

「SS（それは失礼しました）」と、妹は皮肉たっぷりに言った。まるで問題があるのはわたしのほうで、まるで自分は何ひとつ悪いことをしていないかのように、まるで、まるで——。

深呼吸をひとつ。

家族が相手だとすぐにこうなってしまう。ただし、おばあちゃんだけはべつで、わが家でただひとり、だれに対しても悪意を抱いたり、悪口を言ったりしたためしがない。

わたしは手作りキャンドルの教室を時間どおりに始めようと、階段を駆けおりる途中で足をすべらせ、ドタバタと地下室に到着した。できれば優雅に登場したかったのに、これでは台無しだ。一瞬の沈黙のあと、教室にいた全員が振り返って目を丸くした。わたしはふたたび深呼吸すると、自分を励まして、熱意あふれる生徒たちの前に進み出た。

まずは、蜜ろうについての豆知識を披露する。

・蜜ろうは、ミツバチのお腹にあるロウ腺から分泌される。
・ミツバチは蜜ろうを使って、六角形の小部屋（巣房）でできた巣の壁を作る。
・巣房は子どもを育てる育児室であり、はみちつや花粉を貯蔵する倉庫でもある。
・一ポンド（約四百五十グラム）の蜜ろうを作るのに、ミツバチは約二十五万キロも飛びまわらなければならない。
・蜜ろうは、石鹸、キャンドル、化粧品、デンタルワックス、チーズのコーティングなど、多くの製品の原料になり、皮革や木製品の防水素材にも使われる。

・蜜ろうは腐敗しない。ファラオの墓から発見されるなど、太古の昔から利用されてきたのはそのためだ。

まえもって蜜ろうを洗ってごみなどを取り除き、弱火にかけて溶かしておいキッチンがないので、携帯用コンロを親切なお客さんからお借りした。蜜ろうのは大きさも形もさまざまだけど、今回は細長いテーパーキャンドル、特別な機会にガントなキャンドルを作ることにした。

全員の準備が整った。

手作りキャンドルの魅力は、老若男女を問わず、あらゆる人を惹きつける。受講者の大半は地元の住人で、ほかの人たちもちょくちょく店に来てくれるので、顔と名前は知っていた。スチュー・トレンブリーは〈スチューのバー&グリル〉の店主で、テーブルの端っこに恋人のベッキーと並んで腰かけている。彼の表情は土曜日の午後をこんなふうに過ごすのは本意ではないと言いたげだが、それでも恋人につきあって、できるだけ楽しもうとしている。そんな男はなかなかいない。

スタンリー・ペックは六十がらみ。よき友人で、しろうと養蜂家。早くに奥さんを亡くして、やもめ暮らし。スチューとベッキーの右側にすわっている。歩くときに足を引きずるのは、農場に寝泊まりしていた季節労働者といざこざを起こし、誤って自分の足を撃ったから。相手が何もしないうちに、スタンリーはけんかに負けてしまった。

店には丸腰できてほしいけど、それは希望的観測というもの。スタンリーには短気なところがあって、わたしの前でも一度か二度かんしゃくを起こした。そのうえ弾を込めた銃を違法に隠し持っているとしたら？　とてもじゃないが、よい取り合わせとはいえない。

スタンリーのお隣は、ミリー・ホプティコート。〈ワイルド・クローバー通信〉というこの店の広報紙の編集とレシピ作りをお願いしている。つづいて、今日の午前中に申し込んだ週末の買い物客たち。最後に――あいにく――子どもたちも数人交じっていた。

あいにくと言ったのは、彼らがケリガン家の子どもで、行儀が悪く、しつけがなっていないというもっぱらの評判だから。ケリガン一族はモレーンの旧家で、うちの家族よりさらに昔からこの町に住んでいる。しかも、黙示録で人類が滅んだあと、この世をふたたび人で満たそうとしているかのように、子だくさん。この部屋にいる子どもたちの多くはガス・ケリガンの孫だった。ガスはうちの母と同年配で総勢八人の子どもがいるけれど、ケリガン一族のなかでは小さな分家にすぎない。それでもガスの子どもたちはみな近くに住み、それぞれ所帯を持っていた。ケリガンは町じゅうどこにでもいる。商店主たちは、ケリガン一族が連れで買い物にくるたびにすくみあがり、何世代にもわたっておぞ気をふるってきたが、んな子どもたちもやがては、正直で誠実、勤勉な地域の担い手に成長する。

まあ、大半は。大家族にはよくあることながら、ひとりやふたり例外もいな

わたしが十分ほどしゃべったところで、子どもたちがそわそわしはじめた。した鍋をのぞきこみ、テーブルに並べた道具を片っ端からいじっている。

人がふたり階段を下りてきて、最後に残ったふたつの席についた。教室が満席になるかどうかキャリー・アンと賭けていたわたしは、みごと勝利を収めた。

遅れてきたうちのひとりはガスの義理の妹、リタ・ケリガンだとすぐにわかった。リタはうちの母ほど老けてはいないけど、ふたりは同じ年ごろ。かなりぜい肉がついて、膝に負担をかけている。階段を下りるだけでもひと苦労のようだ。

もうひとりの女性は、リタのすぐあとから階段を下りてきた。小枝のように痩せていて見覚えがない。内気なたちで緊張しているらしく、だれとも目を合わさないようにしている。わたしも気をつかって、わざわざ名前をたずねるようなまねはしなかった。見るからに気後れした様子なので、励ますようにほほえみかけ、ふたりを出迎えた。

「では実際の作業に入りましょう」

これから一時間でどんなことをするのかかいつまんで説明したあと、そう言った。溶かした蜜ろうに芯を浸して（ここでスチューがいるテーブルの端っこから忍び笑いが洩れた）細長いキャンドルを作り、少しさましてからまた浸す。蜜ろうにつけるたびに芯のまわりに薄いろうの層が重なり、じょじょにキャンドルができあがる。

いよいよお楽しみの始まりだ。あるいは、お楽しみのつづき。子どもたちは溶けた蜜ろうをテーブルのいたるところにぽたぽた垂らしていた（わたしは手回しよく、新聞紙を何枚も重ねてテーブルに敷いていた）。それと椅子にも。こちらはひどいことになりそうだ。

はちみつの甘い香りが部屋じゅうに広がる。

遅れてやってきた女性は、芯をもじもじと指に巻きつけているだけなので、手伝いに行った。もっとも、キャンドル作りはロケット工学ではない。一番年下の子どもでさえ上手にやっている。

「こんなふうにするんですよ」わたしは芯を取って一度浸してみせてから、それを返した。蜜ろうが数滴、新聞紙を敷いたテーブルに垂れた。「何秒かおいてから、もう一度浸してください。少しさましましょう」

そのときに気がついたけど、間近で見ると、その女性は安物の茶色いかつらをかぶっていた。サイズが合わず、ひとまわりかふたまわり大きい。わたしより年上のように見える。手首は折れそうに細く、手の甲は透けるようで、青い静脈が浮いている。芯を手渡したときに触れた指は、氷のように冷たかった。

そして、死のにおいがした。溶かした蜜ろうから立ち昇る、はちみつの甘い香りをもしのぐほど。どうしてそんな考えが浮かんだかは訊かないでほしい。わたしは死がどんなにおいか知らないし、そもそもにおいがあるかどうかさえ知らない。でも、かりにあるとすれば、この女性はそれを発していた。顔をそむけるほど強烈ではなく、そこはかとない、言葉にすることが難しいたぐいのにおい。

思わず一歩後ずさると、リタ・ケリガンがこちらを振り返った。まるでその女性の様子をうかがっているかのように。ふたりで階段を下りてきたときには連れだと思っていたけれど、たがいに話しかけないことから見て、その第一印象はまちがっていたらしい。

それからはほかの生徒にかかりきりで、キャンドルの形ができてくるにつれて、みんなの顔にわくわくした表情が浮かぶのを楽しんだ。そのあと、完成した作品をこのイベントのためにあらかじめ取り付けておいた細長い金具から吊して乾燥させた。

あのやつれた女性はできあがったキャンドルを残して、いつのまにやら姿を消していた。どことなく見覚えがあるような気がして、ほかの生徒たちがキャンドルを持って帰ったあと、レジの近くにおいてあった参加申込表を確かめた。最後の二行は空欄のまま。リタ・ケリガンと身元のわからない女性は登録していなかった。

「ぎりぎりにきたのに、そんなひまないわよ」わたしがたずねると、妹のホリーはとげのある口調で答えた。「それにアリ・シュミットの山盛りのカートをレジに通してたんだから。砂糖を切らしたとかでアリがまた買い物にきたとき、あの人たちがレジの横を通りすぎていったの。GMAB（しかたないでしょ）！」

「講習費は？」

「ああ、もらわなかった。忘れてた」ホリーは、わたしたち庶民が額に汗して稼ぐお金に対して敬意が足りない。でもリタはきちっとした人だから、あとで思い出して払ってくれるかも。もうひとりの生徒については……うーん……しかたない。

「ふたりは一緒にきた？」とわたしはさらにたずねた。

「わたしが知るわけないじゃない」

「いったいどうしたの？」とわたし。「何時間も遅れてきたと思ったら、突っかかってくる。

明るくて前向きな妹はどこへ行ったのかしら」

ホリーはカウンターに寄りかかった。

「昨日の晩、マックスと電話でけんかしたの。いまはおばあちゃんの家に泊めてもらってる」

どうりで機嫌が悪いわけだ。八つ当たりするのも無理はない立派な理由がふたつもある。ひとつは夫婦げんか。ふたりはいつも新婚みたいにあつあつなのに。ふたつめは、母さんの毒気に当てられている。わたしたちの母親はお日さまとそっくり——日なたぼっこにはいいけど、長い時間一緒にいるとひどい日焼けを起こす。

母さんはおばあちゃんと同居していた。父さんが亡くなり、わたしと元夫が実家を買い取る話がまとまると、母さんはおばあちゃんの家に引っ越した。その当時はもちろんまだ元夫ではなかったが、ミルウォーキーから引っ越してまもなく、わたしの頭に黄色い警告灯が点滅し、やがて夫は町じゅうの女性に色目（その他もろもろ）を使いはじめた。

そこで回想を中断し、ホリーとマックスのことを考えた。あのふたりはこれまで夫婦げんかをしたことがあったかしら。わたしの知るかぎりでは一度もなく、いつも不思議に思っていた。どんな夫婦でも、たまにはけんかのひとつやふたつはするでしょうに。

「なんでけんかしたの？」

「あれやこれやで」

妹をしげしげ眺めると、いくらか体重が増えたようだ。わたしたち姉妹はよく似た体形をしている――グラマーだとホリーは言うけれど、わたしの意見ではぽっちゃりに近い。ホリーもわたしも口に入れるものは、どんなに小さくてもきびしく目を光らせている。さもないとお尻がみるみる大きくなってしまうから。「一番の問題は?」

「また出張するって言うの」ホリーは芝居がかったしぐさで天を仰いだ。「いまさらだけど、そこが問題なの。いつもいないんだもの」

「それにしても、どうして母さんのところに? わたしだったら、突進してくる列車の前に立つとか、サメがうようよいる海に飛びこむほうがましだけど」

うちの母親は押しつけがましい強引な人間で、わたしのことを認めてもいなければ愛してもくれず、ことあるごとに皮肉を飛ばし、横やりを入れてくる。わたしは言い返したいのをこらえ、はぐらかすようにしている。たいていの場合、その作戦はうまくいった。

「IDK(さあね)」どうしてわざわざ母さんの家に行くのかという、わたしのあきれはてた質問に、妹は答えた。「あの大きな家にひとりきりでいるのがつくづくいやになったのよ、きっと」ホリーはこめかみを揉んだ。「まだ奥で仕事が残っているから」

「じゃあ店を閉めとくわ」

ホリーがいなくなり、札を〝準備中〟に裏返したとたん、おばあちゃんのキャデラック・フリートウッドが歩道をこするのが見えた。前輪がいったん縁石に乗りあげ、ふたたび車道に戻って停車した。

「うわさをすればなんとやら」とつぶやいて、ドアを開けた。

母さんが助手席から降りながら、ぶつぶつこぼしている。

「いいかげんにしてくださいな」とおばあちゃんに言う。「わたしに運転させてくれたら、歩道に乗りあげなくてもすんだのに。人をひいてからじゃ遅いんですよ。次の免許更新はどうなることやら。絶対に合格しませんからね」

「おや」おばあちゃんは運転席から這いだしてきて、わたしを見つけた。「もう閉店かい？」八十歳になる祖母はかわいらしくて品がある。小さなおだんごにした白髪におなじみのデイジーを挿し、ポケットカメラを手首からさげている。

「そのつもりだけど」とわたし。母さんはわたしの横を通りすぎて店に入った。逃げ出したい気持ちをこらえる。母さんがお得意のしかめっ面でわたしをじろじろ見るので、幸先が悪いとわかったけれど、なおもひるまず——顔には出さず——踏みとどまった。

「それが仕事用の服？」と母さんは訊いた。この道はいつかきた道。母さんはその道がお好みらしく、会話はしばしばそちらの方向に進む。

「あたしは好きだけどね」とおばあちゃん。「しゃれてるよ」

そう言いながら、わたしの写真をぱちりと撮った。

「男の子じゃあるまいし。ジーンズにゴムぞうりなんて……」いまではビーチサンダルをゴムぞうりと呼ばないことに、母さんはいつまでたっても慣れない。「みっともない」

わたしは目をぐるりとまわした。おばあちゃんはそれもフィルムに収めたにちがいない。

「そんな格好だと商売にもひびくわよ。よく覚えておきなさい」と母さんはがみがみ言う。

大きなお世話だ。「それに、五時に店じまいするなんて。いくらなんでも早すぎるんじゃないの」

これもいつかきた道。わたしはおなじみの標識を指さす。「メモリアルデー（戦没将兵追悼記念日。五月最終の月曜日）が終わったら、閉店時間をのばすわ。いつものように。お客さんは開店時間をよく知っているし、それでかまわないみたいよ。そもそも土曜の夜に遅くまで開けていても、引き合わないの。その件はここまで」

そうなればいいけど。

「これからクーンのカスタード・ショップに、フローズン・カスタードを食べにいくところ」とおばあちゃんが言った。

母さんは眉をひそめた。「おばあちゃんは、晩ご飯のまえにデザートを食べるって」

おばあちゃんは笑顔で切り返す。

「年寄りは好きな順番で食べたらいいんだよ。おまえもどう?」

「ありがとう、でも遠慮しとく。まだ仕事が残ってるから」それは口実。「ふたりで楽しんできて」

おばあちゃんはいかにも楽しみだというようににこにこした。母さんの陰気な気性にさらされながら、どうしてほがらかでいられるのかしら。

ふたりが帰ると、ホリーが奥から出てきた。

「あんたの身の振り方を考えないと」とわたしは言った。「とりあえずうちにこない？　しばらく泊まっていけばいいわ」

「ほんと?」ホリーは躍りあがって喜んだ。「荷物を取ってくる」

「できるだけ早く、急いで」

本音がぽろりとこぼれたときには、妹はもうドアから出ていったあとだった。彼女の耳に入らなかったのはさいわいで、その発言の意味を説明したら、妹は回れ右して一目散に逃げ出していただろう。

なぜなら、ホリーが気に入ろうとそうでなかろうと、ふたりで巣分かれした蜂の群れを回収しなければならないからだ。

3

「絶対にいや」

ミツバチの群れの捕獲作戦を打ち明けると、ホリーははねつけた。

「ふざけないで」

わたしたちはうちの裏口のそばにいた。わたしはドアの前で通せんぼして、妹がなかに入って、もう二度と引きずり出せないような場所に立てこもるのを阻止した。家に入るには、わたしを押し倒さなければならない。ただし、取っ組み合いになったら、わたしに勝ち目はない。妹が目にも留まらぬ早業で万引き犯を押さえこんだのは、去年の秋のこと。ホリーは武術の達人だから。それでも、相手が家族、とりわけたったひとりの姉なら、多少は手かげんしてくれるのではないかと当てにしている。

妹が攻撃してきた場合にそなえて懐中電灯を握りしめた。なにも本気で殴ろうというのではない。向かってきたときの牽制に。でも懐中電灯はたんなるお守りではなく、護身具というより、むしろ分蜂した蜂の群れを照らすための必需品なのだ。

わたしたちがにらみ合っている裏庭は、幅が狭いわりに奥行きがあって、片側にはお隣さんが住み、もう一方は空き家で買い手がつくのを待っている。去年の秋までは元夫が住んでいたけど、ようやく出ていってくれた。神さま、ささやかな奇跡を起こしてくださってありがとうございます。母さんいわく、失敗に終わったわたしたちの結婚でただひとつの慰めは、まだ子どもがいなかったこと。わたしも同感。なぜなら、あの女たらしの顔をもう二度と見なくてすむし、わたしが生まれ育った町で、相手かまわず口説いてベッドに誘いこむという恥ずかしい所業にこれ以上耐えなくてもいいから。あんなに情けないものはない。

わたしは恨みつらみを乗り越えて、前向きな人生を送ろうと努めてきた。いまのところ、妹はわたしの幸せを後押しする気はなさそうだ。

「自分の目が信じられない」ホリーは裏庭にきちんと積み重ねた黄色い巣箱をまじまじと見つめた。「いったいいくつあるの?」

「十、いや、十二かしら」としらばくれた。

実際には四十箱の巣箱が、家とオコノモウォク川の川岸までのあいだに並んでいる。残りの四十箱あまりは、あちらこちらの農場や果樹園に散らばっていた。地元の農家がミツバチでいっぱいの巣箱を借りて、作物の受粉に利用しているのだ。

ホリーは追いつめられたような目をして後ずさった。よい兆候ではない。

「たいしたことはしなくていいから」と説得する。「群れを見つけたら、この懐中電灯をかざしてくれるだけでいいの。暗くなっても、手元がよく見えるように。ひとこと言っておくと、あんたがこんなに遅刻しなかったら、そんな心配はしなくてすんだのよ」

西のほうから霧が出てきたことには触れなかった。霧はまるで生き物のように、低地を流れる川の表面から渦を巻きながら立ち昇ってくる。かすかな風がおくれ毛をなぶった。太陽が西に傾くとたちまち気温が下がってきたことに気がついて、フードのひもをきつく締め直した。

「あたしもつきあう」なじみのある声が、お隣のＰ・Ｐ・パティ・ドワイヤー家との境になっているヒマラヤスギの生け垣の奥から聞こえた。

Ｐ・Ｐとは〝ぼやき屋《ピティ・パーティ》〟を略したもの。パティは泣き言を並べるあいまに、うわさ話やほのめかしをピーナッツバターのように町じゅうに広めている。陰でどう呼ばれているか本人も知っているにちがいないけど、だからといって生き方を変えようとしない。

「あんたたちと一緒に行くわ」Ｐ・Ｐ・パティはそうくり返しながら、目隠し用の植え込みを縫うようにして現われた。〝目隠し〟という言葉が、ゴシップ蒐集の小さな世界では、ほとんど意味のないことがよくわかる。「そっちはちっとも手伝ってくれないけど」

パティは首から双眼鏡をさげ、野球帽をかぶり、ポケットがいくつもあるカンヴァス地のベストを着ていた。準備万端の様子から見て、ここまでの話をそっくり盗み聞きしていたのではないかしら。

「それは言いがかりよ」とわたし。「アライグマの罠《わな》を仕掛けるのを先週手伝ったばかりじゃない」

「あの罠にかかったのはスカンクだけで、しかも、あんたはそのとき駆けつけもしなかった。

だれひとり。この町であたしほど面倒見のいい人間はいないのに」

それはゴシップ依存症を満足させるためでしょうが、と言いたいのをこらえ、「うちの蜂を捜す手伝いを申し出てくれてありがとう」と言いながら妹をにらみつけた。パティが名乗り出てくれたおかげで、蜂捕獲の運命は免れたと思いこんでいる。甘いわよ。

「三人でやれば作業はもっと楽になるわ」とわたしはつづけた。「巣分かれした蜂を養蜂場に連れ戻すのは難しくない。卵から孵《かえ》ったばかりのアヒルの赤ちゃんが母さんアヒルのあとをついてくるように、おとなしく帰ってくる」

妹はふんと鼻を鳴らした。

「ほんとよ」とわたし。「だって、巣を守らなくていいんだから。そもそも蜂が攻撃してくるのは巣を守るためだし、いまは女王蜂のそばを離れないはず。群れ全体で女王蜂を囲むようにして外敵から守ってる。だから、わたしたちの身は安全なの。一番難しいのは、群れを見つけることでしょうね」

「どっちに飛んでいった？」とパティが訊いた。

わたしは北西の方向を指さした。

「あらいやだ」とパティ。「よりにもよって」

ちょうどそのとき、たったいま指さした方向から銃声が一発聞こえた。わたしたちは一瞬黙りこんだ。

ホリーが最初に口を開いた。「まだ七面鳥猟のシーズンだっけ？」

「さあ」とわたし。「だれも知らないいんじゃないかしら。あれだけたくさんの狩猟期を全部覚えとくなんて無理よ。くじ引きみたいな方式で、それぞれの解禁日が決まるみたい。わたしが知ってるのはそれだけ」

「いまのは近かったわね」とホリーが言った。

「七面鳥のシーズンはもう終わり」とパティが言った。「それに音は遠くまで伝わるから。何キロも離れていたのかもしれない」

三人ともあまり心配していなかった。

狩猟はモレーンの多くの住人にとって生計の手段だ。商業地や住宅街で狩りをする人はいないが、森や野原が町を取り巻いているので、銃声が聞こえるのはめずらしいことではない。もしミルウォーキーにいたら、ここから六十キロあまりしか離れていないとはいえ（わたしはミルウォーキーの大学に進学し、まちがった結婚をした）、いまごろは地面に伏せて、隠れ場所を求めて這っていただろう。ここでは銃声は生活の一部なのだ。

「森に入っても危険はないわ」わたしは言った。「ライフルはこのあたりでは禁止だし、ショットガンはライフルほどの威力も射程もない。銃声が一回聞こえたからといって、わたしたちめがけて弾がびゅんびゅん飛んでくるわけじゃないから」

「そのしゃべり方」とホリーが言った。「にわか専門家になったみたいね」

銃器に関するそのちょっとした情報は、わたしの恋人未満のボーイフレンド、ハンター・ウォレスからの受け売りだ。ハンターは警官なので、射撃全般についてくわしい。わたしは、そのほんの一部を聞きかじっただけ。ハンターはわたしを警察の射撃練習場にも連れていき、なかなか筋がいいとほめてくれた。とりあえず、他人にうっかり銃口を向けてはいけないことだけは覚えた。

また一発、銃声がひびいた。

わたしは携帯で時間を確かめた。午後七時。暗くなるまであと一時間。

「宇宙では音は伝わらないって知ってた?」とパティが言いだした。

ホリーとわたしはその言葉を信じていいのかどうかわからず、彼女をじっと見た。それを見きわめるのが目下の一大事とでもいうように。

「身を守る道具がいるわね。これから行くところが、あたしの考えている場所なら」と隣人は言った。「懐中電灯とか、護身用のスプレーとか。だれか銃は持ってる?」

パティが心配しているのは、ついいましがた耳にした銃声ではない。遠くの銃声よりもはるかに奇怪で、身の毛のよだつような現象についてだ。

「SC(落ち着いて)」とホリーが言って、パティに寄り添った。ホリーは昔から芝居がかったことに目がない。パティの心配のもとを正確に知っていて、この茶番につき合うつもりらしい。「あいつはこれまでだれも傷つけたことがないから」

「そりゃそうだけど」パティは思わせぶりに言うと、おなじみのぼやきを始めた。「それでなくても、頭の痛いことばかりなのに。体調は悪いし、この不景気でやりくりが大変。あっ、血圧がたったいまぐんと上がったみたい。どうしよう——まずいわ」

「ふたりとも大げさなんだから」とわたし。「ランタンマンは、かりに実在していても、悪さはしない」と言いつつも、腕が総毛立つのを感じた。「このさいはっきり言っとくけど」と、パティに言い聞かせるようにつづけた。「言いだしっぺは、わたしじゃないから」

われながら言い訳がましく聞こえたが、あの怪談の作者だという非難をよく浴びるので、機会を見つけては訂正している。

三人がいま話題にしているのは、奥まった場所で何度か目撃されている奇妙な事件のことだ。地元の人間をのぞけば、そんな土地が存在することも知られていない。森と草地が入り混じった、州の遊歩道《トレイル》と私有地にはさまれた一画。わたしたちはそこを〝失地〟と呼んでいる。なぜなら、区画整理のために周辺の土地が測量されたとき、たまたま見落とされてしまったから。その種の手落ちは、大きな農地の場合にはさほどめずらしいものではない。そもそも何年もまえのことなので、ようやく発見されたのがいつだったかだれも覚えておらず、これまでずっと放置されてきた。

失地は市街地の一ブロックとほぼ同じぐらいの広さで、全長およそ一キロ半、過去に一度伐採された。草ぼうぼうの道が一本真ん中を通り、松やカエデの若い木々が両側に茂っている。さらに失地には歴史が刻まれていた。血の気の多い逸話のいくつかは、主にティーンエージャーたちが失地に集まって騒いだことによる。一九六〇年代にはヒッピーがたむろし、お年寄りの話だと、暴走族が失地に出入りして人が殺されたこともあったとか。ただし、そのあたりのくわしい事情や、犠牲者がだれだったか、覚えている者はひとりもいない。

やがて、わたしがハイスクールの最終学年のとき、ランタンマンが登場した。ランタンマンが目撃され、というかランタンの灯りを目撃したという証人がぞくぞくと現われたので、ほかの住人たちも興味を引かれ、注意を払うようになった。

そして、世にも奇妙な、うす気味悪い事件が起こる。

やがて暗くなってから失地に入ろうとする者はだれもいなくなった。

「やっぱり手伝うのはやめた」とパティが唐突に言いだした。「失地で闇と霧に巻かれるなんてごめんよ。暖かくて快適な家にいることにする」

そう言うなり、パティはヒマラヤスギの植え込みの奥に消えた。

「やれやれ」と言って、わたしは妹のほうを向いた。「これであんたしかいなくなったわ」

「わたしは失地が怖いんじゃないのよ、誤解しないで」

ふたりとも、ホリーがこの世で一番恐れているものを知っている。ミツバチだ。

「ひとりじゃ無理なの」とわたしは言った。「あんたに手伝ってもらわないと」

それは掛け値なしの事実だった。今夜のうちに蜂を取り戻せる可能性がわずかなりともあるなら、助っ人が必要だ。そして、その助っ人がホリーというわけ。

「霧が出てきた」と妹は指摘した。「パティの言ったとおり」

「ちょっと捜してみるだけだから。それに、どこにいるのかだいたいの見当はついてるの。失地にはかすりもしない。楽勝よ」

それはどこからどう見ても真っ赤なうそだけど、妹の助太刀はどうしても必要だし、自分から手伝いを申し出てくれる見込みはなかった。

ホリーはイエスとは言わないまでも、ノーとは言っていない。しかも逃げ出すそぶりも見せない。唇をとがらせてふくれっ面をしているが、それは気が進まないことをしぶしぶやるときの癖。妹の気持ちは手に取るようにわかった。

わたしたちは巣箱のそばを足早に通りすぎ、タンポポと芝を一面に敷きつめたような裏庭を軽やかに歩いていった。ミツバチのために裏庭は自然のままにし、農薬は一切使っていない。これまた母さんとわたしの言い争いの種だけど。ホリーは巣箱からできるだけ離れた生け垣沿いを歩いて、はちみつ小屋の裏に消えたが、方向はまちがっていなかった。

その小屋はわたしの自慢だ。養蜂の手ほどきをしてくれた恩師の養蜂場にあったもので、恩師が亡くなったあと譲り受けた。小屋の壁を黄色に塗り直して白い縁取りをつけ、母屋とおそろいにした。その小屋は見た目は大きめの物置と変わらないが、巣箱からはちみつを収穫し、加工するのに必要な道具や機材がすっかりそろっている。じっとりした大気に、はちみつの甘い香りが漂った。

小屋の裏手に姿を現わしたホリーと合流して、ふたりでオコノモウォク川の川岸を右手に進んだ。霧が濃くなって低地に渦巻いているが、この先は上り坂になっているので、数分もすれば視界はよくなるだろう。

暗くなるまであと一時間、蜂を捜す時間はたっぷりある。群れは短い距離ならわたしを出し抜けるかもしれないが、いまごろは大きなかたまりになって、どこかの木の枝で一夜を明かそうとしているはずだ。

昼間、蜂たちがたどったけもの道に入ったところで、後ろからガサゴソという音が聞こえた。一条の光が右に左に大きく揺れ動いている。末広がりのくっきりした光ではなく、霧のせいで輪郭がぼんやりにじんでいた。

「ランタンマンよ！」ホリーが耳をつんざくような悲鳴をあげた。もし本物の幽霊や異界の化け物と遭遇したとしたら、ほめられた反応ではない。そんなものがいると信じているわけではないけど、それでも……。

「失地はまだ先じゃない」とわたしは言った。「川の向こう岸。ランタンマンがこれまで目撃されたのはそこだけだから」どうかそれが事実でありますように。

「さあ早く！　隠れて！」

ホリーはわたしの言葉には耳を貸さず、けもの道のそばの茂みに飛びこんだので、なんであれこちらへ突進してくるものと、ひとりで向き合うはめになった。こうなったらホリーのヒステリーに便乗して、どこかに隠れようか。

ウィスコンシン州の南部にはさいわい熊も狼もヘラジカもいないので、凶暴な四本足の動物に襲われて、餌食となる心配はない。コヨーテや狐ならこのあたりにもたくさんいるけど、彼らは人間を襲ったりしない。そうでしょ？

それに、動物は灯りを持ち運んだりしないことを思い出して、われながらばかばかしくなった。

とはいえ、悪名高いランタンマンに本当に出くわすかもしれないと考えると、胸の鼓動が速まる。

灯りが近づいてくると、ランタンではなく懐中電灯だとわかった。

そして、そのすぐあとからP・P・パティが現われた。双眼鏡をはじめ、フル装備で。

「暗くなってから森に入るのはいやなんじゃなかったの？」とわたしは言った。

「そりゃそうよ」パティの息が切れている。あたりを見まわして、「だから急がないと。重大な事件が持ちあがったの。ホリーはどこ？」

「茂みのなか。出ていらっしゃいよ、怖いもの知らずのお嬢さま」

ホリーは殊勝にも恥ずかしそうな顔をしていたが、わたしを置いてきぼりにして逃げたせいか、それとも、ふだんは強がっているくせに怖がりの一面を見せてしまったせいかはよくわからない。ちなみに、妹が弱虫だということはとっくにばれている。小さなミツバチの世話を初めて一緒にしたときに、ぼろを出していた。いまさら恥ずかしがるようなことは何もない。

ホリーの髪にはひっつき虫がついていたけど、それをつけておくかどうかは彼女の勝手で、余計な口出しをするつもりはない。仲間思いの妹への、せめてもの感謝のしるしに。

「うちの無線受信機《スキャナ》にニュース速報が流れたの」パティの息づかいが荒いのは、急いで追いかけてきたせいではないとわかった。はあはあいってるのは、混じり気のない興奮のせいだ。

「スキャナを持ってるの？　警察無線みたいな？」とホリーが訊いた。「ＷＴＧ（やるじゃない)。すごい」

パティは息を整えながら、無言でうなずいた。

そのお宝ことスキャナのおかげで、パティはいつもいの一番にニュース速報を知っていたのだ。スパイの七つ道具もそろっている。そのひとつが望遠鏡で、一度にあらゆる方向——わが家の窓も含めて——を見張っているらしい。

パティは深呼吸をひとつしてから、説明を始めた。

「予備回線からニュースが流れてきたの。ケリガン家のだれかが行方不明らしい。警察長がまだ二十四時間経過していないという理由で何もしてくれないもんだから、家族みずから速報を出して捜索隊を募ってる」

「ケリガン家のだれが行方不明なの?」とわたしは訊いた。そこまでするからには状況は深刻にちがいない。子どもたちでなければいいんだけど。

「行方不明になってどれくらいたつ?」とホリーが横から口を出した。「ケリガン家の人たちが店でキャンドル作りをしてたのは、せいぜい一、二時間まえよ。家族がいなくなって心配してるようには見えなかった。V(すごく)変よね」

「あんたの教室から帰ってすぐだったみたいよ、ストーリー」

気持ちが一気に沈んだ。「あの子たちのひとりってこと?」いたずらっ子たちの姿が頭をよぎる。あんなに元気いっぱいだったのに、行方不明だなんて。

「いいえ」とパティは首を振った。「子どもじゃない。まだ当てっこをつづける? それとも答えを言いましょうか」

「だれなの？」ホリーとわたしは声をそろえて言った。

「ローレン・ケリガン」と、パティが答えを明かした。

ホリーがわたしに鋭い視線を寄こした。

パティが何気なく口にした名前が頭にしみこむまでに一瞬、間があいた。

「よくもまあ、そんなばかばかしいことを。冗談のつもり？　だれかにそそのかされた？」

「どうして、えっ、どういうこと？」

パティは地元の人間にいわせれば、〝よそ者〟だ。どれだけゴシップを広めても、それは変わらない。この町の生まれではないので、いくら最新の事情に通じていようと、モレーンの大動脈にうわさの点滴を垂れ流していようと、わたしたちが隠している昔の秘密にはうとかった。

しかも、ローレン・ケリガンの名前はモレーンの極秘の瓶につめて、戸棚の一番上のほこりをかぶった片隅にしまわれている。手が届かず、目にも触れない、忘却の彼方に。

彼女の名前が人の口にのぼることはもう何年もなかった。

「さっきのは事実よ」とパティが言った。「あたしがでっちあげたんじゃない。いまの大げさな反応のわけを教えてよ。彼女は何者なの？」

「ローレンが手作りキャンドルの教室にいたのはたしか？」情報をせがむパティの声を無視して、わたしは訊いた。

パティは肩をすくめた。「そうみたいね。あたしが聞いたかぎりでは」

教室で見かけた奇妙な女性のことを思い出した。そういえば、どことなく見おぼえがあった。でもローレン・ケリガンはわたしと同い年だ。〈ワイルド・クローバー〉の地下室にいた女性は、三十代半ばにしてはずいぶん老けて見えた。そんなことがありえるだろうか。

心のなかの小さな声がイエスとささやいた。

そのときホリーが言った。「どうしてそんなに大騒ぎするの？　いなくなってまだ数時間でしょ。失踪と決めるのは早すぎる。OTT（大げさ）よ」

「それもそうね」とわたしはうなずいた。記憶にあるかぎり初めて、町の警察長ジョニー・ジェイの判断はもっともだと思った。大々的な捜索を始めるのは二十四時間たってからという決定は正しい。それにしても、ジョニー・ジェイのことを認めるぐらいなら、車にはねられた動物を食べるほうがましと思っているわたしが、彼に賛成するなんて。

でも、パティはまだ知っている情報をすっかり明かしたわけではなかった。

「ローレンが帰省して母親の家に身を寄せているのは内緒だったみたいよ」

わたしは首をかしげた。ローレンの母親はリタ・ケリガンだ。リタはキャンドル教室で、娘によそよそしい態度を取っていた。いまにして思えば、ずっとそばにはいたけれど。

「リタはどうして何も言わなかったのかしら」わたしは疑問を口にした。

「ローレンが口止めしてた、とか？」とホリーが推し量る。

「じゃあ、そもそもどうして帰ってきたの？」

「この話にはまだつづきがあるのよ」とパティ。「リタ・ケリガンがキャンドル教室のあと家に帰ると、ベッド脇のテーブルの引き出しが開いていた。なかにしまっていた拳銃が見当たらず、しかもローレンは行方不明。彼女の身に何か恐ろしいことが起こったのかもしれない」

「あるいは、ほかの人の身に」とホリーがほのめかした。

わたしはとっさに、さっき耳にした銃声を思い出した。どこからともなく浮かんだ考えをあわてて打ち消す。そのふたつにはつながりがある、とふと思ったのだ。なくなった拳銃と銃声を必ずしも結びつけて考える必要はない。そうよね？

それにしても、ローレンはどうしてモレーンに帰ってきたのだろう。

そして、いまどこにいるのだろう。

「また、だれかを殺してたりして」とホリーが言った。

「殺した？　また？」パティは興奮のあまり叫ぶように言った。

「世の中には」わたしはホリーに〝黙りなさい〟と目で合図した。「想像力のたくましい人がいるんだから」

4

「ローレン・ケリガンね」とパティが言った。その名前を舌でゆっくり転がし、額にしわを寄せている。やがて、「何やらいわくありそう。隠そうとしたってだめ。もったいぶらないで教えてよ」とせがんだ。

　ホリーとわたしは顔を見合わせた。妹の目はわたしにまかせると言っている。たしかにいわくはあるけど、わたしの口からパティに明かすつもりはなかった。そもそも、あまりにも長く、あまりにも込み入っていて、二行の宣伝コピーで説明できるようなものではない。

「また折を見て」とわたしは言った。

「それはないわよ」とパティは言った。「あたし、地元紙の記者の仕事につきたいの。これが採用の決め手になるかもしれない」

「あの《ディストーター（事実などをねじ曲げるという意）》？」とわたし。「あそこで働きたいの？」

「《リポーター》よ」とパティは訂正した。わたしが町のちっぽけな新聞の名前をねじ曲げたことにむっとしているようだ。「採用してもらうには、特ダネが必要なの。あそこで働いているジョエル・リギンズが、おいしいネタをつかんだら協力するって約束してくれた」

「あのちびっ子記者？」とホリーが訊いた。「まだ十二かそこらじゃない」

「今年、大学に進学するのよ。あたしは彼の後釜にすわりたい。だから、さっさと吐きなさい」

「それって記者のしゃべり方？」とわたしは訊いた。「吐く？」

「もうっ、じらさないで」

「まあまあ。そんなたいしたことじゃないのよ」とホリーがいなした。「彼女もケリガン一族のひとりだというだけ」

「さっき『また殺した』って言ったでしょうが。ごまかそうたってだめよ」

やっぱり。このままだとパティはホリーの失言を町じゅうに広めてしまう。

「ＥＯＤ」とホリー。

話はここまで《エンド・オブ・ディスカッション》、という意味だ。

「ＥＯＤ？」パティは訊き返した。「少しはまともな英語をしゃべったらどう？　ＥＯＤだの、ＰＯＤだの、ＣＯＤだの。あんたが何をしゃべってるかわかる人がいるの？　あたしは半分もわからない」

「くだらないおしゃべりをするのがいやなだけ」とホリーが言い返した。

パティとホリーが略語の是非についてやり合っているあいだに、昔の記憶が一気によみがえってきた。

そもそも忘れていたのかどうか。過去から逃れることは難しい。しばらくは姿を隠していても、いずれ形を変えて舞い戻ってくる。一番いいのは、やましさのかけらもない過去を持つこと。でも、だれにそんなことができるだろう。

わたしにはとうてい無理だ。あるいはローレン・ケリガンにも。

ハイスクール時代のローレンは美少女で、どんな男でもなびかずにはいられないほどの魅力の持ち主だった。人目を引く着こなし、長いブロンドの髪、だれもがうらやむきれいな肌。異性にはちやほやされ、同性からは嫌われるというタイプの女の子。

ローレンはハイスクールの最終学年のとき、T・J・シュミットとつきあうようになって、わたしたちの仲よしグループに割りこんできた。浮ついた青春時代が終わりを告げるわずか数週間まえのこと。あのころ、わが町の未来の歯科医は、長いつきあいの恋人アリとまたしてももめていた。ふたりの仲たがいはめずらしくなかったが、ローレンはその機を逃さなかった。素早い動きでT・Jの心をあっというまに射止めた。

わたしたちのグループは結束が固かったから、ローレンを仲間に迎え入れるのは何かと厄介だった。あれよあれよというまに親しい友人だったアリが仲間からはずれ、グループ内の力関係も微妙に変化して、気まずい雰囲気が漂った。ローレンがT・Jと腕を組んで初めて現われた日に、わたしは早くもその変化を感じとった。

森のなかで逃亡した蜂の群れを捜していたはずなのに、いつのまにかローレン・ケリガンの話になっている。

「昔のことを思い出すわ《ブラスト・フロム・ザ・パースト》」わたしはパティとホリーにそう洩らした。周囲で揺れ動いている影が、さっきよりも長く、まがまがしくなってきた。頭上では、木々の背丈が伸び、葉がいっそう生い茂ってきたように思われる。いまの話題を考えると、背筋がぞくりとした。

「一発《ブラスト》じゃなくて二発《ブラスツ》でしょうが。さっき聞こえた銃声は」とパティが指摘した。そんな意味で言ったんじゃないのに。わたしたちはけもの道でずっと立ち止まっていた。「なんだかぞっとしてきた。あたしたちの聞いた銃声が、行方不明のリタの銃から発射されたものだとしたらどうする？」

「拳銃でも、あんな大きな音がする？」ホリーがわたしを見る。

「目のつけどころがいいわね」いましがた聞こえた銃声を思い返してみた。

「さっきは、ライフルとショットガンの違いについてあんなにくわしかったじゃない」と、妹は答えをせかした。「GA（ねぇ）、教えてよ。あれはどんな銃なの？」

「えーっと……って、わたしが知るわけないじゃない」さっきは銃器についての乏しい知識を、この町のライフル禁止令に当てはめたにすぎない。

「拳銃は爆竹みたいな音がするんじゃなかった？」とパティが訊いた。

ホリーが口をはさんだ。「子どものころ、かんしゃく玉を地面にたたきつけて鳴らしたでしょ。覚えてる？　おもちゃのピストルみたいな音がした」

「でも発砲したのがこの近くかどうかもわからないのよ」とわたしは言った。「遠くの銃声だったかもしれない。だから、いま言ってることはどれもこれも当てずっぽうよ」

銃声が聞こえたときハンターが一緒にいなくて残念だった。彼ならわかったはずなのに。

　わたしは遊歩道の先に目をやり、ホリーとパティも同じことをしているのに気がついた。このまま進むと開けた場所に出て、そこが失地の南の端になる。そこからもう少し北に行ったところが、すべての事の発端となったところ。感傷的な言い方をするなら、わたしたちの青春の終わりだ。

「何があったのか教えてよ」とパティがせがんだ。「ほかの人から聞いてもいいけど、それがまちがいだったら？　正確ないきさつを知らせたくないの？」

　詮索好きな隣人は、痛いところを突いてきた。

「そもそも」とパティは付け足した。「親友を信じられなくて、だれを信じるの？　まったくもう、しつこいんだから。わたしの隣人は親友ではない。とりあえず、わたしから見れば。

　ホリーはおかしそうににやにやしている。

　わたしはパティに事実をかいつまんで話すことにした。さもないと、いつまでもつきまとわれそうなので。「ハイスクールのころ、わたしたちのグループは反対側から失地に入ったの。何人かはお酒を飲んでた」

　ホリーが鼻を鳴らした。

「はいはい、全員が飲んでいました。でも、酔っ払ってたのは数人よ。そして、悪いことが重なった」控えめに言えばそうなる。飲みすぎと甘い判断という最悪のコンビを助手席に乗せて、ローレン・ケリガンは失地の北側から走り去った。「ローレンはひと足先に帰ったの」とわたしはつづけた。「車で町に乗り入れ、人をひいた」

　ホリーが口をはさんだ。

「しかも、ひいた相手が悪かった。ジョニー・ジェイのパパ。ウェイン・ジェイよ」

「あのジョニー・ジェイの父親？」とパティ。「ローレンは警察長のパパを殺したの？　それはひどい。どうしてこれまであたしの耳に入らなかったのかしら」

　パティの目はらんらんと輝いていた。この世には、他人の不幸を食い物にするゴシップ好きがあふれている。どうか、同じ穴のむじなになりませんように。

　わたしは自分の言動に注意することを誓った。

「ローレンはどうなったの？」とパティが訊いた。

「刑務所に行った」とわたし。「それ以来、彼女の姿を見た人はだれもいない」

　この話にはまだまだつづきがあって、あれもこれもが一気によみがえってきた。ローレンはそのまえの週に十八歳になっていたので、成人として裁判にかけられた。弁護団は飲酒運転による過失致死を主張した。それだけでも充分に恐ろしいが、第一級殺人に比べればまだましだ。弁護団は陪審員に、被告の状態を考えてほしいと訴えた。事件当時、ローレンは生《き》のウォッカで酩酊していた。

　こうして、ローレンの運命は十二人の陪審員の手にゆだねられた。過失の評決が出れば、刑は軽い。そうなるとはだれも期待していなかったが。そして、わたしたちの予想は正しかった。

陪審員がそんな評決を出せるはずがなかった。

最初から、ローレンに勝ち目はなかった。

理由その一。彼女は何ひとつ覚えていなかった。泥酔していたことを考えれば無理もない。ウェイン・ジェイをはねたあと、車はスリップして立木に突っこんだ。ローレンは死んだ犠牲者よりは幸運で、軽い脳しんとうとひどい二日酔いだけですんだ。もし彼女がその夜の出来事を覚えていたら、自分の行為を弁護できたかもしれない。せめて釈明ぐらいはできただろう。

その二。彼女に不利に働いたもうひとつの大きな要因は、ウェイン・ジェイの町での肩書きだった。彼は死んだとき、のちに息子が名乗ることになる職業についていた。被害者はこの町の警察長だったのだ。

その三。これが命取りになった。ローレンはジョニー・ジェイの父親をひいたあと、車をバックさせて、再びひいた。文句なしに有罪の決め手となるもので、弁護団にも合理的な説明はできなかった。

P・P・パティがわたしを肘でつついた。「起きてる？」顔の前で手をひらひらさせる。

「ストーリー・フィッシャーさーん」

わたしは目をしばたたいた。「ごめんなさい、昔のことを思い出してた」

「まだ何かあるの？」パティがすかさず訊いた。

「いいえ、だいたいそんなところ」

「でもホリーは、ローレンが帰ってきたのはまた人を殺すためじゃないかって」

「気にしないで」とホリー。「ときどきおかしなことを言う癖があるのよ」

「どうだか」とパティは言って、わたしに視線を移した。「あたしが使えそうな特別なネタはない？　ふたつの事件をひとつにまとめるヒントとか。これぞ求めていた特ダネだという気がひしひしとするの。新聞社に入って事件記者になるための足がかりだって」パティはにんまりした。「すてきなひびきだわ――事件記者か」

「ちょっと考えさせて」

わたしは彼女を振り切るためにそう言った。P・P・パティは、ここから引き返して森を抜けたらすぐに、だれかべつの住人から過去の大事件の全容を聞き出せばいい。わたしから詳細を話すのはごめんだ。過去に戻るのは気が進まなかった。

「そろそろ帰って助けを呼びましょうよ。銃声のことを通報しないと」とパティが言いだした。「それとも暗いなか、この道をもっと先まで進む？　ランタンマンが出るかもしれないし、ほかにも何がひそんでいるかわからないけど」

「帰って通報したければ、どうぞご自由に」とわたしは言って、用意してきた懐中電灯をつけて足もとを照らした。わたしが届け出たら警察長のジョニー・ジェイがどう言うかは想像がつく。愉快な反応ではないだろう。ここに書くのもはばかられるような。「それはあなたにまかせて、わたしたちは先に行くわ」

「わたしたち？」ホリーが訊き返した。

「あんたとわたし。念のために言うけど、そもそもここに来たのは、巣分かれした蜂を見つけて連れ戻すためよ。いつのまにやら脱線しちゃったけど」

わたしはパティをちらりと見やった。

彼女は迷っていた。どちらもおもしろそうで、甲乙つけがたい。家に駆け戻って、銃声を聞いたことをいの一番に通報するか。その銃弾はことによると、なくなったリタの拳銃から発射されたものかもしれない。それとも、もっと手応えのある、ニュースとしての価値も同じかそれ以上のネタが見つかる場合にそなえて、わたしたちに同行するか。悩むまでもないはず、というわたしの読みどおり、パティは即座に決断した。

「あたしもつきあう」と言って、ホリーのあとにつづいた。先頭はわたし。パティはうちの裏庭でも同じことを言ったけど、その舌の根のかわかぬうちに、あっさり心変わりした。でも、今度は本気みたいだ。パティがこんな機会をみすみす見逃すわけがない。たとえどんな結果に終わろうと。

まだ暗くなるまでには時間があったが、木橋を通って向こう岸に渡り、失地の入口に当たる空き地に着いたときにはほっとした。木々が生い茂った薄暗い森を通り抜けると、夕暮れの光がまだいくらか残っていた。このあたりは土地が高くなっているので霧も追ってこないが、帰り道ではまた霧に巻かれてしまうだろう。

先の見通しはよくないけれど、とりあえずは前進あるのみ。

「姉さん、何をやってるの？」わたしが足を止めて、木立に目を走らせていると、ホリーが訊いた。

「うちの蜂を捜してるの。この近くにいるはずだから」

ホリーはうめいた。

パティがしゃしゃり出た。「まぬけな蜂の群れなんてどうでもいいわよ。あたしたちが調べなきゃいけないのは、発砲事件のことでしょうが」

「そのとおりよ」とホリー。蜂にかかわらずにすむなら、なんであれ賛成するつもりだ。

パティはわたしたちを追い抜き、後ろをちらりとも振り返らずに、ずんずん先へ歩いていった。本来なら用心しなければいけないのに、好奇心は用心をしのぐことを証明している。

「ちょっと待って」と、ホリーが呼び止めた。「三人でかたまって行動しないと」

わたしたちはパティに追いついて、すぐ後ろにつづいた。パティは数分ごとに立ち止まって、双眼鏡で森を調べている。それが終わると急ぎ足で先へ進んだ。あの三流紙の《ディストーター》にもぐりこむという使命のもと、特ダネをつかむためならどんなこともいとわない覚悟で。

わたしは妹の腕をつかんだ。

「なに?」ホリーはその手を振りほどこうとした。

「パティ、先に行って」とわたしは声をかけ、妹を引き戻した。

「湿疹がぶり返してきたみたい」とパティは返事した。「森に入るといつもそう。もう少しだけ先に行ってみる。もし何か起こったら大声で知らせるから」それだけ言うと、稲妻のように道の先に消えた。

ホリーは体をひねって、わたしの手を振り切った。

「離ればなれになるのはよくないわ。いったいどうしたの？」

「ほら、あそこ」わたしは蜂のかたまりを指さした。枯れた白樺の木の、裸の枝を半分ほど登ったところにびっしりとかたまっている。もとの計画では、群れを見つけたら、止まっている枝ごと折り取って、そのまま家に持ち帰るつもりだった。だが、その案は修正しなくてはならない。

蜂が休んでいる場所が高くて、とても手が届かない。

ホリーは蜂球を見るなり、はでにうめいた。

5

　わたしは首を後ろにそらして状況を確認した。白樺には大きな穴がいくつもあいていて、すっかり枯れていた。カンムリキツツキのしわざにちがいない。穴だらけなのに、幹はしっかりしていた。

「明日の朝、出直しましょう」とわたしは言った。「はしごがいるわね」

「わたしも？」ホリーが情けない声をあげた。

「あんたとわたしで」

「姉さんの蜂の問題に巻きこむのはやめて。ＩＯＨ（もう帰る）」

　わたしはまたもや腕をつかんで、帰すまいとした。ところが妹はこのまえと同じ技をくり出し、わたしにヘッドロックをかけた。

「共同経営者になることを望んだのはそっちよ」しゃがれた声を振りしぼり、頭を締めつけている腕をはずそうともがいた。「お金を貸してもらって、月々返済していくだけでよかったのに」

「それは雑貨屋の話で、蜂とは関係ない」

「選り好みはできないの。全部にかかわるか、何もしないか。いいかげんに放して！」

ホリーが急に腕をはずしたので、前のめりに倒れかけた。

「ひどいじゃない」とわたし。「母さんに言いつけてやる」

「ふん、告げ口屋。母さんが気にするもんですか」

「なにそれ？　あんた十二歳？」

「NC（ノーコメント）」と妹は言って噴き出した。じきにふたりともくすくす笑いだして、仲直りした。

「もう帰りましょう」とホリーが言った。「寒くなってきた」

「パティを待ってあげないと。そんな遠くまで行っていないはずよ」

「そりゃそうよね。親友を見捨てちゃいけないわ。でも、わたしはちがうから」

「懐中電灯を持ってるのはわたしよ、あんたには渡さない」と妹の前で振ってみせた。つかもうとするので、さっと引っこめた。

「パティを追いかける？」とホリー。「あれからずいぶんたつわよ」

わたしはうちの蜂たちが選んだ木の根元に腰を下ろして、膝を抱えた。「ここで待ってる」

「蜂はどうするの？」ホリーが枝を見上げた。

「どうって？」

「もし襲ってきたら？」

「もう暗いし冷えこんできたから、寝てるわよ」それは必ずしも事実ではない。ほとんどの養蜂家は――わたしも含めて――蜂はまったく眠らないと考えている。スタンリー・ペックは蜂のいびきが聞こえると言い張っているけれど。いずれにせよ、ホリーはわたしの言葉に安心して、隣に腰を下ろした。

「それにしても、ローレン・ケリガンがモレーンに戻ってきたとはね」とわたしは言った。

「彼女のことはよく知らないの」とホリー。「わたしはまだ一年生だったし」

わたしは、そうね、とうなずいた。

ホリーとわたしは三つ違いで、十代のころはその差がとても大きく感じられた。つい最近までおたがいのことをあまり知らなかったが、いまでは年の差なんてちっとも関係ない。人生から見れば、三年ぐらいあっというまだ。でもあのころは、越えられない溝に思われた。

「姉さんは長いあいだ、家で謹慎してたよね」とホリーは言った。「それに、事件について友だちにも話しちゃいけないと、弁護士から口止めされてた。法廷に行って証言もした。ひどい目にあったわね。それはそうと、ローレンがウェイン・ジェイを二度もひいたのはどうしてか、わかった人はいるの?」

わたしは首を振った。「いいえ。事故を起こしたときローレンは泥酔状態で、急性アルコール中毒で死んでもおかしくないくらいだった」

「刑務所ではずいぶんつらい経験をしたんでしょうね」

「手作りキャンドルの教室にいた、あのやつれきった人がローレン・ケリガンだなんて、言われなきゃ絶対にわからなかった。どうして名乗ってくれなかったのかしら」

「気後れしたとか。もしかしたら店にきたのは、姉さんに会いにきたのかも。姉さんなら気づいてくれると思って。でもわからなかったから、気が引けてしまった」

「なるほどね。リタも無理強いしたくなかったんだわ」

「きっとそうよ。娘が町の暮らしにじょじょになじんでいけるように」

「でも、まだわからないことだらけ。その一、ローレンは刑務所から出てきたばかりなのかしら」

「そうだと思うけど」とホリー。

ローレンが終身刑を言い渡されてから十六年。終身刑というのは、だれもが知ってのとおり、一生という意味ではないけれど、十八歳の娘から見れば永遠にも等しい。「その二、いまになって戻ってきたのはどうして？　その三、いまどこにいるの？」

「ほかに行き場がなかったのよ」とホリーが、ふたつめの質問にもっともな答えを出した。「あの夜、ローレンはすごく悪酔いしてた」十数年も昔のことなのに、驚くほどよく覚えている。「T・Jが構ってくれないとなじって、ひとりで先に帰ってしまった。あのときだれかが止めてたら……」

「自分を責めることはないわ」ホリーは大きなため息をついた。わたしはその言葉にほろりとさせられて、妹の髪にからまっていたひっつき虫を取ってやった。

「暗くなってきた」ホリーはあたりを見まわして言った。「こんなところにいるなんて、どうかしてるわよ。頭がおかしいんじゃないの」

「ランタンマンが人を傷つけたことは一度もないけど」

「でも、ものは壊した」

「あれは若い子たちのいたずらかも。調子にのってやりすぎたのよ」

ホリーは首を振った。「いいえ。ランタンマンは実在する。それはそうと、姉さんたちはあの晩、失地で何をしてたの？」

「T・Jとハンターがそんなものは迷信だと言いだして、それなら失地を通り抜けてみろと友だちにけしかけられたの」

「それでほんとに行ったの？　おばかさんね」

「ばかだったのは、お酒を持参したこと。ローレンは携帯瓶にウォッカを入れてきたし」

「あれは、ランタンマンが初めて人を襲ったすぐあとだったわね」

「悪ガキたちのいたずらだったのかもしれないけど」とわたしはくり返したものの、本気で信じているわけではなかった。

「まあね」と妹。

その事件を再現すると――

・わたしがハイスクールの最終学年のとき、小学校六年生のあるグループが失地でキャンプをすることになった。
・その夜、キャンプファイアを囲んでいると、灯りが近づいてきた。まるでだれかがランタンを持っているかのように、ゆらゆらと揺れながら。
・灯りがどんどん近づいてくるので、子どもたちは大声で呼びかけたが、だれも答えない。
灯りはいったん動かなくなったあと、ふたたび迫ってきた。
・怒った野生動物のようなうなり声が聞こえた。
・子どもたちは恐怖に駆られ、キャンプ道具を置いて森から逃げ出した。
・翌日その場所に戻ってみると、道具類はめちゃくちゃに壊され、テントと寝袋はずたずたに引き裂かれていた。
・その被害をもたらしたのが動物の爪か、それとも鋭利なナイフかは、けっきょく、わからずじまい。
・それ以来毎年のように目撃談がつづいたが、失地に恐ろしい化け物が出るという評判が広まり、人びとが失地に近づかなくなると、しだいに下火になった。

「ランタンマンはこの森の主なのよ」と言いながら、ホリーが立ちあがった。「侵入者には容赦しない。わたしたちに気づいて襲ってくるまえに帰りましょう」

パティを運命の手にゆだねようと決心しかけたとき、北側の藪《やぶ》がガサガサと鳴った。

「OMG（いやぁぁぁ）！」ホリーが死人も目をさますほどの悲鳴をあげた。

「パティよ」とわたしはささやいたが、自信はまったくない。「落ち着いて」

ちょうどそのときお節介な隣人が姿を現わしたので、姉妹そろって正気を失わずにすんだ。

ホリーの不安が伝染して、わたしまでおかしくなる寸前だった。

「何も見つからなかった」とP・P・パティは言った。「収穫なし。だけど、このあたりの藪という藪をのぞいてまわったから、きっと湿疹が出るでしょうよ。そこらじゅうウルシだらけにきまってる。昔、森でおしっこしようとしてしゃがんだら、お尻一面ただれちゃって」

「あらまあ」暗い森のせいでびくびくしていなければ、その場面を想像して大笑いしていただろうに。

「ヘティ・クロスを覚えてる？」とホリーに訊かれて、さらにぞっとするような記憶がよみがえった。「ほら、あの人の土地に入りこんでたところを見つかって」

「それはどこ？」とパティが訊いた。

「あっち」ホリーは林道から少し北の方角を指さした。「子どものころ、ヘティを魔女と呼んでたの。わたしはストーリーより足が速かったからいつも逃げおおせたけど、ストーリーは一度捕まったのよね」

「どんな目にあった？」とパティがわたしに訊いた。

「耳をつかまれて敷地から放り出された」魔女の姿が、まるで昨日のことのように鮮やかによみがえる。「さんざん脅されたわ。もう二度とくるな、さもないとシチューの実にするぞって」

ホリーは噴き出した。パティもげらげらと笑った。

「耳を引っぱられたことがある?」とわたしは訊いた。「ものすごく痛いんだから。いいかげん、笑うのはやめてよ」

「それからというもの」とホリーがつけ加えた。「森で遊ぶときは、魔女の土地に決して踏みこまないよう気をつけた。あんなおっかないおばさん、ご主人はよくがまんしてるわね」

ふだんの買い物はほとんど夫のノームがすませている。〈ワイルド・クローバー〉のなじみ客で、よく世間話をする仲だが、ヘティを店で見かけたのはせいぜい五、六回。わたしのほうは、それでちっともかまわないけど。

あまり離れていないところから、動物の遠吠えが聞こえた。

「もう帰りましょうよ」とホリーが言った。「手遅れにならないうちに」

「どこかの飼い犬よ」とパティ。

「ホリーに賛成」とわたし。いますぐ失地から出なければ、ホリーに負けないくらい想像力が暴走してしまいそうだ。魔女——いまでもこの近くに住んでいる——とランタンマンに挟み撃ちされては、強がりも言っていられない。

わたしたちはほうほうの体《てい》で失地から抜け出し、橋を渡り、きた道を引き返した。霧と暗闇をどうにか抜けると、袋小路になっているわが家の通りから商店街に出て、左に曲がり、〈スチューのバー&グリル〉のスツールに腰を落ち着けた。

店は大騒ぎのまっただなかだった。

6

スチューの店では、毎週土曜日の午後四時から十時まで、鶏の手羽先が食べ放題になる。店はたいそう込み合っていた。スチューがつくる手羽先は天下一品で、それはわたしひとりの意見ではなく、これまでに賞をいくつも取っている。まずは手羽先を数種類ある秘伝の特製ソースに漬けこみ、次にたっぷりの油できつね色になるまで揚げ、揚げたてを皿に盛る。今晩は三種類の手羽先が用意されていた――バーベキュー味、はちみつとマスタード味、ゴマをまぶしてカリッと焼きあげたもの。

三人はどれを注文するかで悩んだ。わたしはどれでもいいし三つ全部でもかまわないので、なんの問題もない。ホリーとパティの意見がどうしても合わなかった。とうとうわたしが割って入り、まとめて注文した。

「三種の盛り合わせでお願い」とスチューに言った。彼は地場ビールのライニー・ハニー・ヴァイスを三本カウンターに出すと、手羽先を用意しに行った。わたしはくし形に切ったレモンを瓶に押しこみ、ビールを飲みながら周囲の様子を眺めた。

バーはふたつの理由から騒々しかった。ひとつは、手羽先の食べ放題がお目当ての客。このイベントはいつも大勢の客を引き寄せる。みんな早めにやってきてビールを大量に飲みながら、食べ放題が終わる十時まで、そのまま腰を落ち着ける。

ふたつめは——こちらのほうが重要だけど——ケリガン一族が〈スチューのバー&グリル〉を非公式の捜索本部にして、家族を捜すための捜索隊を編制していたのだ。ケリガン家の面々が寄り集まっている。携帯電話ではなく携帯無線機を用意しているのは、山あり谷ありのこの一帯では受信にむらがあるからだ。ローレンの兄弟たちは、捜索に加わると申し出た人たち全員に無線機を貸し出していた。

ローレンの母親リタがわたしのそばを通りすぎた。茫然とし、膝が悪いので立っているだけでもつらそうだ。わたしは肩をたたいた。

「きっと大丈夫よ」あまり自信はなかったけれど、できるだけ励ましたくてそう言った。

「あら、ストーリー、そうだといいんだけど。じつはあの子、末期の大腸がんを患っていてね」とリタは言った。そういう事情なら、やつれて見えたのも、かつらをかぶっていたのも無理はない。「仮釈放が認められて、女子刑務所から出所してきたの。余命いくばくもない場合、そういう措置があるから。どこかいいホスピスがないか探していたんだけど」

「ごめんなさい、何も知らなくて」とわたしは言った。「そういえば、さっきも体調が悪そうだった」

「うちの娘だとわからなかったでしょう。あの子は、あなたならわかると思ったの。まえもって知らせなくてごめんなさい。でも、自分の好きなようにさせてほしいと言うもんだから」

「旧交を温めるのは、ローレンが見つかってからでも遅くないわ」

「早まったことをしたんじゃないかと心配で……」リタはその先をつづけるのがつらそうに、口ごもった。最後まで聞かなくても、胸のうちはよくわかった。リタは娘が自殺したのではないかと心配しているのだ。「モレーンに帰ってきたのが、そもそものまちがいだったのよ」とリタはつづけた。「昨日着いたとき、緊張しているのがひと目でわかった」

「捜索隊がすぐに発見するわよ。手を貸そうという友だちがあんなにいるじゃない」

「手遅れでなきゃいいけど」リタは唇をなめて、一番恐れていることを口にした。「あの銃を使ったとしたら、どうしよう」

「そんなことするもんですか」とわたしは言った。「いなくなったのはそれなりの理由があるのよ、きっと」

パティが目を皿のようにして、何か言いたげに口をあけた。彼女がリタに何を言おうとしているのか、手に取るようにわかった。さっき銃声を耳にしたこと、もしかすると、それがなくなった拳銃を発砲した音ではないかということだ。「さっき——」パティはそこまでしか言えなかった。わたしがバーのスツールから降りて、彼女の足をビーチサンダルで思いきり踏みつけたから。

パティは目を見ひらいたまま、口をすぼめて「おぉぉぉ」と言った。「痛いじゃないの。どういうつもり？　わざとやったわね」

リタに目をやると、もう背を向けてだれかに話しかけていたので、いまのささいなやりとりには気づいていなかった。わたしはそのすきにパティを叱りつけた。

「リタに銃声のことを言っちゃやだめよ。それでなくても心配してるんだから。ひと言もしゃべらないと約束して」

「わかった」パティはじっくり考えたあとで言った。「あんたの言うとおりだわ」

「でもジョニー・ジェイには知らせないと。その役目はわたしじゃないほうがいいと思う」

「あたしが折を見て電話するわ。それまで唇は接着剤でしっかり閉じとくから」

パティはバーのスツールから降りると、接着剤が見つからない場合にそなえて、わたしの目と耳の届かないところへ遠ざかっていった。ホリーも手羽先がなくなったとたん隣の席からいなくなり、ほかの客たちとおしゃべりしていた。

ちょうどそのとき、部屋が急に静まり返った。鶏の骨が一本、紙皿に落ちても聞こえそうだ。全員の目がバーのドアに向けられる。

町の警察長、ジョニー・ジェイが制服姿でバーに入ってきた。それまで気づいていなかった者たちも、ふいに過去の因縁を思い出した――ローレン・ケリガンに殺されたのはジョニー・ジェイの父親なのだ。彼女の車に一度ならず、二度までもひかれて。

そしてジョニー・ジェイは法執行官という立場上、今回は彼女を被害者として扱わなければならない。いずれは事件に正式に介入し、彼女の失踪になんらかの手を打つことになる。ことによると捜索隊を編制して、彼自身がそこに加わるということもありえた。

わたしと警察長は幼稚園からのつきあいで、ハイスクールまでずっと一緒、さらにそのあともくされ縁がつづいている。タカとネズミが親友になるほうが、ジョニー・ジェイとわたしがいがみ合わずにすむよりもまだ可能性がありそうだ。あいにく権力を握っているのはジョニー・ジェイのほうなので、たいていは、彼がタカで、わたしはネズミよろしく逃げまどっている。

いじめっ子（つまり、最低のやつ）がいずれ町の警察長になるなんて、当時のわたしにわかるわけがない。

でも、いまの彼には同情していた。父を奪われた悲しみに同情を寄せることはできる。ジョニー・ジェイは体面を守るために、正式な手順に従って行動するだろう。規則で定められた時間、様子を見たうえで、ローレン・ケリガンの失踪について決断を下す。それでも個人的には、あまり熱心に捜索しないのではないか。それに、彼がこの失踪事件を担当するのは、過去のいきさつから見て、利益の相反に当たるのでは。とはいえ、彼に代わる人材がいるわけではない。ジョニー・ジェイはこの町の法の番人なのだ。

ことによると、彼がローレンの失踪を引き起こした張本人かもしれない。ジョニーの警棒で頭にいくつもこぶをつくり、全身にタールをぬられ鳥の羽根をつけられて（昔の私刑の一種）、州間自動車道の路肩をよろよろと歩いているローレンの姿が目に浮かんだ。

「いったいなんの騒ぎだ？」とジョニー・ジェイが訊いた。その声には威嚇するような響きがあった。

「これからローレンの捜索に出かける」と伯父のガス・ケリガンが言った。「あんたも知ってのとおり」

「町からこそこそ逃げていったんじゃないのか。帰ってきたときと同じように」ジョニー・ジェイの言葉は、親戚一同を挑発した。

みながいっせいにしゃべりだした。やりとりのいくつかは聞くに堪えない代物だった。ケリガン家の何人かは怒りにわれを忘れ、警察長に殴りかからんばかりに見えた。とりわけローレンの弟で、一族のなかで一番背が高く、大柄なテリーがそうだった。ジョニー・ジェイの拳銃やら警棒やらをかわして捕まえたが最後、町の警察長の命はないだろう。ローレンの兄ロバートをはじめ一族の何人かは、テリーが自制心を失い、とんでもないもめごとを引き起こすと見てとったにちがいない。両者のあいだに割って入り、テリーがジョニー・ジェイにつかみかかるのを阻止した。

バーに一触即発のきわどい空気がみなぎる。いくつかのテーブルの客たちはそそくさと席を立った。

「あんたの手は借りない」リタがジョニーに言った。「それに、あの子を捜すのを禁じる法律はないはずよ。これからでっちあげるつもりなら、べつだけど」

この時点で、事情にうとい人なら、過去のいきさつから見て、ケリガン一族がジョニー・ジェイにしかるべき敬意を払わないのはどうしてか、と首をかしげるかもしれない。だが、じつのところ、警察長は父親を亡くした悲劇の夜から、ことあるごとに一族への恨みを晴らしてきた。彼らが支払わされた違反キップの額たるや、警察署兼消防署の新庁舎の建造費がまかなえるほど。さらに、リタの皿洗い機が発火したときには、消防車の到着がはなはだしく遅れた。ケリガン一族の堪忍袋の緒はとっくに切れていたのだ。

「だれかを捜すのを罰する法律はない」ジョニーはしぶしぶ認めた。「捜索中に法を犯さないかぎりは。だが、そもそもローレンが戻ってこなければ、こんなごたごたも起こらなかった」

ジョニー・ジェイは〝ごたごた〟という言葉で、ローレン・ケリガンがほんの一時にせよ姿を見せたせいで、わたしたちが時間と距離という重石《おもし》の下に埋めておきたかったさまざまな感情がかき立てられた、と言いたかったのではないだろうか。わたしはそんなふうに感じた。でも、いまさらそんなことを言っても手遅れだ。

「銃声がしたのよ」と部屋の奥からパティの声がして、わたしは内心うめいた。「一発も」パティを抑えておけるのもこれまで。いまやわたしをひたと見つめ、加勢するのを待ちかまえている。

「銃声は失地の方角から聞こえてきたわ」とわたしはつけ加えた。警察長は声の主がだれかわかるとぎろりとにらんできたが、無視した。こちらも即座ににらみ返す。

わたしがパティの発言を裏づけたので――パティの言葉だけで口添えがなければ、もしかしたら本気にされなかったかもしれないが――全員の注目が集まった。

リタは小さな悲鳴をあげ、くずおれそうになった。「事故の現場に戻ったんだわ」と振りしぼるような声で言うと、義兄のガスにもたれかかった。

「事故はあそこで起こったんじゃない」とガスがなだめた。

ジョニー・ジェイの父親がひかれたのが失地の近くでないことは、わたしたち全員が知っている。事故はメイン通りのルーテル教会、いまではうちの食品雑貨店に改装した建物のほぼ正面で起こった。ウェイン・ジェイが亡くなったのは、正確を期すなら、教会の墓地に隣接する通りだ。

「でも、そもそもの始まりはあそこよ」リタが言っているのは、悲劇を引き起こした深酒のことだろう。

パティが声を張りあげた。「銃声を聞いたあと、ストーリーとホリーとあたしの三人で失地の端から端まで歩いたけど、人っ子ひとり――生死にかかわらず――見つからなかった。そうよね？」

「端から端まで、というのは事実とちがうけど」とホリーが言った。パティと意見が合わないのは、略語や手羽先ばかりではないらしい。「途中で引き返したじゃない」

「あたしはあんたたちより先まで行ったから」

「端まで行ってたら、もっと時間がかかったはずよ」ホリーは引き下がらなかった。「おまけにもう暗かった。見落としたとしてもおかしくないわ、もし……」

ホリーは最後まで言わなかったが、わたしたちはみな、頭のなかでそのつづきを埋めた。もし遺体が古い林道の真ん中ではなく、道路からそれた地面に倒れていれば、見逃したかもしれない。

「その銃声はどんな音だった？」とガスが訊いた。彼の視線はひたとわたしに注がれている。まるでわたしならわかるだろうと言わんばかりに。ホリーとパティにはいっぱしの口を利いたけど、たまたま警官とつきあっていなくもないだけで、わたしは銃器の専門家でもなんでもない。

みんなに見えるように両手を上に向け、肩をすくめてみせた。お手上げというしるしに。

「ライフルを撃ったみたいに聞こえたかい？」ガスが答えをうながす。

彼はきょとんとしたわたしの顔とパティの顔を順ぐりに見ると、さらにくわしく説明した。

「大きな爆発が起こったみたいな音だ。思わず身をすくめたり、耳を押さえたくなる」

ホリーが人込みをかき分けて、わたしの応援に駆けつけた。「そうね、そんな感じ」と言った。

「全然ちがう」とパティ。

「どうかしら」とわたし。

「それとも、ポンと弾けるような音だった？」証人がめいめい異なる答えをしたにもかかわらず、ガスはめげなかった。

「距離によってもちがうしな」テリーが横から口を出し、ガスに向かって言った。「伯父さんやおれだったら、どれだけ離れていても聞き分けられる。でもこの人たちには無理だ。時間のむだだよ」

「でもそういえば、ほんとに大きな音だった。ドッカーンってね」とパティが言った。その音を口でまねてみせたが、あいにくわたしたちが聞いた音とは似ても似つかなかった。

リタがまたもやうめいた。逃した魚は大きいというけど、わたしたちが聞いた銃声もどんどん大きくなっていくようだ。

わたしはリタの気持ちを楽にしてあげたくて、口をはさんだ。

「あれはきっとショットガンの音よ」

ジョニー・ジェイが会話に割りこんできた。「なくなった拳銃の種類は、リタ？」

全員が振り返ってジョニー・ジェイをまじまじと見つめた。彼がまだこの場にいたことをすっかり忘れていたかのように。

「リタはこの子たちと同じくらいしか銃のことは知らん」とガスが言った。「わしが答えよう。銃身の短いシグ・ザウエルだ」

それはわたしにはなんの意味もなかったが、ジョニー・ジェイは色めき立った。

「それはまたずいぶん強力な拳銃だな。反動も音もでかい。リタはそんなもので何をするつもりだった？」

「おれが母さんに渡したんだ」とテリーが言った。姉のローレンを悪しざまに言われた怒りがまだくすぶっている。「好き勝手なまねをしたがるげす野郎から身を守るためにな」

そのげす野郎とはジョニー・ジェイのことだと、暗にほのめかしながら。

「ローレンを見つけないと」とリタが言った。

「失地に入るなら有志を募る必要がある」とロバート・ケリガンが言うのを聞いて、捜索隊から二、三人が抜けた。「おい、待てよ」彼はドアに向かった者たちに声をかけた。「数人ずつで手分けして捜すつもりだ。危険なことは何もない」でも、席を立った者は振り返りもしなかった。

「事故が起こった通りはどうする?」とガスが言った。「何人かは墓地をしらみつぶしに当たってもらうか。べつのグループには、失地の向こう側の家を一軒一軒訪ねて、ストーリーたちが耳にした銃を撃った者がいないかどうか聞き込みをしてもらいたい。テリーとわしは失地を調べる」

「せっかくの土曜の夜をむだにするだけだぞ」とジョニー・ジェイが言った。「あの女は郷里になじめなかった。それだけのことだ。ローレン・ケリガンはこの町から出ていった、永遠にな」

〝厄介払い〟とは言わなかったものの、その内心の声はわたしたち全員に聞こえた。

ジョニー・ジェイはそれだけ言うと満足したらしく、肩をそびやかして出ていった。

7

客の大半はそれからほどなく店を出た。何人かはローレンを捜して、ウェイン・ジェイが死んだ正確な位置を記した小さな白い標識の付近をくまなく歩いた。またべつの数人は失地の周辺を車でめぐり、わたしたちが耳にした銃声は住人のだれかが撃ったものではないかと、戸ごとに訊いてまわった。ガスとテリーはさっきの勇敢な言葉どおり、失地の探索に出かけた。

ホリーは捜索隊という柄ではないので、もう自分の役目は——なんであれ——果たしたとばかりに、わたしの家に引き返して寝支度に取りかかった。パティは捜索隊のひとつに加わった。万一、大きな進展があれば、記者になるのに必要な特ダネが手に入るのではないかと期待して。

「みんなと一緒に行かないのかい?」スチューがカウンターの奥から声をかけてきた。あたりを見まわすと、地元の人間でまだ残っているのはわたしだけ。テーブル席のいくつかは埋まっていたけど、知らない顔だった。

「やめとく」とわたしは言った。「あんなに大勢で暗いなかを走りまわっていたら、そのう視界はゼロじゃないかしら」

「勘弁してよ。ついさっきまでいたんだから。暗いからよく見えないし、濃い霧も出てきた。

「失地に行ったガスとテリーをのぞいてな。あっちはもっと人手がいるんじゃないか」

ちぶつかるのがおちだもの」


カウンターの後ろで、スチューはグラスを石鹸水につけた。「それにしても、土曜の夜なのに、どうしてひとりでいるんだい？　ハンターと出かけりゃいいのに」

「この週末は出勤なの。隔週だから」と説明した。

「なら、よけいに強い男がそばについていないとな」

わたしは鋭い視線をスチューに向けた。いまのは口説いているようにも聞こえたから。でもスチューはわたしの表情を読んでおやおやと笑うと、身ぶりでドアのほうを示した。ハンター・ウォレスがこちらにやってくるところだった。

彼の姿を見ただけで、脈拍がひとつかふたつ速くなった。ハーレーダビッドソンの黒革のジャケットにぴったりしたジーンズ、自信にあふれた男らしい歩き方。わたしが腰かけているスツールまでくると、後ろから腕をまわして抱きしめた。

森から出て初めて、温もりと安心感に包まれた。女ならだれでも知っているとおり、そんなものはただの勘ちがいで、お化けを退治できるのは自分しかいない。でもいまこの一瞬だけは、ハンターの腕に抱かれていたら、何も怖いものはないと信じることができた。

「ベンは？」とわたしは訊いた。そのせっかちな口調に、これが初めてではないけれど、ハンターとまたつきあうようになってから、自分がずいぶん変わったことに気がついた。ベンはハンターの相棒の警察犬。わたしはベンに会うまでは、犬がずっと苦手だった。子どものころに獰猛な犬に襲われてから、犬に対する恐怖をずっと引きずっていた。でもベンとお近づきになってから、この大きなベルジアン・マリノアを、四本足と身がすくむほどの大きさにもかかわらず、いつのまにか好きになっていた。

「トラックにいるよ」とハンターは言って、最後にもう一度わたしをぎゅっと抱きしめてから、隣の席に腰を下ろした。「捜索を手伝いにきたんだ」

「仕事で？」

ハンターはうなずいた。

「ジョニー・ジェイはさぞかし喜ぶでしょうね」思わず頬がゆるむ。モレーンの警察長は縄張り意識がとても強い。それでも、ときには郡の保安官事務所との合同捜査を強いられ、ハンターと相棒の犬の登場となる。

「ガス・ケリガンは？」とハンターがたずねた。

「捜索に出かけたわ」

「ここで落ち合う約束だったんだが」

「ガスとテリーは失地に向かってる」

「まえもって知らせてくれたらよかったのに」

「そこまで気がまわらなかったんでしょう」

ハンターはわたしの目をのぞきこんだ。まるで頭のなかが読み取れるように。

「きみは平気？」

「いやな思い出がどんどんよみがえってくるの。でも、大丈夫」

ハンターはよくわかると言いたげにうなずいた。彼も十六年まえ、失地に出かけた仲間のひとりだから、やはり思い出したくない記憶があるにちがいない。

「教えてくれないか」とハンターが言った。「これまでのいきさつを」

わたしはハンターのそういうところが好き。元夫とはちがって、おもちゃか何かではなく、ひとりの人間としてわたしの考えを尊重してくれる。わたしの見かけだけを気に入っているわけではない。

銃声と、森での冒険と、ジョニー・ジェイの乱入まで話したところで、T・J・シュミットがドアから入ってきた。カウンターまできて、わたしたちと並んですわる。

スコッチのダブルを注文している彼の様子に、じっと目をこらした。まるで歯と一緒に顔まで漂白したように血の気がない。

「いやな展開だな」と彼は言った。「まったく、ローレンらしいよ。町を出るときはうわさのまとで、帰ってきたときも同じ。人騒がせにもほどがある」

最後の言葉にびっくりした。T・Jはあの当時、ローレンとつきあっていたから。でも考えてみれば、そのせいでわたしたち以上に捜査や裁判に巻きこまれたうえ、悲劇を引き起こした酒を買った張本人ではないかという疑いまでかけられた。やがて彼にはなんの責任もないことが判明したが、こんなに動揺して見えるのも無理はない。

T・Jはスコッチをひと息で空けると、お代わりを注文した。

「アリは？」とわたしはたずねた。

「しばらくまえに、ミルウォーキーにいる姉さんのところに遊びに行った。クリスとアリは月に一度、姉妹水入らずで夕食に出かけるんだ」

「うらやましい」

わたしもどこかべつの場所で息抜きがしたいと心から思った。そのあと三人とも黙りこみ、気まずい沈黙がつづいた。話の接ぎ穂が見つからない。たしかに、ローレンはわたしたちのグループにさほどなじんでいなかった。はっきり言えば、無理やり割りこんできた。そのことを考えれば、彼女には人騒がせなところがあった。

ちょうどそこへ従姉のキャリー・アンの元夫、ガナー・レツラフがやってきた。彼とキャリー・アンもあの晩森にいた仲間だ。

「キャリー・アンを捜してるんだ」と彼は言った。「見かけなかった？」

だれも見ていなかった。妙なこともあるものだ。キャリー・アンはふだん人の輪の中心にいる。ガナーも案じているようだった。

彼は肌が浅黒く、いつも無精ひげをはやしている。だからといってだらしない感じではなく、ちょっと崩れたところが逆に女心をくすぐる。それに、女性の話に真剣に耳を傾けてくれる奇特なひとりでもあった。たいていの男は、やむを得ない場合をのぞいて、聞き流しているように見える。ハンターとガナーはその意味ではそっくりだった。わたしたちの意見に注意を払い、また、それをよく覚えている。ガナーとキャリー・アンとの関係がこんなにこじれてしまったのが、残念でならない。

「わたしがきてからは見てないわ」と言った。「いまちょうどローレンのことを話していたところ。彼女がこの町に帰ってきてるって知ってた？　ていうか、帰ってきたとたん行方不明になってしまったんだけど」

ガナーはうなずいた。「聞いたよ」

「ローレンに何かあったらどうしよう」とわたし。「そんなひどいことってないわ」

「今晩店にきた客のなかで、あんたらが一番しょげてるな」と、スチューがわたしたちを見渡して言った。「気持ちはわかる。きっとそんな悪いことにはならんよ。捜索隊がじきに無事な姿を発見するさ。ローレンはここの暮らしになじみ、町のみんなも彼女を受け入れるようになる」

そのとき、わたしはホリーが言っていたことを思い出した。ローレンとリタが手作りキャンドルの教室にやってきたとき、T・Jの妻アリも〈ワイルド・クローバー〉に居合わせたとか。

「ローレンがうちの店にきたとき、アリには見分けがついたのかしら？」とT・Jにたずねた。

彼は眉根を寄せ、とまどった顔をした。「どういうこと？」

「ホリーの話だと、アリが砂糖を買ってレジに並んでいたとき、ちょうどローレンが入ってきたそうよ。もしかしたらその女性がローレンだとわかって、あなたにも話したんじゃないかと思って」

「気づかなかったんだろう」とT・Jは言った。「さもなきゃ、うちで話題になったはずだ。で、ローレンはどんな様子だったんだい？」

そこで、わたしはみんなに、ローレンが時間ぎりぎりに到着し、ホリーとアリのすぐそばを通って教室に入ってきたことを説明した。がんの化学療法のせいで外見がすっかり変わってしまい、全然気がつかなかったことも話した。

「十歳ぐらい老けて見えた。それにすごく痩せてて」わたしはT・Jをちらりと見た。「アリが気づかなかったのも無理ないわね。わたしなんかずっと同じ部屋にいたのに、わからなかった」

ハンターが立ちあがり、わたしの腕をそっと握った。そろそろ行くよ、という合図だ。

「ベンとぼくは仕事があるから。お先に失礼する」

「わたしも手伝おう」とT・Jが申し出た。

「これから失地の捜索に行くんだけど」とハンターが警告した。

「そういうことなら、忘れてくれ」とT・Jは言って、不吉なものを追い払うように両手を上げた。

ハンターはにやりとした。「気が変わると思った」

「どうしてあそこを捜すんだ?」とT・J。

「ストーリーがあっちの方角から銃声を聞いた。それに、捜索を始めるにも手ごろな場所だ」

「ぼくはとりあえずキャリー・アンを捜すよ」とガナーは言った。「できれば、あとで顔を出す」

「わたしも手伝うわ」とハンターに言った。よせばいいのにそんなことを申し出たのは、ひとつには、恐ろしいものに出くわすなら、ハンターをひとりにしないほうがいいと思ったから。そしてもうひとつは、その、まあ、彼のそばにいたかったから。そんなことを言っても、真逆の方向に走っていきたいときもあって、われながら矛盾している。でもいまは、彼にべったりくっついていたい気分だった。

ハンターはうなずいた。「助かるよ」

ちょうどそのとき携帯が鳴って、ハンターが出た。「スチューの店にいます。ここで待ち合わせだとばかり」と彼は言った。わたしたちは口をつぐみ、応答のみから会話の内容を推し量ろうとした。でもハンターが言ったのは、「わかりました。すぐにそちらに向かいます」だけ。

「なんだって?」とT・Jがたずねた。

「ガス、リタ、それに一族の全員が失地の北の端に待機して、捜索を始めようとしている。

さあ、行こう、ストーリー」

それだけ言うと、彼はドアに向かった。わたしも急いであとを追った。仕事中の男性はすてきだ。ただし、わたしの意見も含めて、わたしを丸ごと尊重してくれるなら。

「何かわかったら知らせてくれ」とT・Jが声をかけて、またもやお代わりを注文した。

「もうしばらくここにいるから」

8

　ハンターが失地の北の端に車を止めると、ローレンの身内がばらばらに止めた車の近くで待機していた。懐中電灯やヘッドライトがうす気味悪い、ぼんやりした光を投げかけている。わたしたちは保安官事務所のSUVから飛びおりた。ハンターは車の後部にまわって、ハーネスとリードをつけたベンを脇に従えてふたたび現われた。強力な懐中電灯を二本持っている。片方をわたしに渡した。

　ベルジアン・マリノアは見た目はジャーマン・シェパードとよく似ている。こげ茶色の短毛で毛先は黒、顔面と耳も黒い。ベンは尻尾をそっけなく振ってわたしに挨拶した。ハンターとわたしがじょじょに距離を縮めてきた数カ月のあいだに、この大きな犬の流儀になじんでいなければ、いまのしぐさはうっかり見過ごしていたかもしれない。

　ハンターの命令に応えて攻撃するベンの勇姿も見たことがあった。訓練中に何度かと、あとは本番でも一度。ベンが名犬というだけでなく、ハンターのほうも警察犬の訓練が巧みで、それがK9係に異動を命じられた主な理由のひとつだった。犬が大好きなのだ。

　不安そうなケリガン家の人たちに合流すると、リタが前に進み出て、ハンターにビニール

ンが現われた。彼はその中身をベンに渡した。

「あなたは触っていませんね？」とハンターが確認した。

「ええ。言われたとおり、手袋をつけて」

ハンターが袋をあけると、ピンク色のパジャマのズボンが現われた。彼はその中身をベンにじっくり調べさせた。「嗅げ」とひと言命じて。

訊きたいことはいくつもあるとはいえ、ハンターはいま仕事に集中しているので、付き添いのわたしは黙って脇から見ていた。ベンが行方不明者の捜索もできるとはこれまで知らなかったので、のみこんだ質問は山ほどある。

ベンが一心にパジャマのにおいを嗅いでいるあいだ、ハンターはケリガン一族に大まかな計画を説明した。

「みなさんにはここに残っていただきます。ストーリーがわたしに同行します。ローレン本人、あるいは彼女がこの道を通ったという証拠が見つかり、携帯がつながらない場合は、ストーリーが戻ってきてみなさんに連絡します」

「わしも行こう」とガスが言った。あごをぐっと引き締め、一歩も引かない構えだ。「身内としてな」

ハンターは首を振った。同じように断固として。

「ベンが混乱するといけないので」

彼はわたしたち全員に、追跡犬についていくつかの点を説明した。

・ベンが足跡をたどれるのは数時間以内。何週間たっても臭跡を追うことができるブラッドハウンドのようなわけにはいかない。
・追跡犬は、人の体からはがれた皮膚細胞のにおいをたどる（そのことも、じつは知らなかった。わたしの皮膚も四六時中はがれているの？）。
・ベンはローレン特有の体臭を、昨夜身につけていたパジャマのズボンから嗅ぎとったはず。
・しかし、家族なら体臭が似ていてもおかしくはないので、ベンは混乱をきたす。ローレンの追跡に意識を集中させる必要があるのに、近くによく似たにおいがあると、余計な負担がかかり、失敗のリスクが高まる。
・したがって、ケリガン一族はここで待機していてもらいたい。

ガスは後方支援に甘んじることにして、無線機を差し出した。

「ストーリー、あんたがついていくことはない」とわたしに言った。「ハンターがこの無線機を持っていって、必要なら使えばいい」

わたしはその携帯無線機をつかんだ。

「わたしも行くわ。わたしのにおいはベンを混乱させないし、このあたりのことなら、たいていの人よりもくわしいから」

それもそのはず、わたしはこの森をしょっちゅう散歩していた。ただし、いつもは陽のあるうちだけど。

ハンターはベンのリードをはずし、わたしたちは真っ暗な失地に向かった。あたりは墨を流したような一面の闇で、懐中電灯の小さな光の輪だけが頼りだ。わたしたちは黙って、足早に進んだ。ベンはどこまでなら先に行ってもいいか承知しているようで、懐中電灯のすぐ先にいた。頭を下げて鼻を地面に押しつけたかと思うと、立ち止まってあたりのにおいを嗅ぐ。

そのあいだもわたしたちは前に進みつづけた。ベンは自分の仕事をよく心得ているようだ。前回、ハンターと一緒にここにきた十六年まえのことを考えた。あの一夜が、今回の出来事を引き起こしているように思えてしかたない。ハイスクール卒業と同時にハンターを残してミルウォーキーに飛び出したことも考えた。当時のふたりの関係が理想的だったかといえば、そんなことはない。わたしたちはどちらも若くて、未熟で、言わなくてもいいことを言い、しなくてもいいことをした。

十分ほどして、霧が立ちこめてきた。

「話をしてもいいの？」わたしは途中でたずねた。「ベンが追跡するじゃまになる？」

「あいつは注意をそらすものは無視するように訓練されている。好きなだけしゃべれるよ」

「そうしたい？」

「もう少し待ってくれ。いま音を聞いているから」

「なんの音？」でも、ハンターは答えなかった。

そのあと何度かわたしはベンを見失ったけど、もう二度と見つからないだろうと思いはじめたところで、まるで幽霊のように霧のなかからぬっと姿を現わすのだった。

幽霊といえば……。

「ランタンマンは最近、出没してる?」わたしは声をひそめてハンターにたずねた。

「目新しい事件は何もない」

ハンターも低い声で答えた。暗い森と霧のひそやかな指先には、わたしたちの警戒心を呼びさます何かがあった。

「今夜ここにくるまえに確認した?」と彼に訊いた。

「もちろん」

「どうせ報告するようなことは何もないでしょうけど。だって、ランタンマンがもうずっとまえに、みんなを脅してだれも寄りつかないようにしたから。暗くなってからここにくる人はもうだれもいない」

「ぼくたちがいるじゃないか。シーッ」

ハンターは足を止め、何かに耳をすましているようだった。

「どうしたの?」わたしはささやいた。「なに?」

「なんでもない」

「怖がらせないでよ」

「すまない」

ふたたび歩きはじめたとき、わたしはさっきよりもハンターのそばに寄った。彼はベンに劣らず警戒心を研ぎすませている。ふたりと一緒なら大船に乗ったような気分になってもいいはずなのに、この冷たくてじめじめした場所では、温かくなごむような安心感はどうしても得られなかった。

片手に握りしめていた無線機がバリバリ鳴って、ぎょっとした。あやうく落としそうになる。ロバート・ケリガンの声が大きくはっきり聞こえた。もしも魔物がこのあたりをうろついていたら、わたしたちの正確な位置はつつぬけだろう。

「何か見つかったかい？」ロバートの声がひびきわたった。

わたしは無線機のつまみをいじって答えた。

「まだ何も」歩きながらあたりを見まわし、視界が悪いなか、いまどのあたりか見きわめようとした。「だいたい失地の真ん中あたりだと思うわ」ベンが光の輪のなかに姿を現わした。地面を嗅ぎまわっている。

「こっちはどんどん人が集まってきた」とロバートが言った。「ローレンは町のどこにも見当たらないし、聞き込みをしたけれど、あんたが耳にした銃声について心当たりのある者はいなかった。あんたとハンターが最後の希望なんだ」

こんな場合とはいえ、だれかの〝最後の希望〟になるのは、小さいころからの夢だった。

「ローレンが車で出ていったという可能性はないの？」わたしは無線機に向かって言った。

「ローレンは車を持っていない。それに、うちの車は一台もなくなっていない」

「そうなの」とわたし。「了解。ラジャー。交信終わり」

ハンターが隣でくすくす笑った。「本物の警官みたいだな」とからかう。「で、ラジャーってだれだい？　まだライバルがいるのかな？　もう全員蹴散らしたと思ってたけど」

「わたしはモテモテだから」彼がまだ気づいていない場合にそなえて釘を刺しておいた。男心をずっと惹きつけておくのは、一瞬たりとも気の抜けない仕事なのだ。わたしはあたりを見まわした。「ベンはどこ？」

「このあたりのどこかにいるさ」

もう一度きょろきょろした。これまでより長くそばを離れているような気がしたから。そのときベンの吠える声がした。隣にいるハンターの体に緊張が走る。

ベンがもう一度吠えると、ハンターは古い林道から踏み出した。そのあとを追いかけようとして、キツツキの穴がいくつもあいた白樺の枯れ木に気がついた。うちの蜂たちのいる木じゃないの！　ハンターはそちらに向かい、通りすぎた。このあたりの霧はやや薄いようで、蜂の群れの黒っぽい輪郭が見えた。黒々とした蜂のかたまりが、曇り空を背景に浮かびあがっている。

視線を下に戻すと、ハンターが地面の上のこんもりした影のそばにしゃがみこんでいた。ベンは静かに見張り番を務めている。

「後ろに下がって」

ハンターがわたしに声をかけて立ちあがり、懐中電灯の向きを変えて木の梢を照らすようにしたので、地面に何があるのかよく見えなくなった。

「無線は使うな」と彼は言った。「そんなことをしたら、人がつめかけてくる」彼はわたしのところまでやってきた。「さあ。懐中電灯を両手で持って、片方だけでもぼくを照らすようにしてくれ」

彼は蜂が休んでいる木をじろじろ見た。

「うちの巣分かれした蜂なの」と説明しながら、地上でこんなにばたばたしていても蜂たちがまったく動じないことに気がついた。寒さと暗闇のせいで、蜂たちはしっかり身を寄せ合って、ぴくりとも動かなかった。

ハンターはべつの木に向かった。そちらはカエデの木で、もっと低い場所に枝がついている。

わたしはベンが立っている場所を見ないようにした。わたしの視線も懐中電灯の光も、カエデの木を登っていくハンターの姿を追った。彼は枝から枝へと造作なく移動していく。いったい何をしているのだろう？　携帯の電波が届くところまで登っているのだと、はたと気がついた。電話をかける必要があるのだ。でも、ハンターは捜索隊には知らせるなと言ったはず。どういうこと？

ようやく声が出た。

「あれはローレン？」懐中電灯をハンターに頼まれたとおり彼に向けながら、そうたずねた。「息はある？」倒れているのがローレンだとしても、絶命しているにちがいない。ハンターは心肺蘇生術を試そうともしなかったから。

ハンターは仕事に没頭していて、遺体がハイスクールの同級生かとたずねるわたしの声は耳に入っていないようだった。

まもなく、もうひとつ上の枝まで登ったところで、彼は探していたものを見つけた。携帯の電波だ。

「ジェイ警察長」彼は礼儀正しく呼びかけた。ジョニー・ジェイが今晩耳にしたどの呼びかけよりも丁重な、そもそも彼にはもったいないような口調で。わたしは警察長から責めたてられることを考えて、内心うめいた。

電話の応答に耳をそばだてようとしたが、頭がうまく働かない。ごく軽い気持ちでハンターについてきただけで、実際にローレンを発見できるとは夢にも思っていなかった。ようやく刑務所から出られたのに、銃弾で自分の命を奪うなんてあまりにもせつない。それ以外には何も考えることができなかった。

こんな思いきった手段に訴えるなんて、さぞかし孤独で、追いつめられていたにちがいない。新たな出発になるはずだった帰郷が、痛ましい最後のお別れになってしまうとは。遺族の悲しみはいかばかりか。リタやケリガン一族のこの先も癒えぬ悲しみを思うと、ふとローレンが恨めしくなった。T・Jの言ったとおり。彼女は周囲に迷惑ばかりかけている。

ハンターはジョニーにわたしたちの位置を伝え、失地の北側で捜索隊が集合していると警告した。応援部隊は多いほうがいい。

やがてハンターは木から降りはじめ、一番低い枝までくると地面に飛びおりた。

そこでようやく、わたしはさっき発見した死体がローレン・ケリガンでないことに気がついた。

死体はヘティ・クロス、あの魔女だった。

9

ヘティ・クロスは隣人のひとりだ。大ざっぱに言うと。ミルウォーキーにいたころは、隣人とはまさしくお隣に住んでいる人で、あまりにも近いので、窓をのぞきこめばテレビで何を見ているかわかるほどだった。おたがい名前は知らなくても――そして、たいていの場合はそうだったけど――隣人と考えるのに不都合はなかった。

P・P・パティはもちろん隣人だ。彼女はお隣に住んでいて、その気になればわたしの私生活をこっそりのぞくこともできる。それどころか、望遠鏡のレンズ越しに、わたしが家のなかで何をしているか正確に知っているはず。たとえ都会でも、パティはアブナイ人と見なされるだろう。

ここモレーンでは、隣人は距離で測るものではない。ヘティ・クロスとその夫ノームの家は、うちから一キロ近く離れている。けれども川やら、失地やら、牧草地やら、州所有の遊歩道やらがじゃまをして、二軒のあいだには家もなければ住人もいない。

というわけで、定義からいえば、わたしたちはお隣どうし。

ヘティに隣人らしさがかけらでもある、ということではない。もともと愛想のいい人間ではないけれど、それは彼女の勝手というもの。そのせいで彼女を責める者はだれもいない。そこがこんな奥まった場所に住むよさで、孤独を求めているなら、いやというほどたっぷり味わえる。

どうやら、ヘティは思っていたよりも、はるかにわびしい最期を迎えたようだ。魔女は死んだ。いたいけなわたしの耳をつかんで自分の土地から引きずり出した、あの魔女が。

胃が丈夫でよかった。その強みにもかかわらず、さまざまな理由から喉もとに酸っぱいものがこみあげてきたから。ひとつ、そもそも死というものになじみがない（ミツバチはべつ。彼らはもともと寿命が短いし、外敵もたくさんいる）。ふたつ、故人と知り合いだった。三つ、ヘティはほとんど目の前に倒れていて、いくら見ないようにしても、目には目の都合があるらしく、その光景をつぶさに観察している。

そして四つめは、少したってから、当局（つまりジョニー・ジェイとハンター）がガスとテリーを呼び出したことで裏づけられた。凶器とおぼしきものが遺体のそばの地面で見つかり、持ち主を特定する必要があったのだ。ガスとテリーはしぶしぶリタのものだと認めた。

「まちがいないんだな？」ジョニー・ジェイが確認した。

「銃身の短いシグ・ザウエルだし」とガスが言った。「しかも、リタの銃とうりふたつだ」

「おれたちに言えるのはそれだけだ」とテリー。動作のひとつひとつがけんか腰だ。

「よかろう」ジョニー・ジェイはここまでの進展に満足して言った。

つまり、あとで状況が変わらないかぎり、ヘティはリタ・ケリガンのベッド脇の引き出しにあった拳銃で射殺された、ということになる。

想像をたくましくするなら、ホリーとパティとわたしが今日の夕方、まさにこの場所にいたとき、犯人もすぐ近くにいたのかもしれない。彼——場合によっては、彼女——は木陰にひそみ、三人が立ち去るのを待っていたのかもしれない。そして、わたしが地べたにすわり、蜂が止まっている木の幹にもたれていたとき、ヘティはすぐ隣に倒れていたのかもしれない。

寒気がした。ハンターが気づいて、黒革のジャケットを脱いで肩にかけてくれた。「そんなんじゃないの」とわたしはつぶやいた。

「わかってる。だけど、ぼくにできるのはこれぐらいだから」

ローレン・ケリガンはまだ行方不明のままだったが、重要度の目盛りが一気に跳ねあがり、彼女に注目している関係者の顔ぶれもぐんと広がった。

ジョニー・ジェイは手のひらを返したように、ローレンの所在にがぜん興味を示しはじめた。さっそく郡全域に指名手配を流す。そのあと、うちの蜂が休んでいる木を、みなと同じようにかなりの距離を取りながら迂回して、わたしに注意を向けた。

「ミッシー・フィッシャー」とジョニー・ジェイは言った。いまだに小学生のころの呼び方をするのは、わたしへの嫌がらせだ。「あんたと妹はついさっきたまたまこの場所にいて、それからほんの数時間後に、死体をたまたま見つけたと言うんだな」

わたしは救急隊員と担架とその上の死体袋をぼんやりと見つめていた。その特定の情報を明かさずにすめばどんなによかったか。とはいえ、鑑識班は指紋の採取中で、もしこの木からわたしの指紋が出てきたら——かりにそんなことが可能だとして——どうなる？　わたしの指紋も妹の指紋も、あたり一帯にべたべたついているにちがいない。

最初から事実を明るみに出しておくほうが、あとになってジョニー・ジェイにさらに攻撃材料を与えるよりはましだ。母さんの悲観的な評価にもかかわらず、わたしはそれを過去の失敗から学びつつあった。

「妹かパティ・ドワイヤーに訊けばいいわ、ジョニー・ジェイ」わたしの指紋はまだ警察に登録されていないので、彼のレーダーをかいくぐることができたかもしれないと気づいたときには、あとの祭りだった。「わたしの話を裏づけてくれるから」

「もちろん、口裏を合わすさ」ジョニー・ジェイはせせら笑った。「それと、わたしはジェイ警察長だ。ジョニーとは二度と呼ぶな」

はいはい。わたしは頭のなかで、彼にふさわしいとびきりの名前をいくつか思い浮かべた。

ハンターは少し離れたところで郡の保安官助手たちと話しており、わたしは孤立無援で、警察長の手中に落ちている。ジョニー・ジェイがどうしてわたしを目の敵にするのか、町の住人のあいだでは意見が分かれていた。一方は、何年もまえにわたしがプロムの誘いを断わって、ハンターと行くことにしたからだという意見。そんなばかな。だれだってそうするでしょう？　そんな説明はこじつけもいいところ。それしきのことを何年もずっと根に持つ人間がいるかしら。

もう一方は、ジョニー・ジェイが年下の子どもをいじめていたとき、わたしが飛びかかってリュックで殴り倒したからだと言う。そのリュックにはたまたま重い本がぎっしりつまっていた。ジョニーはみなの前で、頭から雪に突っこんだ。その日を境に、彼は周囲からいくらか見くびられるようになり、もとの権威を取り戻すには長い時間を要した。

理由はどうあれ、反感を抱いているのはおたがいさま。やられたらやり返すことにためらいはないが、相手が長じて当局の人間になったのは誤算だった。

ジョニー・ジェイがわたしに狙いをつけているのはまちがいない。

「それなのに、ローレン・ケリガンがヘティ・クロスを平然と撃ち殺したところは見ていなかったと？」

彼がそんなことを言うのはこれで百度めだ。だが、テリー・ケリガンをはじめとする数人がそれを聞きつけた。テリーの顔色が変わった。ロバートも。彼らは警察長をにらみつけた。

ジョニーは図にのって、わたしをねちねちと責めつづける。

「あんたは銃声を聞いたと言う。しかもそのとき、この近くにいた。何か見るなり、するなりしたはずだ。それとも何かを知っているか。あくまでしらを切るつもりなら、署まで連行して独房に放りこんでやる。いますぐに」

「どうした？」ハンターがようやくこちらにやってきたが、ずいぶんのんびりした足取りだ。

「あんたにはなんの関係もない、ウォレス」ジョニーがハンターに言った。

「それはどうかな。ここは郡の土地だから」とハンターが答えた。重圧の下でも落ち着きを失わないその態度に、わたしは感心した。穏やかで、力まず、自信にあふれている。「うちの所轄だ」

「ばかいえ」ジョニーが言い返した。「町の土地だ」

男性ホルモンたっぷりの彼らにしても、失地の管轄権と、だれがどの部分を所有しているかについては、みなと同じであやふやなのだろう。失地は町の一部か？　それとも郡の管轄か？　あるいは地主のものか？　混乱にきっぱり決着がつくまで――決着がつくかどうかはさておき――ふたりは男にありがちな意地の張り合いに陥っている。

でもそのおかげで、ジョニー・ジェイの注意はわたしからそれた。

このすきに退散しよう。

ベンは少し離れたところで、木につながれていた。わたしはそこまで行って、ベンのそばにしゃがんだ。つやのある毛皮をなでてやると、やさしいキスが返ってきた。

「そろそろ逃げ出さない？」とベンを誘った。「いまのうちに」

そのとき、小競り合いが起こった。ジョニー・ジェイとハンターが管轄権でもめているのかと思いきや、テリー・ケリガンが警察長にまたもや食ってかかったのだった。

「このブタ野郎！」とジョニーに罵声を浴びせ、周囲の者が彼をはがいじめにしている。テリーは腹を立てると盛んに吠えまくる。わたしは口先だけではないかと疑っていた。だれも止めに入る者がいなければ、本気で暴力を振るうつもりかしら。

「抜け作め！」彼はまたわめいた。「ローレンを非難するのは、事実をつかんでからにしたらどうだ。名誉毀損《きそん》だぞ」テリーは地面に唾を吐いた。「おまえに悪く言われる筋合いはない」

「こいつをつまみ出せ」ジョニー・ジェイがケリガン一族に言った。「さもないと逮捕する」親戚数人がテリーを引き離した。「この女も一緒に連れていけ」ジョニー・ジェイはわたしを指さした。「目ざわりだ」

やれやれ。ようやくこれで帰れる。それでも、ジョニーの失礼な態度にかちんときたわたしは、このまま居すわって彼をとことん苛立たせてやろうかと考えた。

「あとで電話するよ」とハンターが言って、ふたりきりで話せるようにしばらく付き添ってくれた。「ローレンがここにいたことはまちがいない。ベンがさっき彼女のにおいを嗅ぎつけたから。これからその跡をたどるつもりだ」

彼はわたしの手を取り、わたしはその手をそっと握った。彼も握り返してきた。

「気をつけてね」わたしはそれだけ言うと、ほかの人たちに追いつこうと林道を急いだ。犯行現場から離れることができてほっとしながら。

疑問点をリストにすると失地ほどの長さになる。みんなと一緒に失地の北の端に向かって歩いているあいだも、頭のなかでは問いがうずまいていた。わたしの家とは方向が逆だけど、反対方向にひとりで歩いていくのは絶対にごめんだ。だれかの車で送ってもらおう。

わたしが考えていたのは――

・さっき耳にした二発の銃声。あれはヘティの命を奪ったものだろうか。

・ヘティは二発撃たれたのか。一発目がはずれたのか。それともヘティが撃ち返したのか。
・もしローレンがリタの拳銃でヘティを撃ったとしたら、どうしてそんなまねをしたのだろう。ローレンが失地に入ったのは自殺するため？　ヘティがローレンを止めようとして、銃が暴発した可能性は？
・そして最後に、ベンはローレンを見つけることができるだろうか？

朝までにそのひとつには答えが出た。ベンは任務をまっとうし、ローレン・ケリガンを発見した。

彼女は死んでいた。

10

日曜日。一夜明けるといいお天気だったが、まだ春先の肌寒さが残っている。朝早く、スタンリー・ペックがわが家を訪ねてきた。わたしは妹をベッドから起こすいい手はないものかと思案の真っ最中だった。ホリーは客用の寝室に鍵をかけてとじこもり、略語と一般人の会話の両方で、早い話が、死んじまえとのたまわった。

「母さんに連絡して、あんたを連れて帰ってもらうからね」わたしはドアごしにどなってから、スタンリーをなかに入れた。

「あんたの蜂が巣分かれしたと聞いたから」とスタンリーは言った。「捕まえるのを手伝おうと思ってな」

それは彼の格好を見ればわかった。頭のてっぺんからつま先まで全身を覆う、蜂よけの防護服を着こんでいる。ジッパーつきの白いつなぎの作業着、覆面布という蜂よけのネットがついた帽子、長靴、肘までの長さのカンヴァス地の手袋。

万全の準備を整えている。

「恩に着るわ」わたしはパーカーのジッパーを首まで上げると、ホリーへの腹いせに裏口のドアをたたきつけた。それからアルミ製のはしごと小ぶりの植木ばさみ、手ごろな大きさの段ボール箱を探し出した。

スタンリーがはしごをかつぎ、ふたりで並んで歩いた。今朝はいつも以上に足を引きずっているので、彼が誤って自分の足を撃ってしまった発砲事件だけでなく、昨夜の銃声のことまで思い出した。どうかヘティの死が不運な事故でありますように。

「もうすぐそこだから」スタンリーが足を休めるために休憩したとき、励ますつもりでそう言った。

「蜂はじきに活動を始めるぞ」と彼は言った。わたしもよくわかっていた。空気が暖まってきたら、蜂の群れは飛んでいってしまうだろう。

昨夜の霧はすっかり晴れて、春の大雨で増水したオコノモウォク川が勢いよく流れている。空には雲ひとつない。昨日の事件さえなければ、申し分のない日和だった。

歩きながら、わたしはハンターとベンのことを考えていた。ハンターは約束したにもかかわらず電話をくれなかった。でも、まだ夜が明けたばかりだし、昨夜は遅くまで働いていたのかもしれない。いまごろは少しでも睡眠を取って、ジョニー・ジェイとのさらなる対決にそなえているのだろう。郡の警官をもっと連れてきたほうがいいかもしれない。ジョニー・ジェイは雄牛なみの攻撃的な頭と性格の持ち主だから。でもハンターもジョニー・ジェイとは幼なじみ。何かいい策を思いつくだろう。

「まだ蜂に給餌してるのかい?」とスタンリーが訊いた。彼は初心者で（わたしよりも新米）、つきあっている女性が趣味でミツバチを飼っていたことから、去年、蜂を飼いはじめた。ミツバチ愛好家の輪はこんなふうにして広まっていく。ミツバチを飼っている人と知り合うと、自分も飼ってみたくなる。

スタンリーはわたしと会うたびに、山ほど質問をぶつけてくる。たとえば、ミツバチは貯えておいた蜜で冬場をしのぐが、春先、とりわけ今年のように冷たい雨が多いと、その蜜も底をついてしまう。頭のいい養蜂家はあまり欲を出さず、蜂たちがやりくりできるようにたっぷり蜜を残しておく。それでも、ときには目算がはずれることがあって、そんな場合には砂糖水の給餌が必要だ。

「いいえ」わたしはスタンリーの質問に答えた。「充分な量のはちみつを残しておいたから」

「わしは失敗した。もう空っぽだ。しばらくまえから砂糖水をやってる」

「もっと暖かくなって、花粉の採れる花がいろいろ咲くまではつづけたほうがいいわ」

「タンポポはもう咲いてるが」

「でも、もう少し助けてあげて」

「それにしても、ヘティ・クロスは気の毒に」スタンリーが初めて彼女の名前を口にした。モレーンにうわさが広まるまで長くはかからない。森林火災にガソリンをまいたほうが、まだしもゆっくりと燃え広がるだろう。

「そうね」とわたし。

そこではたと立ち止まり、あたりを見まわした。状況が一変している。

わたしが探していた枯れ木はもとのまま。幹にキツツキの穴がいくつもあいているのが目じるしだ。うちの蜂たちもまだ高い枝に止まっていた。太陽が高く昇り、空気が暖まれば、ふたたび飛び立っていく。

ところが、それ以外のものが様変わりしていた。

ひとつには、その木の幹を支点として、犯行現場を示す黄色いテープが張りめぐらされ、ヘティの死体が発見された場所を取り囲むように、木のあちら側が立ち入り禁止区域になっている。

ふたつめは、ティム・ハートマンというジョニー・ジェイ配下の警官が、折りたたみ椅子に腰かけて歩哨に立っていた。というか、すわっていた。ティムは町警察で一番の年寄りだ。

「おや、ストーリー」と彼は言った。「そのハロウィーンの仮装をした連れはだれだい？」

「スタンリーよ」とわたし。「わたしたち、蜂の救助にきたの」

「そこは立ち入り禁止だ。ほれ、さがって、さがって」

「ここから先には行かないから」空の段ボール箱を地面に下ろして、木の幹をぽんぽんとたたいた。「スタンリー、はしごを木に立てかけて」

ティムが立ちあがった。「おい、ちょっと待った。テープが見えんのか」

「見えてるわよ。でも立ち入り禁止は木の向こう側じゃない。幹のこっち側から登るから。うちの蜂が見える？」わたしは木のずっと上を指さした。ティムが目で追う。

「蜂？　蜂があそこにいると知ってたら、こんな近くにすわらなかったのに」ティムはそそくさと椅子をたたみ、脇に抱えて後ずさりした。

「あの蜂はおとなしくて安全よ。でも、どうしてもあそこまで登って回収しないと」

ティムはうさんくさそうな顔をした。「そんなもんかね」

「いまのうちに捕まえないと、飛んでいってしまうから。約束する。そっち側には行かないし、あなたがまばたきするあいだに、さっと登って降りてくるから。すぐに失礼して、もう二度とおじゃましない《アウト・オブ・ユア・ヘア》わ」

考えてみれば、それは思いやりのない言葉だった。ティムの髪はそんなには残っていない。さいわい、気を悪くした様子はなかった。

「だれにも知らせる必要はない」

スタンリーがスパイもどきの口調で言った。今朝も銃を隠し持っているのだろうか。もちろん不法行為だけど、スタンリーはそういう人だから。いずれ手が後ろにまわるにしても、わたしから告げ口するつもりはない。味方でいてくれるかぎり、手榴弾を持っていようとちっともかまわなかった。

「ま、よかろう」とティムがしぶしぶ言った。「このあたりはもう徹底的に捜索したからな。だいたい警察長のやつ、おれがまだここにいるのを忘れちまったんじゃないかね」

「じゃ、そういうことで」

わたしはラインストーンがついたビーチサンダルをはしごの下に脱ぎ捨て、革の手袋をはめた。この仕事のために腰に巻いてきたベルトに植木ばさみを差しこんで、段ボール箱をかついではしごを登りはじめた。木が大きく枝分かれしているところで段が尽きたので、あと三メートルほどは、小さな枝をつかんで登っていった。

子どものころは木登りが得意で、よく木のてっぺんまで登って前後に揺すぶった。ところが三十代ともなれば、かつての身軽さはどこへやら、なーんて当時もそれほどではなかったけど、この高さは……うーん……ちょっと高すぎる。下を見ると、頭がくらくらした。いまいる場所を考えると、あまりよくない兆候だ。段ボール箱も足手まとい。なんだか愚痴っぽくて、これじゃまるで、ぼやき屋パティみたい。そう思ったわたしは、気を取り直し、自分に活を入れて、木登りを再開した。

もう少し登ったところで動きを止める。目の高さに蜂の群れがかたまっていた。蜂たちはたがいの上をはいまわり、気温の低さを考えれば、予想していたよりも元気がいい。必死で下を見ないようにしながら体勢を整えていると、蜂たちもわたしをじろじろ見た。

スタンリーがすぐあとから登ってきた。やや低い位置に控えて、わたしが蜂のびっしりたかっている枝を切り落とすあいだ、手袋をはめた手で段ボール箱を支えている。ありがたいことに、その枝はあまり太くはなかった。さもなければ、のこぎりを引かなければならず、蜂たちはじっとしていなかったかもしれない。

手袋をつけた片手で蜂球のやや上のあたりをしっかり握りながら、もう一方の手でちょきんと切った。枝を切り取ると、身をかがめて、その枝を蜂の群れごとスタンリーが支えている段ボール箱にそっとしまった。蜂の少なくとも半分は空に舞いあがったが、残りは女王を守ってしっかり身を寄せ合っている。

「なかに閉じこめなくていいのかい？」スタンリーがふたをしめようと四苦八苦しながら言った。蜂が黒い雲のように周囲を飛びかっている。

「いいえ、そのままでいいわ。群れはじっとしているし、飛んでいった蜂もいずれ戻ってくるから」

「おまえさん、全身蜂だらけだぞ」とスタンリー。そう言う本人も蜂にたかられているとはいえ、彼のほうは防護服で守られている。わたしにはあまのじゃくなところがあって、たとえば今回のように危険な作業をするときも、充分な防護策を採らなかった。

でも、わたしとしては、うちの蜂が飼い主になついて、信頼してくれていると思いたい。だからこそ、彼らはわたしのパーカーのフードや腕を這いまわって、調べているだけだと。実際、ただの一匹もわたしを刺さなかった。こんなふうに蜂の大群にたかられることを思えば、成り行きとはいえ、ホリーが部屋に鍵をかけて立てこもり、スタンリーが代役を買って出てくれて助かった。彼ならこの状況にも対処できる。妹だったら時代遅れのヒステリーを起こすのがおちで、蜂の群れを無事に回収することはとうていできなかっただろう。

「心配しないで」とスタンリーに声をかける。彼は心配していなかったけど。

地面のほうから声が聞こえた。「なんてこった。神さま、お助けを。ふたりとも無事か？こりゃあ大ごとだ」

「大丈夫よ、ティム」わたしは声を張りあげた。「怖かったら離れてて。でもこの蜂たちは刺さないわ。巣を守る必要がないから。いまはちっとも危険じゃないの。おとなしくて、かわいいおチビちゃんたちよ」

「おれはごめんだね」ティムは折りたたみ椅子をひっくり返して、一目散に逃げていった。

スタンリーとわたしは降りはじめてすぐに、木は登るよりも降りるほうが難しいことを思い知った。とりわけ、こんな荷物を抱えている場合には。しかも、スタンリーのつばの広い覆面布がしょっちゅう木の枝に引っかかる。

「ここまでくればひと安心だな」スタンリーはようやくはしごまでたどりつき、蜂のつまった箱を抱えて地面に向かった。

わたしは木の幹に寄りかかった。まだずいぶん高いところにいる。ヘティの死体が見つかった、テープで囲われたあたりに目をやる。いまではほとんどの蜂が箱のなかか、はたまたハーメルンの笛吹き男ことスタンリーのあとにくっついて降りていったので、ようやく羽音以外のものが耳に入った。人の声だ。西の方角から聞こえてくる。

べつにどうってことはない。日曜日の朝はオコノモウォク川沿いの散策にはうってつけで、自然の景観に恵まれたアイス・エイジ・トレイルはハイカーたちに人気がある。それに、モレーンの上空は渡り鳥の道筋に当たるので、春はバードウォッチングにも最適の季節だ。

とはいえ、声のひとつは警察長だった。ここから早く逃げ出さなければならない。

「何をぐずぐずしてる」スタンリーが下から言った。「もう行くぞ」

その次に何が起こったのかはよくわからない。でも、一番上の段に足をかけたときに、はしごがはずれたにちがいない。足もとがぐらりと動いた。わたしは何かに——なんでもいいから——つかまろうとし、つづいて、真っ逆さまに落ちていくのを感じた。

地面にぶつかると思いきや、なんと、女忍者みたいに、しゃがんだ姿勢でかかとからぺたりと着地することができた。が、勢い余って、横に倒れて転がった。

「大丈夫かい?」とスタンリーが言った。いかにも心配そうな声だ。

わたしは倒れたまま、体の動かせる部分を頭のなかでひととおり確かめた。

「まあ、なんとか」と言いながら、口に入ってしまった腐葉土をぺっと吐き出した。

そのとき、べつの聞きなれた声がした。「それはどうかな、ミッシー・フィッシャー。取り調べが終わるころには、そんな大口はたたけんぞ」

ジョニー・ジェイがわたしの上にぬっと立ちはだかっていた。体を起こすと、自分が立ち入り禁止テープの内側にいるのがわかった。

「逮捕する」とジョニー・ジェイ。

「それはないだろう、警察長」スタンリーが気色ばんだ。「これは事故だ。木から落っこちたんだから」

「その蜂の入った箱を持ってとっとと帰れ。さもないとあんたも逮捕するぞ」

ジョニー・ジェイはひとりではなかった。部下の何人かは、蜂がスタンリーの周囲を飛びかったり、体を這いまわったりしているのを見て、後ずさった。蜂にたかられているスタンリーをジョニー・ジェイがどうやって捕まえるのか、お手並みを拝見したいような気もした。

「いいから、行って。スタンリー」とわたしは言って、そろそろと体を起こし、落ち葉と泥を払い落とした。木から落ちたとき、蜂は一匹も服にとまっていなかったようだ。スタンリーが逮捕されることだけは避けたい。それに身体検査も。おそらく銃を隠し持っているだろうから。「蜂の群れを巣箱に戻す方法は知ってるわね？」

スタンリーはうなずいた。そこで、うちの養蜂場にあるどの巣箱が空っぽで、群れを入れる用意が整っているかを教えた。

「妹を起こして、店を開けるように言って。ジョニーは本気でわたしを逮捕するつもりかもしれない」

「ジェイ警察長だ」とジョニーは訂正した。「もう一度失敬なまねをしたら、厳罰に処すからな」

警官が本当にそんなことを言うとは知らなかった。でも、わが町の警察長は犯罪ドラマの見すぎにちがいない。

スタンリーはそそくさと立ち去った。

「あんたは犯罪現場を荒らした」と警察長は言った。

「もう調べおわってたくせに」わたしは言い返した。

「これから権利を読み聞かせるから、黙ってろ」

「お好きなように」

ジョニー・ジェイはずんぐりした指を折って、わたしの容疑を数えあげた。

「指紋がそこらじゅうにべたべたついてた。あんたは犯行現場にいたが、それが何時だったかはまだ特定されていない。で、今朝戻ってきて、またしても現場を荒らした。それにどうやら、ローレン・ケリガンの死にも関わりがあるようだ」

ローレンがもはや行方不明でないと知ったのは、それが初めてだった。

「あなたが発見したの？」わたしは訊いた。「亡くなってたの？」

ジョニー・ジェイはわたしの権利を読みはじめた。

11

ジョニー・ジェイが勾留手続きをしているあいだ、わたしは警官たちの立ち話に耳をそばだてた。隅にうずくまり、目立たないようにしていたので、気づかれなかったようだ。ひょっとしたら、ジョニー・ジェイもわたしがここにいることを忘れ、そのすきに正義のドアが開いて、逃げ出してしまえるかもしれない。

小耳にはさんだ会話の断片をつなぎ合わせると、いくつかの事実が明らかになった。

・わたしが帰宅したあと、ハンターはベンの力を借りて、ローレン・ケリガンをその夜のうちに発見した。

・彼女はヘティ・クロスが殺されたのと同じ拳銃、つまりリタの銃で撃たれていた。リタのベッド脇の引き出しからなくなり、ヘティの遺体の脇で発見されたあの銃だ。

・ふたりとも胴体を撃たれていた。苦しみながら、自分の血が地面にしみ出していく場面をわたしは思い浮かべずにはいられなかった。想像とはいえ、愉快な経験ではない。

ふたりの女性の最期にはいくらか違いがあった。ヘティは撃たれると同時に地面に倒れ、その場でこと切れた。だがローレンは即死ではなかった。林道から離れた、森の奥まで這っていった。ローレンは気が動転していたにちがいない（そりゃそうでしょう）。林道にとどまっていたほうが、まだ助かる見込みは高かったから。彼女を撃った人間がまだ近くにいて、身を隠そうとしたのでないかぎり。

ふたりの命を奪った銃弾が、わたしたちが耳にしたものと同じかどうかはまだわからない。でも、おばあちゃんの農場を賭けてもいい。自分が撃ったとだれも名乗り出てこない以上、あの銃声はヘティとローレンを殺したものにちがいない。

銃の音を聞いたとき、ホリーもパティもわたしもいたってのんきだったことを考えると、鳥肌が立った。ふたりの女性が二キロも離れていない森のなかで死にかけていたのに、ぺちゃくちゃおしゃべりなんかして。

ジョニー・ジェイはようやく手が空いたらしく、わたしが脱出経路を探るまえに、あちこち引きずりまわした。指紋採取に写真撮影、まるでごみ袋のように乱暴に扱いながら、手続きすべてに警察長みずから立ち会った。はたして、これがいつもの仕事のやり方だろうか。ふだんから容疑者逮捕の手続きを自分でやってる？　まさかね。

わたしは特別扱いにちがいない。

「さて、ミッシー・フィッシャー」と彼は言った。「そろそろ話す気になったか。あんたのために特別室を用意した。ちょっとおしゃべりしよう」

「弁護士を呼んで」とわたし。「あなたに話すことは何もないわ」

してやったりという表情で、警察長はわたしを廊下の先に連れていき、監房に入れて鍵をかけた。

「気の毒だが、明日の朝まで釈放できない」と彼は言った。「しゃべる気になったら教えてくれ」

日曜の夜を過ごしたくないきわめつけの場所といえばここだ。それでもジョニー・ジェイにはひと言も話すつもりはなかった。そもそも、彼がまともに耳を傾けるとは思えない。

「電話もだめなの？」彼の背中に向かって声を張りあげたが、無視された。「携帯を返してよ！」

ドアがばたんと閉まる。

ひとりぼっちで、檻に入れられた動物のような気分だ。

頼みの綱はスタンリーひとり。きっと彼がしかるべき手を打ってくれるだろう。まずは妹に連絡を取る。パティが手伝ってくれるかもしれない。だれかがハンターに電話する。おばあちゃんがお年寄りを集めて、暴動をけしかける。

……というぐあいに。

何時間も過ぎたと思われるころ、ようやく人の声が聞こえた。警察官で店のなじみ客、サリー・メイラーが監房の鍵をあけてくれた。

「もう帰っていいわよ」と彼女は言った。

じつを言えば、わたしが午後の陽射しのなかに踏み出したとき、ジョニー・ジェイがでっちあげた容疑はすべて取り下げられていた。それもこれも——すぐにわかったけど——世界一すてきな体と輝くばかりの笑顔を持った、あのいかした男性のおかげだった。彼に会えてどんなに嬉しかったか。

「ヘティは郡の土地で死んでいた」ハンターはわたしを車で町まで送り、〈ワイルド・クローバー〉の前で降ろしてくれた。「ジョニー・ジェイにはきみを逮捕する権限はないんだ」

「あいつは、わたしがローレンの死に関与してると思いこんでる」

ハンターは鼻を鳴らした。「事実が全部そろうまでは、きみを拘束して尋問することはできない。とりわけ、ローレンがヘティを撃ち、そのあと銃口を自分に向けたという可能性も、わずかとはいえ残っているからね。その場合、事件はほぼ終了だ」

「わたしは逮捕されるようなことは何もしていないのに」

「ジョニーは犯行現場を荒らしたと言ってるぞ。どうしてそんなことを？　そもそもあそこで何をしてた？」

そこで、わたしは蜂の巣分かれと木から落っこちたことを話した。

「その場面が目に浮かぶよ」ハンターはおかしくてたまらないというように、間の抜けた顔でにやにやと笑った。「もう少しおしとやかにしたらどうだ。そういえば、きみは昔からぶきっちょだった」

「それは言いがかりだわ」とわたしはとぼけた。

「一緒にダンス教室に行かないか。そうすれば身のこなしがなめらかになるかもしれないし、ふたりで楽しめる」

「いずれそのうち」と言葉をにごした。「いまは店と蜂の世話で手いっぱいだから」ハンターの腕に抱かれてひと時を過ごすのがいやなはずはないけれど、ダンスはからきし苦手だし、そもそも人に合わせることができないのは、ダンスにかぎったことではない。どうもわたしの体は、主導権を握りたがるところがあるようだ。

ハンターは〈ワイルド・クローバー〉の正面で車を止め、二重駐車した。駐車スペースを出入りする車や、店に出入りするお客さんの数から見て、店はにぎわっているようだ。悲劇が起こると、うちの店には人びとが寄り集まり、井戸端会議が開かれる。そして目下、町で起こっている事件は、まさに悲劇の名にふさわしいものだった。なにしろ死体が一度にふたつだ。

わたしはハンターを振り向いた。「あなたは、ローレンがヘティを殺したあと自殺したとは思ってないんでしょう？」

「自殺につきものの重要な特徴がいくつか欠けている」とハンターは言った。

「たとえば？」と、うかつにも訊いてしまった。

「ローレンは遺書を残していない。だれにもまえもって連絡しなかった。自殺にありがちな場所、たとえば頭を撃っていない。射入口は上向きじゃない。弾は服を貫通している。自殺の場合、たいていはまず服をめくるんだが……」

そんなことまで知りたくない。「じゃあ、ふたりとも殺されたと考えてるのね？」

「ジョニー・ジェイはこの事件にさっさとけりをつけたがっている。ぼくらは可能性をひとつ残らず当たっていくつもりだ。やつはうちの部署もぼくも歓迎していない。これまで、協力を取りつけるのが容易だったためしはない」

「どうしてジョニーを相手にするの？　いやなやつだし、感情的に入れ込みすぎてる。捜査に正式に加わっていないなら、無視すればいいじゃない」

「事件が錯綜してるからね。ヘティは郡の土地で殺されたが、ローレンの死体が発見されたのは町の地所だ。町警察と協力せざるを得ない。で、あいにくその相手がジョニーなんだ」

「それは朗報ね」

わたしは留置場から出してもらったお礼をこめて、別れぎわに彼にぎゅっと抱きつき、店に入ったところ……。

双子のひとりがお客さんの買った物を袋につめ、うちの母がレジの後ろに陣取っていた。母はこれまでことあるごとにわたしの人生に干渉しようとしてきた。私生活でも、仕事でも、わたしがモレーンに帰郷してからずっと。わたしがほんの一瞬、たった一度、目を離したすきに、店に居すわり、わがもの顔でふるまうなんて。母を一歩なかに入れたら、店を丸ごと乗っ取られてしまう。それに、だれもが知ってのとおり、女王蜂は一匹と決まっている。

〈ワイルド・クローバー〉はわたしの巣だ。

わたしたちはにらみ合った。「いらっしゃい」とわたしは言った。気弱な声で。

「店をほったらかして」

わたしの考えを読み取ったように、母さんが言った。こんなふうに押しかけてきて歓迎されないのは百も承知のくせに、それでもやってのける。フィッシャー家の女はだれひとり、人生ゲームで受け身の傍観者に甘んじたりはしない。おまけに、うちの母親はゲームの達人ときている。

「あなた、いったいどこにいたの？」と母さんが訊いた。「二、三時間ならわかるけど……」と、腕時計を確かめる。

「もう帰ってきたんだからいいじゃない」母さんがわたしのまずい商売のやり方についてお説教を始めるまえに、すばやく口をはさんだ。「手伝ってくれてありがとう。すぐに替わるわ」

わたしは店の奥に急いだ。

棚の整理をしていたホリーが振り返り、わたしを見てにっこりした。

「FTF(出てこられたのね)」母さんにもお客にも聞こえないように声をひそめる。「もう刑務所の電話でしか話せないと思ってた。スタンリーはジョニー・ジェイが姉さんを逮捕したって、あわてふためいてたわよ」

「晴れて自由の身よ。ところで、母さんはどういうつもりなの？」

「おばあちゃんと一緒に教会のあと店に寄って、これは手伝いがいると判断したみたい。姉さんはいないし、ローレンの死体発見のあと、店はごった返していたから。わたしは断わったのよ、うそじゃない。でもNFW（どうしても）、帰ろうとしない。ふたりが今朝教会に行っていて、姉さんがまたしても警察とやり合ったのを耳にしなかったのは奇跡だわ」

「おばあちゃんは？」

おばあちゃんが近くにいたら、母さんを手際よく連れて帰り、わたしの店を返してくれるだろうに。

「キャセロール（キャセロール鍋を使った煮込み料理やオーブン料理）をこしらえに帰った。ひとつはあとでわたしたちが食べる分、ひとつはリタ・ケリガン、もうひとつはノーム・クロスへの差し入れ」

どさくさに紛れて、わたしはヘティの夫ノームのことをすっかり忘れていた。さぞ気落ちしているだろう。おばあちゃんのキャセロールが低脂肪だといいけれど。ノームは店にくるたび、ベーコンやソーセージその他、動脈を詰まらせるのに大いに役立つものをどっさり買いこんでいく。バター、全乳、アイスクリーム、牛レバー。そうでなくても肥《ふと》りすぎなのに。

夫婦のどちらが先立つかという賭けがあれば、わたしはノームに賭けていたはず。不慮の死は勘定に入れてなかったから。

そういえば、手作りキャンドルの教室が満員になるかどうか、従姉のキャリー・アンと賭けていたことを思い出した。

「キャリー・アンは？」とわたしは訊いた。身長が何センチか縮んだような気がするのは、うちの母と同じ土俵で戦わなければならないときに、いつも現われる症状だ。自分の店なのに、よそ者のような気分がする。「まだこないの?」

「奥で、ガナーとがんがんやり合ってるわ」

「ガナーもいるの？」

「ううん、電話で」

「なんの件？」

ホリーは肩をすくめた。「どうせいつもの話でしょう。子どもたちのことや、面会権のこと」

「だれが母さんにレジの使い方を教えたの？」お金を握る者がその場を支配するという処世訓が、ふと頭に浮かんだ。

「あのね、ストーリー」とホリーは言った。「このごろは脳外科医でなくても商品をレジに通すぐらいはできるの。電子化されてるから。それに、母さんは物おぼえが早いし」

「お引き取りいただけるかしら？」

「まあね」ホリーは自分のほうが一枚も二枚も上手だといわんばかりの、もったいぶった顔をした。「でもそのまえに、もう二度とわたしに蜂の仕事を手伝わせないと約束して」と狡猾な笑みを浮かべる。

「ひどい。人の弱みにつけこむなんて。こっちは頭を下げて頼んでるのに」

「約束する？」

「わかった、あんたの勝ちよ」わたしはドアをたたきつけて奥の部屋に入った。目に浮かんだうそをホリーに見抜かれないうちに。

キャリー・アンはわたしの事務椅子にぐったりと寄りかかっていた。わたしを見ると、しゃんと背筋を伸ばした。「じゃあまた」と電話を切る。目は泣きはらして真っ赤。立ちあがるなり、わたしの腕に倒れこんだ。息が酒くさい。「ローレンの死体が見つかったと聞いて」キャリー・アンは後ずさり、目もとをぬぐいながら言った。「思った以上にこたえたの」

わたしは肩をすくめ、痛ましげに頭を振った。

「どう言ったら、あなたの気が楽になるかわからない。でも、お酒は特効薬じゃないわ」

「どうしてわかったの？」

「におい消しのミントを買いなさい。ごまかせるから」

「だれにも言わないで。お願い。魔が差したのよ」

「揺り戻しはだれにでもあるでしょう」とは言ったものの、それが事実かどうかよくわからなかった。「そうそう、賭けはわたしの勝ちよ。助言者に電話すれば、それでちゃらにしてあげる」

その助言者というのが、たまたま、わたしの彼氏と言えなくもないハンターなのだ。彼自身も暗い過去を抱えていたが、すでに立ち直り、もう何年ものあいだアルコールには一滴たりとも触れていない。

「ありがとう、わかってくれて。仕事が終わったら電話する」キャリー・アンは体を離した。「どうしてあんな気持ちになったのかわからないの。死ねばいいとかそんなんじゃないけど、ローレン・ケリガンのことは昔から好きじゃなかったのに」そう言いながら、また目もとをぬぐった。

それはまたずいぶん控えめな表現だ。ローレンとキャリー・アンはいつも犬猿の仲だった。もともと気が合わないうえに、ローレンはT・Jとつきあっていながら、しょっちゅうガナーにもちょっかいを出した。

「ガナーが昨日の晩、あなたを捜してたわよ」とわたしは言った。

「知ってる。本人から聞いた」

わたしは彼女がどこにいたのか訊かなかった。わたしが口をはさむことではないし、キャリー・アンもそれ以上のことは明かさなかった。

キャリー・アンとわたしが店頭に戻ったころには、さらに込み合っていて、スタンリーが人だかりの中心にいた。彼はわたしに向かって申し訳なさそうに肩をすくめた。その理由がわかったときには、いまさら隠れるわけにもいかなかった。

とはいえ、モレーンのような田舎町では、遅かれ早かれこういう事態は避けられない。

母さんがおっかない顔で振り向いた。

「逮捕ですって？　あなた、逮捕されたの？　ああ、なんてこと！」

12

母と娘の関係について、わたしがかたく信じているのは――

・母と娘は距離を置くにかぎる。角突き合わせて暮らすのは悲劇のもと（わたしのささやかな、とはいえ経験にもとづいた意見）。
・相性がよければもめることも少ないが、あいにく母とわたしの相性は最悪。
・わたしの見るところ、長女と母親の関係が一番厄介だ。
・それに引き換え、妹のほうは甘やかされて、わがまま放題に育つ。

「逮捕なんてされてないわよ」わたしは人だかりに向かって言った。全員が聞き耳を立てているので。母とはじかに目を合わさないようにした。「ジョニー・ジェイに意見を求められたというか、事情聴取のようなものね。それだけ」

スタンリーはけげんそうにわたしを見た。わたしは眉根を寄せ、訴えかけるような表情で、こっそり合図を送った。

「調子を合わせてよ、この話題についてこれ以上追及しないで」と言いたかったのだ。

「ま、何はともあれ」わたしの意を汲んだのか、あるいはあきらめたのか、スタンリーは言った。「よかった。これからはよく確かめんとな」

「またデマなの？」後ろのほうでがっかりした声がした。

「デマ？」P・P・パティが折よく店にきて、お気に入りの話題——ゴシップ——を聞きつけた。「何かおもしろい話でもあるの？」

「いいえ」うちのお向かいさんで、モレーン自然植物園を開いているオーロラ・タイラーが言った。「みんなストーリーは逮捕されたと思ってたんだけど、このとおり店にいたのよ」

オーロラは五十代後半、白いもののまじった髪を長く伸ばし、ぞろりとしたサイケ調の服に、底の分厚いサンダル、麻ひもを編んだアクセサリーが好みで、なんであれ現実離れしたものへの造詣が深い。千里眼、魔術、渦理論、謎の飛行物体など。ためしにそんな話題を振ってみればいい。

オーロラいわく、かつてアリゾナ州の砂漠で交通事故にあい、瀕死の重傷を負った。出血多量で死ぬまえに、空飛ぶ円盤が助けにきて、彼女の体を光線で飛行船まで持ちあげ、命を救い、すっかりもとどおりにして地上に送りかえしてくれたそうだ。

「みんな、ローレン・ケリガンのことはもう聞いた？」とパティが言った。他人に先駆けて特ダネをつかもうと躍起になっている。今日は、あいにくそうはいかないけれど。

「ああ、聞いたよ」とスタンリーが言った。

パティは人込みをかきわけて真ん中に進み出た。

「女性がふたり、この町のいわば裏庭で射殺されたのよ。考えてみれば、殺されたのはあたしたちのだれでもおかしくなかった」

「たまたまなんて、ひとつもないのよ」とオーロラが言った。パティと、だれであれ、耳を傾けてくれそうな人に向かって。「現在と未来の出来事はどれも、過去の積み重ねで決まっているから」

「はぁ？」とパティ。

「オーロラが言ってるのは」とわたしがあとを引き取った。オーロラの言いたいことがわかるなんて、われながら不思議だったけれど。「あなたやわたしやみんなの身に起こることは、あらかじめ決まってるってこと。わたしたちには、それをどうこうすることはできない」

「じゃあ、ヘティとローレンはどうあがいても死ぬことが決まってたの？」パティは顔をしかめ、オーロラは頭がおかしいのだとわたしに目配せした（これも、言い出しっぺはパティだ）。

「自由意思なんて存在しない」

オーロラはきっぱり言い切ると、買い物をしにその場から離れていった。オーロラのリクエストで、わたしは豆腐、テンペ（大豆で作ったインドネシアの醗酵食品）、セイタン（グルテンで作られた代用肉）といった植物性たんぱく質の食品をひととおり仕入れていた。お客、とくに宇宙人の血が流れているお客のご要望とあらば、なんなりと。

〈ワイルド・クローバー通信〉の編集とレシピ作りをまかせているミリー・ホプティコートが、自宅の大きな花壇に咲いている春の花でこしらえた花束を見栄えよく配置した。うちではその花束を店頭で販売し、店の前を通りかかる人たちにも好評だ。えこひいきしたくなくて、オーロラの野の花を集めた鉢植えも、ドアのすぐ外に並べている。

「もしかしたら、ふたりはランタンマンに殺されたんじゃないかな」というスタンリーの発言には忍び笑いが洩れたが、なるほどといううなずきもそれに劣らず多かった。失笑した人たちは古い林道にお化けが出るという考えには賛成しかねるものの、失地には絶対に足を踏み入れようとしない。一方、うなずいた人たちは、悪の化身が森をさまよっていると信じて疑わなかった。

「これではっきりしたわね」とわたし。「ランタンマンをでっちあげたのは、わたしじゃないって」

「どうだか」と母さんがつけ加えた。

「わたしは実在すると思うけど」とミリー。

「そりゃいるさ」とスタンリーも言い張った。

スタンリーの発言をきっかけに活発な議論が起こった。お化けに人が殺せるかどうかという論争のすきに(ランタンマンがキャンプ道具を壊したせいで、その可能性は一部の人たちの頭から消えないようだった)、わたしはより差し迫った問題――母さんにどうやってお引き取りいただくか――に知恵をしぼった。

「おばあちゃんを手伝わなくてもいいの？」と言ってみる。「おばあちゃんももう年だし。ひとりでこしらえるのは大変だわ。キャセロール三つは手に余るんじゃないかしら」

「下ごしらえは今朝早くにすませたの」と母さんは答えた。「あとは材料を混ぜて、オーブンに入れるだけ。ひとつは冷凍しておくつもりだったけど、リタのところに持って行くわ。気の毒に、子どもに先立たれるなんて。こんな悲しいことはないわね」でも、しんみりした口調もそこまで。両手をパンと打ち合わせると、号令をかけた。「さあ、仕事に戻るわよ」

わたしは携帯からおばあちゃんに電話した。

「手伝いはいらない？」と訊いてみた。

「いいや、おまえ。もうみんなオーブンに入れて、焼いている最中だから。でも、親切にありがとう」

そういうわけで、今日のところは打つ手なし。母さんは大はりきりで、すぐには帰ってくれそうもない。

お客は午後いっぱい引きも切らずにやってきて、天気がよくなったので、店先やおもての庭椅子のところで立ち話をしている。昔の聖歌隊席でも。わたしはそこを週に一度の催し、たとえば、お年寄りが月曜日の午後に集まってトランプができるような居心地のよいコーナーに作り替えた。今日はお客さんたちが午後いっぱいそこにこもって、ジンラミー（二人用のカードゲーム）をしながら、トランプそっちのけで殺人事件の謎解きに熱中している。

時間がたつにつれて、推理も動機もしだいに突飛なものになり、しばらくすると、まともに聞いているのがばからしくなった。

ちょうどそこへロリ・スパンドルがやってきて、開口一番、店からつまみ出されかねないことを言いだした。

「あのハンター・ウォレスって、いい男よね」わたしが彼とつきあっているのは百も承知で、わざと挑発しているのだ。ばかでかい胸をこれ見よがしに突き出して。「あたしが人妻でなきゃよかった」

「このまえは、そんなことお構いなしだったじゃない」とわたし。

ロリはぷりぷりして遠ざかっていった。

五時に店じまいするまで、常連のなかで見かけなかったのは、犠牲者の遺族ぐらいのもの。いまごろはきっと悲嘆に暮れながら、葬儀の手はずを整えているのだろう。あとはスチュー・トレンブリーだけど、彼の店はうち以上に繁盛しているにちがいない。今日がキャリー・アンの出勤日でよかった。さもなければ彼女はバーに顔を出し、いままでの苦労が水の泡になっていたかもしれない。

「手を貸してほしいんだけど」店じまいしたあと、彼女が車に乗って帰ってしまうまえに声をかけた。

キャリー・アンは疲れきった顔をしていた。「今度はなに？」

わたしはおばあちゃんのキャセロールをひとつ預かっていた。うちの家族と夕食のテーブルを囲むまえに、それをノーム・クロスに届けると申し出たのだ。母さんも反対しなかった。

「これをノームに届けるのを手伝って」と従姉に頼んだ。

「いいわよ、お安いご用。ほかにすることもないし」

というわけで、錆びの浮いた十年もののピックアップに乗りこみ、町を出て北に向かった。

「このポンコツがまだ動くなんて信じられない」とキャリー・アンが言った。

「あら、失礼ね」わたしは笑いながら言った。「きちんと手入れしてるんだから」それは本当のこと。オイル交換の期限を守らなかったことは一度もない。

オコノモウォク川にかかった橋を渡り、道なりに進んでクリーマリー道路に出ると、すぐに南に折れた。ノーム・クロスの家を訪ねるなら、いっそ歩いたほうが早い。大きな道路から彼らの地所にたどりつける便利な近道がないからだ。

プレハブの家屋はずいぶん古びていた。よく茂った大木の陰になっているので、腐食が進み、継ぎ目は錆びて、たわんだ箇所もある。玄関の階段はセメントのブロックに苔《こけ》むした松の板を渡しただけ。

トラックから降りたとたん、ノームが玄関ドアを開けた。大柄な体が戸口をすっかりふさいでいる。

「キャセロールの差し入れを持ってきたの」とわたしは言った。

「入ってくれ」ノームは後ろに下がり、わたしたちが体を押しこめるだけのスペースをあけてくれた。

彼の家によがるのはこれが初めてだ。このまえここにきたときは背丈がいまの半分くらいで、ヘティに付き添われて、きた道を戻ったのだった。耳をつかまれてキーキー泣きわめき、痛みを和らげようと彼女にもたれかかりながら。いまやすっかり大人になったわたしは、魔女のねぐらに入りこんでいた。

もとい、魔女のキッチンだ。炒めたばかりのベーコンのにおいがする。ヘティもノームも、〝きれいなお家〟に与えられる賞はもらえそうもない。ノームはカウンターに空いた場所をつくろうとして、ごちゃごちゃ載っているものを腕でざっと押しやった。わたしはそこへキャセロールを置いた。

そのとたん、床をちょこまか動いていた動物につまずいた。脚に巻きつかれてバランスをくずし、気がついたときにはひっくり返っていた。相手はすかさず襲いかかり、わたしの胸に飛びのるや、爪で引っかき、さらに顔を攻撃してきた。両手で顔をかばったものの、体がこわばって思うように動かない。

「助けて」恐怖のせいで喉がつまり、かすれた声をしぼり出した。

キャリー・アンが手を差しのべて、床から助け起こしてくれた。

「顔をなめられたぐらいで、死にゃしないから」と彼女は言った。「ったく、落ち着きなさいよ」

「あれはなに？」わたしは従姉の後ろに隠れて聞いた。なにしろ、これまで見たこともないほどみっともない犬で、チワワともっと毛深い犬との雑種だろうか。オーロラの話から飛び出してきた異星人さながら、触覚のようにぴんと突っ立った毛、四方八方に伸びたひげ。あごには雄ヤギそっくりのひょろっとした毛がはえている。

「なんの雑種かよくわからん」とノームが言った。「保健所からもらってきたから」

「まあ、えらい」とキャリー・アンが言った。「捨て犬を引き取ったのね」

「まあ、すわんなさい」

「犬はちょっと苦手なの」わたしはそう言って後ずさりした。とりあえず、胸の動悸は治まってきた。

「ハンターの犬といつも一緒にいるくせに」とキャリー・アンが指摘した。

「ベンは特別」

従姉は両手を腰に当て、がみがみ言った。

「いいかげん、犬を怖がるのをやめたら」それからノームに、「ストーリーは子どものころ犬に襲われて、まだ立ち直れないみたい」と説明した。

「ほう」ノームはなるほどとうなずいた。

キャリー・アンはさらに追い打ちをかけた。「こんなちっちゃな犬のどこが怖いの？」

「わかったわよ」

わたしはあきらめて前に出た。従姉の言うとおり。こんなちっぽけな犬に怯えるなんて情けない。でも大きさがすべてとはかぎらない。ピラニアはどう？　サソリは？

われながらばかばかしくなってきて、わたしは椅子に腰を下ろして弔意を伝えた。

「このたびはご愁傷さまでした」や「まだお若かったのに」よりも心のこもったお悔やみを

思いつければよかったけど、しょせんどんな言葉もノームの悲しみをいやすことはできない。こういうときは型どおりにふるまうしかない。

二分後には話題が尽きた。それでも、ノームをひとり残して、さっさと帰るわけにはいかなかった。

毛むくじゃらの小さな犬はテーブルの下を嗅ぎまわり、床にこぼれたかけらを――いくらでもある――拾い食いしていた。ややや緊張がほぐれてきたわたしは、思いきって指を近づけ、においを嗅がせてみた。思ったより悪い気はしなかった。

ひとしきり沈黙がつづき、わたしはキャリー・アンのほうをちらちら見やった。何か話題を思いついてくれないだろうか、わたしの頭のなかは真っ白だ。けっきょくノームがふたたび口火を切った。

「女房が見つかったとき、あんたもその場にいたそうだな」とこちらを見る。

わたしはうなずいたが、会話の新たな方向にいやな予感がした。

「あいつは何か言ってなかったかい？　その、おれに何か言い残すとかさ」

わたしはノームが余生を送るうえで何かよすがになるような言葉を――たとえ、うそでも――思いつくことができず、情けない思いをした。彼の質問に、犬につまずいたとき以上にうろたえてしまったのだ。黙って首を振る。

「わたしたちが行ったときには、もう亡くなっていたの。ごめんなさい」

なんて気が利かないの！　わたしが彼の立場だったら、愛する人がいまわのきわに、何か大事なことを自分に言い残してくれたと思いたいはず。たとえば、「ストーリーに愛していると伝えてくれ」とか。どうしてそんな言葉を思いつかなかったのだろう。

ノームもわたしに失望したように見えた。「ヘティは子どもが失地にやってくるのをいやがった」と言った。「ろくなことにならないと思ってたんだ。あんたら若い連中ときたらみんな酒飲みで、あげくのはてにあんな事件を起こした。おれは女房が心配のしすぎだったとは思わんね。こんなことになっちまって。あんたらの族のひとりが舞い戻ってきて、あいつを殺すとは」

ノームがわたしとローレン・ケリガンをひとまとめにして扱うので、まるでわたしがこの手でジョニー・ジェイの父親を殺し、その後、町に戻って今度はノームの妻を殺したような錯覚に陥った。それにしても〝族〟だなんて。わたしたちはごく普通のティーンエージャーだったのに。

「きっと事故だったのよ」キャリー・アンが隣で洟《はな》をぐずぐずいわせるのを聞いて、わたしは言った。もし従姉が泣きだしたら、わたしまで泣いてしまいそうだ。泣いたら承知しないわよ、という目つきで彼女をにらみつけたちょうどそのとき、さっきの犬がわたしのビーチサンダルをはいた右足におしっこをした。ひどい！　わたしはテーブルから汚れた紙ナプキンをつかんで、足をふいた。

「ときどきやるんだよ」とノームが言った。おもらしの現場を見ながら、声をあげて犬を叱ろうともしない。「あんたが気に入ったにちがいない」

そうでしょうとも。

「いずれ警察が事件を解決してくれるわ」とキャリー・アンが言った。「それはそうと、親戚の人に連絡はつく？　ここにきて、しばらく一緒にいてくれる人はいるの？」

「そばにいてほしいようなやつはいないな」

少なくともキャリー・アンは何を言えばいいか心得ていた。わたしときたら、まるで麻酔で口がしびれてしまったようで、出てくる言葉はどれもこれも見当外れなことばかり。キャリー・アンはつづけてこう言った。「町では、ランタンマンがこの事件に関わっているといううわさがあるんだけど」

ノームの顔がウィスコンシンの春の陽射しよりも素早くかげり、彼は吐き捨てるように言った。「ばかばかしい。だれがそんなことを言ってるんだ？」

キャリー・アンはうろたえた。「さあ、だれだったかしら」

「ばかばかしいっていうのは、ランタンマンがだれにも怪我をさせたことがないから？」わたしはノームの剣幕に驚いて、訊き返した。「それとも、ランタンマンなんて実在しないから？」

「そろそろ帰ってくれ」ノームはだしぬけに立ちあがった。口で言うだけでは、わたしたちに通じない場合にそなえて。

「気を悪くしたならごめんなさい」とわたしはあやまった。

「ゴシップは嫌いなんだ」とノームは言った。「人を傷つける」

「あたしも」とキャリー・アン。「ゴシップなんて大っきらい」

「わたしに何かできることがあったら……」とうかつなことを口にした。もしそれでノームの気がすむなら、ランタンマンのうわさが下火になるように、手をまわすつもりで。やぶへびになっては元も子もないが、言うだけでも言ってみようと……。

ノームはわたしの言葉が終わらないうちに返事をした。

「じゃ、お言葉に甘えて」と言いだした。「ひとつお願いするかな。これからしばらくあれこれ雑用があって、ディンキーをかまってやることができない。預かってもらえると助かるんだが」

ディンキー？　ノームはしゃがんでごそごそしたかと思うと、みすぼらしい小さな犬を抱きあげた。まさか、そんな。

「えーっと」とわたしは言った。とっさに作り話を思いつくというわたしの特技は、どうやら錆びついてしまったようだ。ひまを見つけて磨きをかけておかなければ。「でも、店があるから」とかろうじて言った。

「店に連れていったら喜ぶさ。このとおり人なつっこいから、お客もかわいがってくれるだろう」

「いやがるお客さんもいるんじゃないかしら」彼の愛犬がトイレのしつけができていないことを考えると、なおさらだ。

痩せこけた犬を見ても、ひとかけらの愛情も湧いてこない。わたしのハートは人よりふたまわりほど小さいのだろうか。それとも、こんなにしぶっているのは、わたしの足が犬のおしっこのにおいをぷんぷんさせているから？　逃げ道はないかと頭をしぼった。この場にぴったりの言い訳はないものか。ああ、もう少し時間があれば……。

「もちろん店に連れていけばいいわ」とキャリー・アンが言って、ディンキーをノームの腕から引き取り、あやしはじめた。従姉が責任を持つというなら、問題はない。「お気に入りのおもちゃがあったら、一緒に持っていくけど」

ノームとキャリー・アンは大騒ぎして、ディンキーの皿、餌、おもちゃ、それに、ピンク色の薄汚れた〝毛布ちゃん〟を拾い集めた。犬のデイケアが開けるほどの大荷物に、わたしたちはよろめいた。ノームはキャセロールの礼を言って、ドアをぴしゃりと閉めた。

「なんのつもり？」と言って、わたしは両手を後ろに隠した。キャリー・アンがディンキーをわたしに押しつけようとするので。「自分で抱いてよ。あなたが預かることにしたんだから、わたしじゃなくて」

「ストーリー、いやだなんて、どうしてそんなことが言えるの？」

「そうは言ってないわよ。まあ、そのつもりだったけど」わたしは犬の道具一式をトラックの荷台に放りこんで、車に乗った。

「あんたの目を見たらわかった」とキャリー・アンが言って、ディンキーと一緒に乗りこんだ。「あの人の頼みを断わるなんて信じられない。奥さんを亡くしたばかりだっていうのに。恥ずかしくないの」

「でも、そいつを見てよ」ディンキーはまばたきして、わたしを見返した。「それに、わたしの足におしっこをした。トイレのしつけもできてないのよ。ま、それはあなたの問題だけど」

「〝そいつ〟とか言わないで」

「じゃあ、その子はあなたの問題で、わたしには関係ない」

「うちのアパートはペット禁止なの」

そのささいな情報を知ったときには、ノームの家からずいぶん離れていた。「ええっ！」

「ペットはだめだから」

「じゃあそいつ……じゃなくて……その子はこっそり飼わないと」

「大家の部屋はうちの隣よ。いいかげんあきらめなさい。でも、心配しないで大丈夫。犬のことでわからないことがあれば、なんなりと訊いて」

「ああ、なんてこと！」とわたしはわめいた。うちの母そっくりの口調で。

13

その晩は、けっきょく実家に夕食を食べに行かなかった。家族とはずっと顔を突き合わせていたので気づまりだったから。母さんとホリーは一日じゅう店にいたし、母さんとまたぶつかるのはいやだった。一緒に食事をするたびに、たいていもめてしまう。それでトラックから電話して、おばあちゃんに今日はもう疲れたので遠慮すると伝えた。

キャリー・アンとわたしはディンキーの荷物を下ろすと、〈ワイルド・クローバー〉に引き返した。従姉は車で走り去り、わたしはトラックを店の裏に止めて戸締まりを確認してから、ディンキーと一緒に歩いて家に帰った。

ディンキーは、わたしが荷物のなかから探し出したリードをつけて、少し前をちょこちょこと走った。リードをぴんと引っぱり、群れのリーダーとしてあくまで先頭に立つつもりだ。ときどき引っぱりすぎて、喉をつまらせ、咳きこんだ。このおばかさんは、リードをつけた歩き方さえろくに知らない。これでは先が思いやられる。

家に着くとディンキーを連れて裏庭を一周し、わたしの足よりも用足しにふさわしい場所をいくつか教えた。

そうこうするうちに、体の大きさではわたしのほうが勝っていると、遅ればせながら気がついて、犬恐怖症による不安もいくらか収まった。子どものころに噛まれた獰猛な大型犬とはちがって、ディンキーが襲いかかってくることはない。どちらが権力と支配の座につくかは、いずれ明らかになるだろう。わたしは自信にあふれ、毅然としていた。犬の言いなりなんかになるもんですか。

ディンキーが家のなかでうたた寝を始めたので、フロントポーチに出てすわっていると、ハンターが思いがけずハーレーダビッドソンに乗ってやってきた。彼はちょっと走らないかと、バイクの後ろに乗せてくれた。わたしはこんなときのために黒革のジャケットを買ってあった。バイクは大好きだから。

力強いエンジンのうなりを体で感じ、ハンターの引き締まったお腹に腕をまわすと、わたしたちは町を出て、ホリーヒルめざして北に向かった。ホリーヒルはウィスコンシン州南東部で一番標高の高い場所にあるカトリックの大寺院。うちの店に改装した小さな教会とはちがって、寺院の尖塔はいくつもの小さな町のはるか頭上にそびえ、まばゆい照明が数キロにわたって夜空を照らしている。

寺院の建物を通りすぎ、環状道路に乗って田園地帯を走り抜けた。ウィスコンシン州の地理に不案内で、カンザスのようにどこまでも平坦な土地がつづいていると思われているなら、それは真実とはほど遠い。州のこのあたりは、氷河時代にふたつの巨大な氷床がすさまじい圧力を受けて衝突し、そのあいだにはさまれた土地がはじけ飛んで、岩と砂からなる大きな山と深い谷ができあがった。

そういう歴史から、モレーンの町はなだらかな丘、渓谷、険しい峰、そしていくつもの深い湖に囲まれている。

澄み切った夜と初夏の甘い香りに包まれて、わたしは死も悲劇も犬のこともすっかり忘れた。

一時間後、ハンターはバイクをわたしの家の正面に止めた。夜気は昨日よりも暖かく、からりとしていたので、わたしたちはフロントポーチにある古いラブシートに腰を下ろして、手をつないだ。ラブシートは(願わくはそう遠からぬうちに)、その名にふさわしいものになってくれるかもしれない。このシートには、かつて期待を裏切られたみじめな思い出が残っていたけれど。

「キャリー・アンから電話があった?」わたしは従姉の飲酒のことがまだ気にかかっていたので、そうたずねた。

「いや、どうして?」

「また飲みはじめたみたい」

ハンターは隠そうとしたけど、内心がっかりしたのがわかった。事実をすっかりつかむまでは、個人的な意見をむやみに口にしない。それは彼の警察官らしい一面だ。

「今朝、お酒のにおいをぷんぷんさせてた」とわたしは言った。「あなたに電話するって約束したんだけど」

「まだかかってこないな」

「じゃあ、そっちからかけて」

「ぼくは彼女の親でもなければ看守でもない。助けが必要なら、彼女のほうからくるさ」

「あなたはいろいろ経験してるじゃない。治してあげられないの？」

ハンターは首を振った。「それができるのは本人だけだ。でも、きみが心配だって言うなら、たまたま会ったような顔をして、様子を見てみるよ」

「ありがとう」

ふたりの女性が森で死んだ事件の捜査が、次に話題にのぼった。

「明日の朝、マスコミに公表する」とハンターは言った。「だからこれから言うことは、他言しないでほしい。せめて公表するまでは」

P・P・パティの家にちらりと目をやると、彼女が窓ぎわを通りすぎるのが見えた。

「だれにもひとことも言わない」とわたしは言った。パティがうちに盗聴器を仕掛けているのではないかとふと思ったが、そんなことを考えるのは――充分ありうるにしろ――あまりにも被害妄想じみている。「でも念のために、小さな声でお願い」

「念のため？」とハンターが訊いた。

えっ、声に出して言っちゃった？

「なんでもないの、ちょっと疲れてるだけ。じゃあ教えて」

「ヘティを殺したあと自殺したという線は消えたよ。ローレンは自分を撃ってはいなかった」

わたしは黙ってすわりながら、その情報を頭にしみこませた。殺人事件が二件! だとすると、容疑者かもしれない人間と毎日のように顔をつき合わせていることになる。わたしの知り合い、好きな人、あるいはご近所のだれかが人殺しだなんて、そんな縁起でもない。

たとえば、わたしはついさっきノーム・クロスのキッチンに上がりこんでいた。彼が第一容疑者であってもおかしくないとは思いもせずに。ノームはヘティの夫で、テレビドラマをよく見る人ならご存じのとおり、警察が真っ先に訪れて質問攻めにするのは配偶者と決まっている。おまけに、警察が彼らのしわざではないと考えていったん釈放したとしても、たいていはドラマの大詰めでやっぱり真犯人だったと判明する。

「ノーム・クロスにはもう質問した?」とわたしはたずねた。「彼が犯行時刻にどこにいたとか、動機のあるなしはわかったの?」

「彼とは話をしたよ、たしかに」

「で、彼はなんて?」

ハンターはこんなことは言いたくないんだが、というふうに顔をしかめた。

「それは極秘扱いなんだ。話すわけにはいかない」

「ああ、そう」わたしはうなずいた。ということはつまり……? 警察はノーム・クロスにとって不利な証拠をつかんでいるのだろうか?

ハンターとわたしはラブシートで身じろぎして、ただ手をつないでいるだけから、ハンターがわたしの肩に腕をまわし、わたしが彼の胸に頭をもたせかけるという体勢に進んだ。

わたしはノームのいったい何を知っているだろう。たいして知らない。

彼は性悪な女と暮らしていた。犬のしつけがなっておらず、家の散らかりようから見て、人並み以下の暮らしぶりでよしとしている。ノームはヘティを殺したのかもしれないし、だからといって彼を責めるつもりはこれっぽっちもないけれど、それなら、どうしてローレンまで手にかけたのだろう？

「行きずりの犯行という線も考えられる」とハンターが言った。

「このあたりじゃ考えられない」

「無差別殺人は大都会でしか起こらないと思ってるのかい？」

「ノーム・クロスを徹底的に調べてみたら」とすすめた。

「そうだな、シャーロック。その言葉を心に留めておくよ」家のなかから物音がした。わたしは聞こえないふりをした。

「あのクンクンいう声は？」とハンター。

「知らないほうがいいわ」

ハンターは立ちあがり、玄関ドアをほんの少し開けた。ディンキーはすかさずそのすきまをすり抜け、わたしに向かって一目散に走ってきた。わたしの足もとで飛びはね、ちっちゃな爪で引っかきまくるので、降参して抱きあげた。ちなみに、わたしがまともにこの犬を抱いたのはこれが初めて。正直、あまり気持ちのいいものではなかった。毛はぼさぼさで、何カ所かすっかりはげたところなど、まるで魚のうろこみたいな手ざわりだ。

でも、この試練には黙って耐えた。

そしてハンターに、ノーム・クロスのしつけのなっていない犬を預かるはめになったいきさつと、従姉にまんまとしてやられたことを話した。それのどこがそんなにおかしいのか、ハンターは大笑いしてどうしても止まらなくなった。ディンキーに目をやるたびに、あちこちはねまくったぼさぼさの毛皮で、お姫さまのようにつんとすまして膝にすわり、わたしを新しい親友と決めてかかっている様子に、またしても笑いが込みあげる。

「まいったな」彼は涙をぬぐいながら言った。「今日みたいな一日のあとは思いきり笑うにかぎるんだ。こんなひょうきんな犬は初めて見たよ。だけど、きみが難題から逃げず、犬恐怖症に真っ向から立ち向かってるのには感心した」

「何もかもキャリー・アンのせいなの」

「また飲みはじめたというきみの勘が当たっているとしても、まだ機転とやる気は失っていないようだ」

「気がすむまで笑ったら、まじめな質問があるんだけど」警察署で小耳にはさんだ警官たちの話を思い出したのだ。

「まじめに答えるよ」とハンターは言ったが、ちっともまじめそうに見えなかった。

「ローレンは即死じゃなかった、現場から這って逃げようとしたんでしょ?」

ハンターはうなずいた。笑顔は消えていた。「どこで聞きつけたのかは知らないけど、そのとおりだ」

「じゃあ、どうして犯人はとどめを刺さなかったのかしら？」

「いい質問だ。ローレンは犯人が立ち去るまで死んだふりをしていたのかもしれない。いったん気を失ったが、意識を取り戻し、助けを求めて這っていったのかもしれない。あるいは、犯人は彼女の苦しんでいるさまを見たかったのか」

わたしの想像力に火がつき、失地に血痕が点々とつづいているさまが、脳裏にまざまざと浮かんだ。「だれがそんなひどいことを？」

「きみは驚くかもしれないけど、この世は醜い場所なんだ」

わたしは膝の上の犬を見下ろした。雰囲気を明るくしたくて、「でも、この犬と比べたらまだましかも」と言った。

ねらいが当たって、ハンターはまた笑いだした。わたしも笑いをかみ殺した。この状況をあらためて見直すと、滑稽と言えなくもない。

ちょうどそこへホリーのジャガーが止まり、妹が車から降りてきた。茶色のランチバッグを持っている。

「おばあちゃんからおすそ分け」と言って、ポーチにあるサイドテーブルに置いた。「キャセロールとチェリーパイよ。こんばんは、ハンター。ちょうどよかった、確かめたいことがあるの。最新のうわさによると、ヘティ・クロスとローレン・ケリガンはどっちも殺されたんですってね」

ハンターは両手を高く上げて、空を仰いだ。苛立っている証拠だ。

「頭のなかで何かを考えたら、たちどころに町じゅうに知れわたるんだ」

「それはなに？」ホリーがわたしの膝をじろじろ見た。「あら、生きてるじゃない。なんだか知らないけど、いま動いたわよ」

「話はあとで。とりあえずルームメイトをなかに連れていって、仲よくしてね」

「ルームメイト？　仲よくする？　ずっと同居するみたいに聞こえるけど」

「とりあえずよ」

「名前はあるの？」

「ディンキー《しょぼい》」

妹は噴き出した。ハンターもそれにならった。その名前が大受けするのは無理もないけれど。

ホリーはディンキーを抱きあげると、その動物の正体を言い当てた。どんぴしゃりとまではいかないけれど。「仔犬だったのね！」

「そうじゃなくて、すごく小型の犬だと思うけど」とわたし。

「きっとまだ仔犬よ」ディンキーをあやしながら、ホリーは家のなかに入った。

ハンターとわたしは肩を寄せ合って、しばらく星空を見上げた。そのあと彼は別れのキスをして、轟音とともにバイクで立ち去った。

流れ星がひとつ夜空をかすめ、オーロラ・タイラーのことを思い出した。彼女の考えには賛成できない。だれにでも選ぶ権利はある。もし人間に自由意思がなくて、何もかもあらかじめ決まっているとしたら、いい結果を出そうとがんばったり、最善を尽くしたりすることにどんな意味があるのだろう。

この世がままならないことは、認めるけれど。

14

月曜の朝、目が覚めると二日酔い気味だった。ハンターが帰ったあと、ホリーとふたりでワインのボトルを空けたので。

養蜂場をぶらぶら見てまわり、巣箱をひとつひとつ点検しながら、ハンターについてあれこれ思いめぐらせた。ハンターと会ったあとは決まってそうなる。

夜、店を閉めてくつろいでいるときは、ためらいも迷いもなくなる。彼といつまでもいたくなり、いいところも悪いところもひっくるめて、彼のすべてが欲しくなる――わたしはそのどちらの面も、いくらかはわかっているつもり。なんといっても、わたしたちは幼なじみだから。

ところが、お日さまが昇ると、気分はがらりと変わる。わたしは自信をなくし、現実の人間関係がどれほど難しいものであるかを思い出し、過去の悲惨な失敗がよみがえってくる。かつては、元夫が人生の伴侶にふさわしいと思いこんでいたのだ。最近では、いったん距離を置いてからでないと、人生を変えるような決断はとても下せない。そもそも、いい男を選ぶとなると、いかに多くの女が判断を誤ってしまうことか。わたしがいつまでたっても、そのひとりから抜け出せないとしたらどうしよう。

そもそも、ハンターはこれまでどんな形にしろ、わたしを束縛するようなことは口にしていない。そんなことを気にするのは、こと男性に関して、わたしがいかに混乱しているかの証しでもある。彼との交際を素直に楽しんだらいいのに、ふたりの行く末をあれこれ思いわずらってばかりいる。

ハンターの長所と短所について、巣箱の点検をしながら頭に浮かんだことを、思いつくままにあげると――

長所

・ハンターはわたしを縛らず、好きなようにさせてくれる。あれこれ要求しない。鼻っ柱の強い女系の血を引くわたしに、尽くすのはとうてい無理。フィッシャー家の女は男にかしずかない。

・世の多くの男性とちがって、ハンターは母親を求めていない。完璧に自立している。自分の家を持ち、きちんと管理し、洗濯や料理もこなす。

・わたしのやることなすことを批判しない。暗にわたしのやり方がまずいと言わんばかりの、男によくある知ったかぶりの助言をしない（そういう男なら、すでに経験ずみ）。

・わたしは彼を憎からず思っている。しかも、ほれぼれするほどいかした足の持ち主だ。わたしは男の人の足に弱い。とりわけ彼の足にはそそられる。夏は裸足の季節、待ち遠しくてたまらない。

短所
・ハンターがわたしを束縛しないのは、そばにいられると迷惑だから？（われながら矛盾してる！）
・彼は三十四歳で、一度も結婚したことがない。それはどうして？　わたしの知るかぎり、母親をのぞいては、異性と暮らしたこともない。女性と深くかかわるのが苦手なのでは？
・それに飲酒の問題。彼は過去の話だと言うけど、うちの母さんはいずれまた飲みはじめると予言している。これまでそんな兆候はまったくないとはいえ、将来、大きな問題に見舞われるのでは？

どれもこれも、すぐには答えの出ない問題ばかり。将来についてくよくよ思い悩むのはやめて、いまを大切にしなければ。今日のところは、ひとまず悩みはおあずけにしよう。
うちの蜂たちは元気そうだった。ほとんどの巣箱が、新米のわたしの世話と保護のもと、無事に冬を越した。これほど規模が大きくなってからは初めての冬越しで、まだまだ修業中の身であることを考えれば上出来だ。

失敗もないではない。早春のころ、ある巣箱のふたをあけたところ、群れが全滅していて、何日も胸が痛んだ。わたしのせいだと思い、つくづく情けなかった。

その群れは死んでしまい、もはや生き返らせるすべはないけれど、その巣箱に新しい女王蜂と働き蜂を入れることで、新たな命が育っていく。昨日回収したばかりの分蜂群が活発に動きまわり、まえよりもひとまわり大きな新居になじんでいるのを見ると、嬉しくなった。

ディンキーは裏庭をちょこちょこ走りまわって、別荘を探検している。蜂については、余計な手出しは無用と心得ているようだ。勘が働くのか、巣箱には近寄らず、わたしが世話をしているのを遠くから見物している。まるでその一帯が見えない電気フェンスで囲われ、犬は立ち入り禁止とでもいうように。

裏庭は万華鏡さながら、次々と移り変わる春の色彩であふれていた。ライラック、ラヴェンダー、美女桜、それにゼラニウムが花壇で咲きほこっている。多年草がつぼみをつけ、木々の若葉も広がりだした。

「ちょっと、ストーリー」

名前を呼ばれてびくりとしたわたしは、背を向けたまま、巣箱の点検をつづけた。聞こえないふりをしていたら、消えてくれるだろうか？　まさかね。

「ストーリーってば！」

「あら、ロリ」と、天敵の不動産仲介人に返事をした。残念ながら、彼女は売却をまかされている元夫の家の私道にまだ立っていた。この女はまえから攻撃的だったけど、不動産市場が不況で冷えこんでからは、いっそう獰猛になった。

「ただでさえ条件が悪いのに」と不満をぶちまける。「あんたが裏庭に巣箱をずらずら並べてるから。おまけに、今度は死体がふたつ、しかもすぐ近くで見つかるなんて」

わたしは彼女のほうをちらりと見た。

「ほんと、迷惑よね。ヘティとローレンがあんなふうに殺されて、そのせいでがっぽり入るはずだった手数料がぱあになるなんて。ふたりは日取りについて、まずあなたと相談したらよかったのに」

ロリの丸顔は、怒ると真っ赤になる。羞恥心のかけらでもあれば、大失態を演じたときもしおらしく赤面するところだが――たとえば、以前うちの庭を通ってわたしの夫のもとに忍んでいく途中、巣箱にぶつかって大騒ぎを引き起こしたときのように。ほかの人間なら恥ずかしくて顔を合わせられないはず――謙虚さはロリの人柄には見当たらない。

「あんたの蜂のせいで、この物件を売却するのはまず不可能よ」と彼女は言った。「そもそも、あんたが芝生をきちんと手入れして、まともな人間らしくふるまわないかぎり、売り出す気にもなれない。タンポポをわざと生やす人間なんてどこにいる?」

「あっちへ行って、ロリ」

わたしは自分の仕事に戻り、巣箱に充分な蜜の貯えがあるかどうか、ひとつひとつ確認していった。

「なんなら、除草剤をまくお金を出してあげてもいいわよ。あたしの財布から。それならどう？」

「だめ。うちの庭に毒物はいっさいお断わり」

わたしはくるりと向き直って、きっぱり言いわたした。ロリはつんとすました顔に、体に合わないパンツスーツとバービーもどきのハイヒールをはいている。

「どうして雑草を退治しないの」と、しつこく食いさがる。「世間の人はみんなそうしてるのに」

わたしは口を閉じていることができなかった。思わず、きつい言葉が飛び出した。あの母にしてこの娘あり。「自分を見たら」とわたしは言った。「どうして化学薬品を使わないのか知りたかったら、鏡を見なさいよ。毒物が生物をどんなふうにしてしまうのか、ぴったりの見本があるから」

ロリはわたしをにらみつけた。「これで終わりと思ったら大まちがいよ」としゃがれた声で言った。「町議会に訴えてやる」そう言うなり、足音も荒く遠ざかっていった。

ロリとわたしが角突き合わせるのは、これが初めてではない。町長（＝彼女の夫）という後ろだてがあるにもかかわらず、ロリは去年、うちの蜂を町から追い出そうとして敗北を喫した。このさい言わせてもらえば、市街地でも都会でも、蜂を締め出すのではなく、蜂を飼う人がもっと増えたらいいのに。人家のそばには愛らしい一年草や多年草など、花蜜を出す花が豊富だから、野草や単一作物に頼らざるをえない場合より、ミツバチは元気に育ち、良質のはちみつが採れる。ロリがまたしても町議会を巻きこむつもりなら、そんな話もしてみようと思っている。

わたしは頭のなかでロリにひとつふたつ悪態をついてから、ディンキーを抱きあげて店に向かった。うちの〝眠れる森の美女〟は朝寝坊でいらっしゃるので、毎朝店を開けるのは、キャリー・アンかわたしの役目になる。ディンキーは家に残していくつもりだったけど、これまで見たかぎりでは、この小さなご婦人を信用しかねていた。夜のあいだに、ディンキーはわたしのお気に入りのビーチサンダルの片方を、噛んでボロボロにした。いたずらもほどほどにしないと、嫌われるから。

月曜の朝はいつも客の出足が遅い。でも今朝は様子がちがった。

「ハンターがお待ちかねよ」と従姉のキャリー・アンが言った。顔色がよく、ツンと立った麦わら色の短い髪も決まっている。その髪を見ると、ディンキーを思い出さずにはいられなかった。従姉のほうがもっと奇抜な色だけど。「裏口からこっそり入ろうとするのを見つけたの」

「もうふたりで話をした？」と訊いてみた。「その、例の件について」

「まあね。話はついたわ」

わたしはほっとして、彼女のそばを通りすぎた。キャリー・アンはほがらかで、お酒も飲んでいないようだ。

「ちょっと待った」と呼び止められた。「そんなにあわてないで。ディンキーはどこ？　後悔するようなことはしてないわよね？　あの子は元気なんでしょう？　いなくなった、なんて言わないでよ」

「まあまあ、落ち着いて」犬なら小脇に抱えている。ディンキーはそこから腋毛のかたまりのように顔をのぞかせていた。お客さんが毛深い新顔の連れに気づかないうちに、奥の事務所に入ってしまうつもりだったのに、従姉がわめいてくれたおかげで、何人かがこちらを振り向いた。「ここにいるわよ」と耳打ちして、すばやく証拠を見せると、さっと奥に引っこんだ。事務所と倉庫と休憩室を兼ねた部屋のドアを開けると、ハンターとベンが待っていた。どちらも男らしくて頼もしかったけど、ベンが犬だということを差し引くと、ハンターに軍配が上がる。

わたしはドアを閉めた。

「きみの家に寄ろうとしたら」ハンターがにやにやした顔でからかう。「ロリがお隣にいるのが見えた。おっかない顔をして私道に立ちはだかっていたよ。きみたちふたりが例によって楽しげにおしゃべりしてるみたいだったから、声をかけなかった」

あとでハンターの性格リストにもうひとつつけ加えることにした。短所のほうだ。恋人を守ろうとする気概が足りない、と。「うそばっかり」とわたしは言った。「はさみ撃ちされるのが怖かったんでしょう」

「まあね。電話してもよかったけど、仕事のまえに、きみのかわいい笑顔が見たかったから」

「もう、口がうまいんだから」思わずしまりのない笑顔になる。

ディンキーをハンターの足もとに下ろす。その足はハーレーダビッドソンのブーツにすっぽり覆われていた。あーあ、がっかり。

ディンキーは四本の足が床についたとたん、おもらしをした。いまではすっかりおなじみになった黄色い水たまりが広がる。

「ノーム・クロスによると」とわたしは言った。「これは、あなたが気に入ったというしるしなの」

「ぼくはご婦人がたに人気があるらしい」

わたしが床をふいているあいだ、ベンは自分の大きな足をくんくん嗅ぎまわっている、へんてこりんな動物をじろじろ見ていた。わたしたちと同様、この小さな毛皮のかたまりが何者か決めかねているらしい。ディンキーが調べている足をいったん持ちあげ、またおずおずと床に下ろし、それから後ずさった。

「いつから犬を店に入れるようになったんだい？」ハンターが笑いをかみ殺しながら訊いた。

「ベンは堂々と入ってきたわ。あなたも許可を求めなかったし」

「ベンは使役犬だから。どこでも行きたいところに行ける。ディンキーはそれだけの資格を満たしていないんじゃないかな——」

「もういいわよ。それよりいいことを思いついた」とわたしはさえぎった。「あなたの言うとおり、わたしはこの犬と縁を切りたいの。逮捕して。一緒に連れてってよ」

「ぼくに頼むのはお門ちがいだ。ベンが昼飯代わりにぺろりと平らげてしまうかもしれないぞ。この部屋から出さなければ、だれにもわからないよ。ただし、ジョニー・ジェイにはくれぐれも見つからないように。やつはきみをつけねらってるから」

月曜日の朝にそれだけ聞けば、もう充分。ジョニーはばかでかいハゲタカさながら、襲いかかる機会を待っている。

「ところで、おふたりさんはこんな朝早くからなんの用？」とたずねた。暗い気分を振り払い、前向きになろうとして。「店にまでくるぐらいだから、よっぽど大事な用件なんでしょう」

ハンターはふだん、〈ワイルド・クローバー〉を避けていた。ここは――彼いわく――〝うわさと中傷の温床で、いかがわしい茶番の舞台〟だから。その見立ては、当たらずといえども遠からず。〈ワイルド・クローバー〉には大勢の人が集るし、みながみなお上品な思考の持ち主とはかぎらない。

「話がある」と言ったハンターは、もう笑っていなかった。

おっと。男性から話があると言うときは、ろくでもない知らせやもめごとと相場は決まっている。二秒ほどのあいだに、ありとあらゆる考えが頭をよぎった。つきあいはじめたと思ったらもう終わり？　これからはいい友だちでいようって話？　そんな爆弾、よりにもよって朝一番に店で落とさなくてもいいでしょうに。

「話？」わたしは口ごもった。「へぇ……」

「昔のことなんだ。二、三、思い出せないことがあって」

「なるほどね」それって、わたしたちの過去のこと？

「ここじゃなんだから。昼休みにスチューの店で会えるかな？　ランチをおごるよ」

「いいわよ」わたしが軽い女だとか？「でも、なんの話かちょっぴりヒントをもらえない？」と頼んだ。「さもないと午前中そのことばかり考えて、気が変になってしまうから」という部分は省略して。

「令状を取ってノーム・クロスの家を捜索したら、ちょっとしたものが見つかった」

「つまり、ノームがローレンとヘティを殺したってこと？」

「そんなことは言ってない」

「じゃあ何を見つけたの？」

「ここじゃまずい。またあとで」

「わかった」

「それと、ディンキーは連れてくるな」

ふと、あることを思い出した。「大変、店番を代わってもらわないと。今日の十一時に歯科の予約があるのをすっかり忘れてた」

ハンターの両眉が上がった。「そうか、なら忘れてくれ。またの機会にしよう」

「そんな！」彼の力になり、そのうえ、内部情報も手に入れられるせっかくの機会を棒に振る？　とんでもない。「できるだけ急いで行くから。安心して」

ハンターとベンが裏口から出ていくと、わたしが店を空ける数時間の穴をどうやって埋めようかと算段した。ホリーと（出勤してきたら）キャリー・アンがいれば、当面はなんとかなる。もともと、わたしが歯科に行ってるあいだ、ふたりで大丈夫と請け合ってくれていた。予定より一時間延びても、店があまり込まなければ問題ないだろう。

　わたしは奥の部屋から頭だけ突き出した。すでに店は込んでいた。

「ちょっと手伝って」

　キャリー・アンが声を張りあげた。いまこっそり開けたこのドアに、あとで油を差して、きしまないようにしなければ。レジには長蛇の列ができている。できれば避けたい光景だ。キャリー・アンとわたしは何時間も休みなく働いた。ホリーが到着したので、すかさずディンキーを用足しに連れ出そうとしたところ、袋入りのウィスコンシン産ビーフジャーキーの箱を噛んで、中身を部屋じゅうにぶちまけていた。散らかった部屋を片づける。

　芝生に出ると、ディンキーが用足しを拒んだ。

　店に戻ってから双子に電話した。どちらかひとりでも一、二時間早めにきてもらえないかと頼むつもりだったけど、伝言を残してくださいというメッセージが聞こえただけ。双子の一方が間に合うようにかけ直してくれる見込みはまずない。万事休す。どうしよう。

　ハンターとランチを取りながら、彼がクロス家で何を発見したか教えてもらうという誘惑には勝てなかった。そこで、禁じ手を使うことにした。どんなことがあっても絶対しないと誓っていたのに。これからは絶対にとは、絶対に言わないことにしよう。

　とはいえ、これは〝軽減事由（犯罪の成立は否定されないが、責任が低減している場合に、刑罰の減免が認められる）〟に当たるかもしれない。

女には腹をくらなければならないときがある。たとえそれが、自分の生き方に反することでも。

そういうわけで、わたしは母さんに電話して、店番にきてもらう段取りをした。

ミツバチが好む花

[春]

- ●セイヨウタンポポ
- ●シロツメクサ
- ●ライラック
- ●ラヴェンダー
- ●ハナビシソウ
- ●テンジクアオイ
- ●バーベナ

[夏]

- ●コスモス
- ●ハルシャギク
- ●ムラサキバレンギク
- ●ヒマワリ
- ●ロシアンセージ
- ●デージー
- ●マツムシソウ

[家庭菜園から]

- ●ミント
- ●カボチャ
- ●ズッキーニ
- ●オレガノ
- ●ローズマリー
- ●タイム

15

T・J・シュミット医師は、いわゆる歯科医の特徴がすべてそなわっている。たとえば、非の打ちどころのない完全無欠の歯。ほかのだれよりも大きくて、歯並びがよくて、白い。手入れさえ怠らなければ（歯みがきの回数をふやし、フロスも定期的にする）、彼のような立派な歯になれると、つね日ごろから患者たちを戒めている。あれほど健康な歯の持ち主は、モレーンにはひとりもいない。

もうひとつは、つねに絶やさぬ笑顔。自分の仕事が好きでたまらず、次の患者に苦痛と拷問を与えるのが待ちきれないといわんばかり。目下のところ、その患者というのはわたしだった。

あとひとつは、ひっきりなしにしゃべり、矢継ぎ早に質問すること。あいにく、わたしの口は金属の器具と手袋をはめた指でいっぱいで、その問いに答えることはできなかったけれど。

「ご家族はお変わりない？」

「あー、あい」彼はどんな答えを期待しているのだろう。この体勢で、家族ひとりひとりについて詳細な報告をしろと？　おざなりな質問かもしれないが、礼儀上答えないわけにはいかない。「口にものを入れたまましゃべってはいけません」という礼儀ほうは、ひとまず目をつぶることにして。それにしても、舌を押さえつけられているせいで、わたしの声帯が発する音は、むにゃむにゃもごもごとしか聞こえないのに、彼がそれを苦もなく理解することにはたまげた。

「むにゃむにゃむにゃ……」

「そりゃあいいね」彼は押したりつついたり、レントゲン撮影や洗浄や研磨のあいまに、当たり障りのない質問をあと二つ三つ差しはさんだ。そのあと、いよいよ本題に入った。ただし話題の中心は殺人に移ったものの、相変わらず、双方向の会話は難しい。そこで、今回はT・Jが一方的にしゃべり、わたしは彼の意見をひたすら拝聴することになった。

「世間ではいろいろ言われているね」とT・Jは言いながら、口内鏡を口に押しこみ、さらにつつきまくる。「ジョニー・ジェイはローレンが刑務所を出たことを知って頭にきた。彼女が晴れて自由の身になったことで怒り心頭に発し、自制心を失って彼女を殺した。そういう意見もある」

「もごもごもご……」

「そうなんだ。それに、町の住人ならだれでも、彼がかんしゃくを起こした場面をどこかで目にしている。なにしろ、あいつは気が短いから。チクタク言ってる爆弾みたいなもんだ。おや、右の奥歯に小さな虫歯があるぞ。ついでに、治療しておこうか？」

「いまはいいれす」

ちょうどそのとき玄関ドアがチリンと鳴り、すぐにT・Jの妻アリが診察室に入ってきた。毎日二、三時間、歯科医院を手伝っているが、わたしがきたときは姿が見当たらず、がっかりしていたのだ。アリは町がてんやわんやの大騒ぎだったころ姉を訪ねて留守だったから、診察を待つあいだにその話をするつもりだった。

「遅れてごめんなさい」と、アリは夫に声をかけた。「思ったよりも長引いて」それからわたしに挨拶した。「ローレンのことを聞いたわ」と首を振った。「ひどい話ね」

わたしはアリとT・Jの両方に、ジョニー・ジェイが容疑者だという説に関して私見をひとつふたつ聞いてもらいたかったのに、あいにくわたしの口はまだ役立たずだった。

「アリ」と彼は言った。「ストーリーに追加の治療が必要なんだ。小さな虫歯があってね」

「はい」と返事して、アリは診察室を出ていった。

T・Jはわたしの口を解放してくれた。「口をゆすいで」と紙コップを手渡す。

これでようやくしゃべれる。「町の人たちは警察長がローレンとヘティを殺したと思ってるの？」と、〝ぶくぶくぺっ〟のあとたずねた。

「巷《ちまた》ではそう言われているね。なにしろ、ローレンに父親を殺されたんだから。あの男はきみも知ってのとおり、権力をかさに着たところがあるし、性格も悪い。しかも動機がある」

「うちの店では、そんな話はまだひと言も出てないけど」

「いやいや」と彼は言いながら、感染防止用の手袋をはずしてごみ箱に投げ捨てた。「この椅子にすわると、みんな口が軽くなるんだ」

なるほどね。でも、どうやってしゃべるんだろう。

アリが金属のトレイを運んできた。治療用の器具がずらりと並んでいる。そのひとつは、ひときわ目立つ大きな注射器だ。

「ちょっと待って」とわたし。「わたし用じゃないわよね？」

T・Jはアリをちらりと見た。「ぼくはストーリーの次回の予約を入れてくれと頼んだんだ」

「あら、ごめんなさい」とアリ。「これから虫歯の治療をするものとばかり。わたしの早とちりね」

T・Jは注射器を手に取った。わたしの想像かもしれないが、彼の目が期待にはやるのが見えた。

「どうする、ストーリー？　ほんの十五分で終わるし、そうすればあと半年はこなくていい。ほんとにちっちゃな虫歯だから」

わたしは携帯で時間を確認した。なんとかなりそうだ。ただし、歯を削られたり突つかれたりしなければの話で、そんな気はさらさらない。でも、いっそひと思いに片づけるほうがいいかも。

「じゃあお願い」と返事をした。

十五分後、T・J（こと、拷問好きの歯科医）は麻酔をかけようと三度めの注射をしていた。カルテに目を通す。「おかしいな。前回はなんの問題もなかったのに」

「わらひにも、さっぱり」

「お酒は飲んでないよね？」

「どうひて？」

「飲んだのかい？」

「きのうのばん、ワインを」ホリーとふたりでボトルを空けたことを思い出した。それがいまの状況となんの関係があるのだろう。顔はヘリウムで膨れあがった気球みたいにぱんぱん。唇も頬も行方不明。何ひとつ感じない。ただし、Ｔ・Ｊが充分麻酔が効いたと思って使いはじめるドリルだけは例外だった。彼が削りはじめるたび、神経をかきむしられるような鋭い痛みが脳天を突き抜けた。「もうやめる。おこひて」

わたしはビニール製のエプロンをむしり取った。唾液が糸を引き、シャツの胸に垂れた。

「アリにあとで店に電話させるよ。日を改めよう」とＴ・Ｊ。「この次は、診察のまえの晩にアルコールは控えること。うまくいかなかったのはそのせいだよ。ときどきあるんだ」

だれしもそうだが、Ｔ・Ｊも失敗をほかの原因、あるいは他人のせいにした。いまの場合は、ワインを飲んだわたしが悪いと。言わせてもらえば、この椅子に戻ってくる気になるには、ボトルをもう一本、空けなくてはならないだろう。

わたしは玄関から飛び出し、メイン通りを駆け抜けてハンターのもとに急いだ。ベンがＳＵＶの助手席にすわって相棒を待っていたので、手を振った。ベンの耳が挨拶代わりに、ぴくりと動いた。ベンは人前で愛情をあらわにしないたちだから。

〈スチューのバー＆グリル〉は昼食どきで込み合っていた。ハンターは、彼の車と相棒の姿がひと目で見える窓際のテーブルに陣取っていた。

わたしはにっこりしようとしたが、うまくいかなかった。笑顔になっていたのかもしれないが、自分ではよくわからない。

「きみの分も頼んでおいた」とハンターが言った。「気を悪くしないでくれ。遅れてきたし、時間がないのはわかってるから」

「あいがとう」

「その顔、どうかした？」

「あいしゃさん」

アルバイトのウエイトレスが、ハンバーガーとフライドポテトを山盛りにしたバスケットをふたつ、テーブルに置いた。

「食べられないかな？」とハンターが言った。

わたしは黙ってうなずいた。

「そうか。じゃあ、しばらくぼくが話すから、きみは聴いててくれ」

また、うなずく。

ハンターはハンバーガーをかじりながら話した。わたしのほうは、フライドポテトをちびちび食べては氷水をすすった。

・ノーム・クロスが自宅への立ち入りを拒んだので、警察は家宅捜索令状を取った。
・ヘティは殺人事件の被害者なので、警察は手がかりを捜索する必要があった。ノームに協力を求めるのは、彼が容疑者であるか否かにかかわらず、正当な権利である。
・今朝、ハンター、ジョニー・ジェイ、その他大勢の法執行官が到着して、建物と敷地を調べた。ノームが妻を殺した可能性を示す証拠も、事件の解決につながる手がかりも見つからなかった。
・しかし、予備の寝室にあったホワイトボードがハンターの注意を引いた。新聞の切り抜きが貼ってあり、どの記事も〝失地の怪人〟ことランタンマンに関するものだった。

「何年にもわたって、地元紙はランタンマンに関する記事をいくつも載せてきた」とハンターは言った。「とくにキャンプしていた子どもたちが襲われてからは。だれかが姿を見たというたびに、記事が出た」

わたしは思いがけない話に啞然とし、片方の頰がぴくぴく引きつった。モレーンは世間の注目を浴びるような土地柄ではない。でも、それもこれまでか。

ハンターは先をつづけた。「どうしてノームはわざわざ新聞を切り抜いて、ボードに貼ったりしたんだ？　もし、その記事がなんの意味もなかったら……」

「もし、かれがランタンマンでなかったら……」ゆっくりしゃべったら、なんとかまともに聞こえる。

「ぼくも同感だ。今朝それをぶつけてみたが、ノームは否定したよ」

「そりゃそうよ」

「話はそれだけじゃない」ハンターはバスケットの上に身を乗り出し、わたしに顔を近づけた。「同じ部屋でランタンのコレクションを見つけた」

「うっそぉ」

「彼が言うには、もう何年もアンティークのランタンを集めているそうだ」

「コールマン製のランタンみたいな？」

「それに鉄道用のランタンも。わざと強引に揺さぶりをかけてみたが、ランタンマンの正体については知らぬ存ぜぬの一点張りだ」

わたしたちはそのことについてしばし考えこんだ。ノームがランタンマンだとしてつじつまが合わない点があるだろうか？　彼の地所は郡や町の土地に隣接している。しかも、若い子たちが失地に出入りするのを妻がどれだけいやがっていたか、昨日、本人の口から聞いたばかり。ひょっとしたら、ノームは妻に輪をかけて、子どもが嫌いなのかもしれない。その思いが高じて、暗くなってから失地にやってきた者を片っ端から脅かし、彼らが肝をつぶして二度とやってこないように仕向けた……。

「これで、ランタンマンの正体がわかったということね」わたしは慎重に言葉を発し、まともにしゃべれていることを耳で確認した。「証明はできないにしろ」

「ぼくたちが失地にくり出した晩のこと、覚えてるかい？」

「忘れるもんですか」

「そうだな。でも、ランタンマンは出なかった」

「そういえば」

「どうしてだと思う？」

「手がふさがっていた、とか？」

「ぼくたちはけっこう騒いだはずだ」

わたしは肩をすくめた。ずいぶん酔っ払っていたから――まあ、何人かは――かなり騒々しかったはずだ。「かもね」

「あの当時の警察の巡回記録を調べようかと思ってる」

「どうして？」

「ここは小さな町だ。きみは二、三日留守にするときにはどうする？」

「ひとりに言えば、みんなに伝わる」

「そのとおり。みんなにわかる。ジョニー・ジェイの耳にも入る。そしたら彼はどうする？」

「何もしない」

「もとい。きみを除いた地域住民への奉仕として何をする？」

「わからない」

「パトロールするんだよ。安全確認のために」

「そんなことしてるの？」

「住民のほうから電話して巡回を頼むこともある。ぼくたちが森に出かけたとき、もしノームが留守だったら、彼がランタンマンだという説の傍証になる」

「でも、どうしてそこまで手間をかけるの？」

「ヘティ・クロスとローレン・ケリガンが死んだから。それに、ランタンマンが当時もいまも正体不明だから。おまけに、どの道をたどっても行き着く先はひとつだから」

「失地ね」

わたしはがぜん興味を引かれた。

「いま言ったことは、他言しないでくれ」とハンターは言った。「ここだけの話ということで。見込みちがいの場合、外に洩れたらノームに申しわけがない。彼は奥さんを亡くしたばかりだ。これ以上のごたごたはごめんだろう。それに、きみは秘密を守れる人間だ。だから話した」

わたしは気をよくした。彼はわたしを信頼してくれている。相変わらず小さな針が唇や頬をちくちく刺すような感覚をまといながら、慎重にしゃべった。「うちの店でも耳をそばだててるわ」

ハンターは苦笑した。「おしゃべり好きのお客さんたちの話を真に受けるわけにはいかない。そう言っておいてなんだけど、世間でどんなうわさが流れているのか教えてほしい、いいね？」

わたしはいびつな笑みを浮かべた。ハンターはふだんゴシップを忌み嫌っているから。彼がその方針を翻したのは職務ゆえだ。「K（了解）」とわたしは言った。

〈ワイルド・クローバー〉に帰ると、母が店をすっかり模様替えしていた。

16

母さんは全部の棚を入れ替えたわけではない。店に入って正面の、わたしが細心の注意を払い、知恵をしぼってしつらえた正面の棚だけだ。食品雑貨店では棚の配置は腕の見せどころ。わたしは店の飾りつけや、棚の両端、レジカウンター脇の商品の並べ方を工夫して、お客の目を引きつけ、売り上げを増やそうと、日々たゆまぬ努力をしている。

よく言われるように、小売り《リテイル》は細部《ディテイル》が命。

だから、〈ワイルド・クローバー〉に足を踏み入れたお客さんの目に真っ先に飛びこんでくるものは、思わず手に取ってしまうような魅力的な商品ばかり。たとえば——

・ミリーの花壇やモレーン自然植物園から摘んできたばかりの新鮮な花。
・ストーンバンクのおいしいベーカリーから仕入れた焼きたてのパン。
・リップスティック形のキャンディ、ストロー状の紙袋に粉末ジュースが入ったピクシー・スティックス、レモン味のレモンヘッド、ぷちぷち弾けるポップロック、包み紙にジョークが印刷されているラフィタフィなど、昔なつかしいキャンディを山盛りにした籐かご。

・〈クイーンビー・ハニー〉の製品を集めた特別なガラスケース。百花はちみつ〈生のはちみつと精製したもの〉。はちみつのスティック、はちみつキャンディ、蜜ろうのキャンドル、その他、うちで採れるはちみつが原料の製品。

ところがいまや正面の棚はがらりと様変わりして、トイレットペーパーと洗剤が並んでいる。店の第一印象はどうなるの。

「見ちがえたでしょう」母さんは両手についたほこりをぱんぱんと払った。揺るぎない自分の価値観をわたしの世界に持ちこみ、すっかり自分の色に染めかえてしまった。「このほうが実用的だから」

アドレナリンが噴き出し、顔の麻痺がみるみるとけた。

「実用性はめざしてないの」わたしは淡々と言った。われながらあっぱれな自制だけど、左目がぴくぴく引きつっていた。「うちのはちみつはどこ?」

「ピーナッツバターのそば、おきまりの場所よ」

従姉のキャリー・アンがおかしそうにこちらを見た。妹のホリーはわたしが店に入ってきたのを見て、いち早く姿をくらましていた。どうせ、母さんのしでかしたことで責められるのではないかと、奥で息をひそめているにちがいない。わたしはそんなわからず屋じゃないのに。

母さんに手綱をつけることはだれにもできない。

聖歌隊席から声が降ってきて、そういえば今日は老人会のシープスヘッドの日だったと思い出した。毎週月曜日と決まっていて、いまも白熱の勝負がつづいている。シープスヘッドは州内で多数を占めるドイツ系移民が祖国から持ちこんだ、いわばウィスコンシン州公式のカードゲームだ。トリックテイキングゲーム（プレーヤーが一枚ずつカードを出し、その強さで勝敗を決めるゲーム）のひとつで、一番人気のあるプレーヤー五人の場合、だれが親のパートナーかは秘密で、親自身にもわからない。

おばあちゃんが「パス」と言うのが聞こえた。テーブルに伏せてある札をもらわないという意味だ。

母さんが口をぎゅっと結んで、聖歌隊席を見上げた。「おばあちゃんはトランプだとすごく強気になるの。どんな言葉が飛び出すやら」

「いいじゃない」わたしはいつものようにおばあちゃんの肩を持った。「おばあちゃんはお年寄り世代の女王蜂よ。みんなおばあちゃんのそばにいたがるもの」

「ふん」と母さんは言った。だれもが知ってのとおり女王蜂は一匹と決まっており、それは自分であって、おばあちゃんではないと言いたげに。「あなたたちだけで大丈夫なら、わたしは図書館に行ってくるわ」

聖歌隊席で野次が飛び、つづいてだれかが言った。「よくも一杯くわせてくれたわね！」

母さんはあきれたように目をむいて、店から出ていった。

わたしは店の被害をざっと見積もった。

だれかがテーブルをコツコツたたいて、賭け金を二倍に引きあげた。

「棚をもとどおりにするのを手伝うわ」ホリーが後ろからすまなそうに声をかけた。「SS（ごめんね）、でも母さんはこうと決めたらあとには引かないから。止めようとしたのよ、うそじゃない」

「母さんは頑固だから」

「わたしたちとは大ちがいね。LOL（笑）」

妹のふざけた発言は、当たらずといえども遠からず。わたしたち姉妹は、勇猛果敢な女系一族の血を引いている。あのやさしいおばあちゃんにも竜巻なみの強烈な一面があるけど、おもてに表われることはめったになく、家族を守るときにかぎって発揮される。

「ここはひとりで大丈夫だから」とわたしは言った。「キャリー・アンを手伝ってきて」

トイレットペーパーを先頭に、生活用品は店の奥に姿を消した。そのあとには、百花はちみつのスティック、瓶づめの〈クイーンビー・ハニー〉、巣蜜、中身がとろりと軟らかいはちみつキャンディを並べた。わたしは手を休め、包装紙をむいて、ひと粒口に放りこんだ。

店をもとどおりにしているあいだも、お客は頻繁に出入りし、老人会のカードゲームもますます熱がこもってきた。話題の中心は相変わらず、ヘティ・クロスとローレン・ケリガンの陰惨な殺人事件だ。

わたしは話に口をはさまず、聞き役に徹した。田舎町の商店主として、とうの昔に、自分の意見は胸にしまうことを学んだ。とりわけ慎重を要する話題の場合には。出しゃばって自分の意見にこだわり、商売の足を引っぱっては元も子もない。わたしがしゃしゃり出なくても、知ったかぶりの人にはこと欠かない。人前で宗教、政治、セックスの話はしないにかぎるけど、いまでは殺人事件もそのひとつ。

大きな疑問。そもそもの標的はどちらの女性だったのか？

答えがヘティなら、町の住民投票ではノームが――夫というだけで――有罪票の大半を獲得するだろう。犯人のねらいがローレンだとしたら、ジョニー・ジェイが動機の点でも機会の点でも図抜けている。どちらの場合も、もうひとりの女性はたまたまその場に居合わせた、と人びとは見ていた。

もし、ふたりとも命をねらわれていたとしたら――だれが見てもこじつけだけど――お手上げだ。わたしたちが知るかぎり、ふたりの女性はせいぜい顔見知りという程度。ヘティは引きこもっていた。一番近い隣人のわたしでさえ、彼女のことはよく知らない。子どもはいないし、どこの教会にも通わず、よほどのことがなければ町にも姿を見せなかった。

そしてローレンは長らく不在だった。町に帰ってからも、旧友のだれとも連絡を取らなかった。そんな彼女がヘティ・クロスとつきあいがあったとは思えない。

まずは、その矛盾から解き明かす必要がある。

たまたまローレン・ケリガンの弟テリーが店にやってきて、役立つヒントを教えてくれた。わたしたちがこれまで知らなかった事実ばかりで、あの一族のふだんの結束と口の固さを考えれば、しめたものだ。

「姉貴は怯えてた」と彼は言った。「死んだらどうなるか不安でたまらなかったんだ。おふくろがなんと言おうが、あんなに死ぬのを怖がってたローレンが、自殺なんて考えるもんか。おれは何度もそう言ってるのに、おふくろは聞く耳を持たない。娘が殺されたとは思いたくないんだ」

「ローレンはどうして失地に行ったと思う？　ヘティに会うため？」とわたしは訊いた。テリーが胸のうちを吐き出してしまいたい様子だったので。

わたしたちのまわりに人垣ができたが、だれも盗み聞きしているとは思われたくないので、買い物のふりをしている。店じゅうの客が急にはちみつ製品に群がりだした。

テリーは肩をすくめた。「さあね。姉貴はヘティとは知り合いじゃなかった」

「それに、どうして銃が必要だと思ったのかしら」

テリーの目が店内をうかがった。

「この件についてはしゃべれないんだ。内輪のことだから」

「みんなで知恵を出し合えば」とわたしは説得した。「重要なことを思いつくかもしれない。それがきっかけで謎が解けて、犯人を捕まえられるかも」

同意のつぶやきがあちこちから聞こえた。P・P・パティがこっそり店に入ってきた。黒いリュックを背負い、頭には同色のサンバイザー、首から何やらぶら下げている。

テリーが何か言いかけた。「もう知ってることは洗いざらい……」そこで口をつぐんだが、わたしたちはみなそのつづきを察した。テリーはジョニー・ジェイに供述をしたのだ。日ごろの仲のよさを考えれば、おそらくは強要されて。テリーから見れば、ジョニー・ジェイこそ第一容疑者で、わたしの意見も同じだった。

「わかったよ」テリーは彼なりの理由から話すことにした。「姉貴が帰ってきたのは、わが家で死ぬためだ。おふくろの銃のことは知りもしなかった。あの銃は、姉貴がいなくなってからおれが買ったんだ。家捜しでもしないかぎり、見つからない。そもそもなんでそんなまねをする？ 姉貴が銃を持って森へ行った理由をだれか知ってるなら、教えてくれよ」

店は静まり返り、聖歌隊席でカードをたたきつける音まで聞こえた。そのあとはゲームをしているお年寄りたちも声をひそめた。テリーの周囲のだれもが口をつぐんでいる。沈黙が長引き、気まずくなってきた。

「お葬式はいつ？」パティが沈黙を破って、質問した。

「密葬にする」とテリー。「身内だけで」それだけ言うと、肝心の買い物さえしないで出ていった。

そのあとすぐにスチューがやってきて、チョッパー・マーフィーのアイルランド式お通夜は明日の夜だと念を押した。チョッパーはスチューの店の常連で、バーに足繁く通っていたが、ある日、望みどおりの最期を迎えた。ウイスキーをショットグラスで二、三杯空けたところで、心臓の鼓動が止まった。バーのスツールから転げ落ちたときには、もう死んでいた。

妻のフィオナが二週間まえに夫を埋葬し、町じゅうこぞって参列した。

でも彼女はアイルランド式お通夜をしなかった。やがてチョッパーの亡霊が出るようになり、フィオナいわく、お通夜をきちんとしないと、彼の霊は安らかに眠れないそうだ。

そこでスチューが彼女を手伝って、万事ぬかりなく手配した。

パティが近づいてきたので、胸からぶら下げたカードの文字が読み取れた。

「記者証？」

パティはにんまりした。「いかすでしょう？　パソコンで自作したの」

「ということは、記者クラブの会員じゃないから、ほんとうは特権がないのね？」

「いまのところは。でもいずれきっと」

ま、そういうことなら。

双子が出勤してくると、わたしは奥に引っこみ、ディンキーを膝にのせて机に向かった。ディンキーは這いあがって、わたしの唇をなめようとしたが、やがて落ち着いてくれたので、考える時間ができた。

ひと晩の過失のせいで、ローレン・ケリガンの人生が永久に変わってしまったのは公正とは思えない。そのうえ、末期がんを患い、殺されて道ばたで息を引き取った。でも人生とはそもそも不公平なもので、いくら目をそらそうとしても、くり返しその事実を思い知らされてきた。一生不遇な人もいる。彼らは悪い星のもとに生まれ、死んでいく。

ドアを軽くたたく音がして、ホリーがそっと入ってきた。

「ローレンは自殺じゃなかった」と妹に言った。「テリーが言うには、死ぬのを怖がってたそうよ」
「みんなそうじゃない？」
「だから、彼女はだれかから身を守るために銃を持ち出したのよ」
「それほど怖がってたのね」
「たぶん」
わたしはノームのことをホリーに話した。自宅の壁にランタンマンの記事を貼っていたこ
とと、ランタンのコレクションについて。ハンターには口外しないと約束したけど、秘密と
いうものはたちまち人をそそのかし、ひとりたりとも他人に打ち明けるまでは収まらない。
せめて信頼できる相手に胸の内を明かすとなれば、妹のホリーをおいてほかにはいない。
「パティが通路をうろうろしてた」と妹は言った。「お客さんをつかまえてランタンマンに
ついて取材してる。リュックに小型のビデオカメラを持ってるって知ってた？　おまけに昔の新
聞に全部目を通して、ランタンマンの外見までつかんでるの」
と思いこんで。ランタンマンが失地でローレンとヘティに出くわして、ふたりを殺した
「すごい！　四つも文章を言ったのに、略語をひとつも使わなかった。えらいわ」
「ＷＥ（なんとでも言って）」とホリーは言った。

17

心の準備もできていないうちに火曜日の朝が明けた。夜のあいだに猛烈な春の嵐が襲来し、稲妻が寝室の窓のすぐ外を走り、すさまじい雷鳴でひと晩じゅう眠ることができなかった。雨は休みなく屋根をたたき、やがて音が大きくなったと思ったら、大粒の雹《ひょう》に変わっていた。窓の外に目をやると、どんより曇った朝の到来を告げる、灰色の光の筋がようやく目に入った。芝生は氷のかたまりで一面、真っ白になっている。

オコノモウォク川は土手ぎりぎりまで増水し、すさまじい勢いで流れていた。うちの裏庭まで水があふれるようなことは久しくなかったけれど、今回の嵐では危ないところだった。わが家のミツバチたちは頑丈な巣箱のなかで無事に朝を迎えた。巣箱はブロックの上に載せておいたので、地表よりかなり高い位置にあった。さもなければいまごろ大あわてで、巣箱を高台に移動させていただろう。こんなわたしでも、たまにはうまくいくことがある。

ディンキーは嵐を怖がり、今回は自分をねらい撃ちにしたものだと思っていた。ベッドカバーの奥深くまでもぐりこみ、夜どおしがたがた震え、雷が収まるまでは顔を出しもしなかった。雨も苦手らしく、庭に出ようとしなかったので、わたしはまたしても床掃除をするはめになった。いまのところ取り柄と言えば、膀胱もミニサイズなので、モップで大量の液体をふき取らずにすむことぐらい。床が板張りなのがつくづくありがたかった。

ノーム・クロスにそろそろディンキーを引き取ってもらおうと電話したけど、出なかった。留守電がついていなかったのはさいわいで、ふだんの寛容なわたしにはほど遠いいまの気分では、彼のむさ苦しい犬に対する恨みつらみのいくつかを口にしていたかもしれない。

ディンキーに餌をやってから、はちみつパンを一個食べ、コーヒーを何杯もお代わりした。雨を眺めながら、悪徳警官のことをつらつら考え、ジョニー・ジェイがローレン・ケリガンとヘティ・クロスを殺した可能性について思案した。

・ジョニー・ジェイは、父親を殺したローレン・ケリガンに恨みを抱いている。
・ひとつの筋書き（大きな穴がいくつかある）。ジョニー・ジェイはローレンが戻ってきたことをどこかで聞きつけ、森で落ち合う約束を取りつけた。
・ローレンは不安を感じて、銃を携行した。
・もみ合いになった。でも、ローレンはがんやその治療のせいで体が弱っていた。ジョニー・ジェイが銃を奪って、彼女を撃った。
・ヘティは何か用事があって夕方出かけ、たまたまローレンが撃たれるのを目撃した。そこでジョニー・ジェイはヘティも撃った。

以上。

お次はその証明だ。

これまでテレビでいやというほど刑事ドラマを見てきたので、それがどんなに難しいかはよくわかっていた。なにしろ切り札はどれもジョニー・ジェイが握っている。わたしの言葉なんて、法執行官の言葉に比べたら吹けば飛ぶようなものだ。

だから、彼が有罪だということを一点の疑いもなく立証しなければならない。

新たな使命を胸に、長年の仇敵《きゅうてき》を葬り去るため、わたしはシャワーを浴び、ジーンズと厚手の黄色いパーカーに着替えた。妹の部屋のドアを開け、妹を起こさずにディンキーをベッドのなかに預けると、傘を持って店に向かった。

いつもの道を二ブロック歩き、鍵をあけて店に入るころには、傘をさしていたのにずぶ濡れだった。みぞれまじりの突風が相手では、傘はものの役にも立たない。

ペーパータオルで髪をふいていると、キャリー・アンから遅れるという電話があった。嵐が収まるまでは常連客もやってこないので、たいして困らない。観光客相手の商売も今日はあがったりだろう。

スチュー・トレンブリーが朝刊を買いに立ち寄って、店の客のうわさではノーム・クロスよりもジョニー・ジェイ犯人説が優勢とはいえ、町の警察長を逮捕する決め手となるような証拠はだれも持っていないことを教えてくれた。スチューは今夜行なわれるチョッパー・マーフィーのお通夜の準備で忙しそうだ。

ちょうどそこへ、ミリー・ホプティコートが来月号の通信に載せる、ルバーブを使ったメレンゲタルトの試作品を持ってきた。わたしたちはこのレシピはきっと受けると言い合った。

「アミガサタケが欲しいんだけど」ミリーが唇についたメレンゲをふきながら言った。「いいレシピを思いついたの。二、三日まえにだれかが見つけたと言ってたから、この雨でずいぶん大きくなってるにちがいないわ」

「じゃあ採ってくるわね」と言いながら、アミガサタケ狩りの穴場を思い浮かべた。

それからしばらくしても、雨はいっこうに上がる気配がない。通りのあちこちに水たまりができ、店の日除けはたわんで雨水があふれてきた。

ノームにもう一度電話する。やっぱりつながらない。

そこへロリ・スパンドルがやってきて、警告した。

「見込み客が今日、家の見学にくるから」と彼女は言った。「余計なことをして、ぶち壊さないでよ」

「何時ごろ？」

「お昼どき」

「健闘を祈るわ」その言葉にうそはなかった。元夫の家がめでたく売れたら、この嫌味な女につべこべ言われずにすむ。隣が空き家だと、静かで落ち着いた暮らしができるのはありがたかったけれど。どんな人があの家に引っ越してくるのだろう。元夫と比べたら、だれだってましだ。

歯科医のT・J・シュミットが店にやってきた。傘を振りながら、非の打ちどころのない歯をのぞかせる。

「アリの電話に折り返していないそうだね。予約の日取りを決めたいんだが」

おあいにくさま、とわたしは思った。「店が忙しかったから」口に出してはそう言った。「すぐにかけ直すわ。患者さんから何か新しい情報は?」

前回、治療を無理強いされたときに交わした会話を思い出してそうたずねた。彼が言うには、患者は診察室の椅子にすわると口が軽くなるそうだ。

T・Jがにっこりすると、真っ白な歯がのぞいた。「目新しいものは何も」それから買い物かごを腕にかけて、二番通路に向かった。

従姉のキャリー・アンが出勤し、妹のホリーがディンキーを連れてそのすぐあとからやってきたころには、嵐は東に抜けたあとで、小雨がしとしと降っていた。

キャリー・アンはディンキーを奪うように抱き取って、あやした。

「ちょっと出かけてくる」とわたしは言った。

「どこへ?」とホリーが詮索した。

「〈ワイルド・クローバー通信〉に載せるレシピ用に、アミガサタケを採りに行かないと」

ホリーは「おいしい仕事を独り占めにして」といわんばかりに、あきれたように口をあけ、目をぐるりとまわし、あんまりだという表情をしてみせた。「言っとくけど、その犬の面倒は見ないから」

「きのこ狩りに?」とわたしはたずねた。「あんたが代わりに行きたいの?」

妹はいつのまにアウトドア派に変身したのだろう。

「そうよ。姉さんが残って在庫調べをしたらいいのよ。雨が止んで、お日さまが出たらね」と妹は言った。

「お金の計算は、退屈で骨の折れる仕事もやりなさいよ」とわたしはやり返した。「力仕事なら双子がしてくれるわ。退屈で骨の折れる仕事には入らない。勤務表作りもね」

「みんなの予定を合わせるのは大変なんだから。姉さんが思ってるよりもずっと」

「この店で働いてるのはたった五人じゃない。それのどこが大変なの?」

キャリー・アンが割って入った。「天気予報だと週末までずっと雨だって。だからどっちが行くにしろ、雨に濡れるわよ」

ホリーは窓の外を見た。

「じゃあ、いまのうちに行ってくる」とわたしは言った。「そもそも、あんたはどこを探したらいいかも知らないくせに」

わたしはホリーが反撃に出るまえに、さっさと店を出た。

雨のなかを家まで小走りに帰って、雨着に着替え、籐かごを探し出し、上着のフードをかぶって森に入った。

妹の態度は腹にすえかねた。母さんと同じ。ふたりとも、商売がうまくいかなかったらその責任をすべて取るのはわたしだということを、わかっていない。

ホリーは目覚まし時計を使ったことがない。起きたいときに起きる。平気で遅刻し、だれかが病気になってもその穴を埋めようとしない。〈クイーンビー・ハニー〉の手伝いを頼むたびに文句を言う。協力しようという気がさらさらない。

母さんも母さんで、店の棚をいじるなんてずうずうしいにもほどがある。

双子の大学が休みに入ったら、観光客が一番多い夏のあいだフルタイムで働いてもらえないかどうか訊いてみよう。彼らはなんといってもまともだし、勤勉で、頼りになる。そもそもうちの家族とちがって、店主の指示に従ってくれる。

川沿いの茂みをかき分けながらしばらく歩いているうちに、ようやく腹立ちは収まり、景色を楽しむ余裕が生まれた。自然にはそういう力がそなわっている。降っても照っても、すがすがしい空気と野生の動物や植物が、わたしに活力をあたえ、新しいものの見方を教えてくれる。

それに、アミガサタケ狩りはお気に入りの春の行事でもあった。

アミガサタケの特徴は——

・ウィスコンシン州では五月が旬。

・アミガサタケは野生のみ。人工栽培の方法はまだ見つかっていない。

・アミガサタケはアメリカニレの枯れ木のそばや、古くからあるリンゴ園によく生える。メイアップルの実がなれば、アミガサタケも顔を出す。

・アミガサタケはカメレオンのように、林床に溶けこんで人目をくらます。
・ひとつ見つけると、海綿状の笠が目じるしとなって容易に見分けられる。
・とってもおいしい。
・アミガサタケ狩りの穴場は、親友にも姉妹にも秘密にすること。先駆けされて、人間関係が壊れてしまうから。

かごを抱えて森のなかをスキップしている赤頭巾ちゃんになったような気がした。雨で地面がすべりやすく、おまけに運動神経がにぶいので、スキップはしなかったけど。何はともあれ、転ばずに歩けたらそれで充分だ。今回、ビーチサンダルからハイキングブーツにちゃんと履き替えてきたことも、大きな強みとなった。

そうこうするうちに、小さな空き地に着いた。失地から目と鼻の先で、去年ニレの木が何本か枯れたので、今年アミガサタケを探すならまずここから。そぼ降る小雨のなか、長い枝を拾って落ち葉をかき分け、その下をのぞいた。さいわい防水の上着を着ているので、雨がしみこまず暖かい。

見ぃつけた！　五つか六つ、かたまって生えている。わたしのこぶしほどの大物もいくつかあった。周囲に溶けこんでいるのをひとつ見分けると、その大きさと形に目が慣れて、残りも次々に見つかる。

探しては採りをくり返し、空き地のすみずみまでしっかり目を光らせた。

そのあと深い茂みの下にかごを隠すと、草ぼうぼうの林道をたどり、水たまりやぬかるみをよけながら失地に向かった。やがて、うちの蜂がひとかたまりになって止まっていた木の下までやってきた。ヘティの死体が見つかったところだ。

ハンターはけっきょくどこでローレンの死体を発見したのだろう。

二件の殺人の痕跡はもうなかった――犯罪現場に張りめぐらされたテープも、地面に点々とついた黒ずんだ染みも、銃も。何もかもきれいになくなっていた。森は自然の秩序を取り戻していた。森に入るたびに、わたしたち人間がいかにはかなく、また、自然がいかに悠久の存在かを思い知らされる。

ノーム・クロスの家はすぐ近くで、複雑に入り組んだ郡と町の土地に隣り合った彼の地所はこのあたりまで延びている。それぞれの土地の境目がどこかは、よく知らないけれど。木立と低木と下草が渾然一体となって、鬱蒼《うっそう》とした森の景観を作り出していた。人間がこしらえた境界線などおかまいなしに。

細い道を見つけた。道なりに曲がると踏みならされたけもの道に出た。その道はクロス家のほうに向かっているので、おそらく彼らが林道へ出るときに使っているものだろう。

そこでその道をたどっていくと、家の方角からそれていくあたりで、手入れを怠ったプレハブの家屋が木立の間から見えた。よく茂った藪を突っ切ってそちらに向かおうとしたとたんつまずいて、野バラの茂みに頭から突っこんでしまった。とげが頬の肉をえぐって、ものすごく痛かった。ミツバチに刺されるよりもずっと。

教訓——足もとにはくれぐれも気をつけること。

どうにか体を起こして、頬にそっと触れると指先に血が点々とついた。たいした怪我じゃない。顔がざっくり裂けたかと思うほど、ずきずき痛んだけど。顔を空に向けて、傷口を雨で洗おうとしたら、上を向いたとたん雨がぴたりと止んだ。ついていないのはいつものことだ。

わたしは先に進んだ。ハンターから聞いた、ランタンマンの記事を貼りつけたホワイトボードに興味をそそられて。どうしてもこの目で見たかった。そんなことがどうすればできるのか、成算があるわけではなかったが。

ノーム・クロスがドアを開けたら、ディンキーをだしにして最近の様子を伝えがてら、そろそろ引き取ってもらえないか訊いてみよう。それから何か口実をつけて家にあがりこみ、記事のコラージュをひと目見る機会が訪れるのを待つ。もしかすると、それについていくつか質問できるかもしれない。

いまさらとはいえ、ディンキーを連れてくればよかった。でも、ここまで足を延ばしたのはふと思いついたからで、あらかじめ計画していたわけではない。

ノックしても、ノームは出てこなかった。しめしめ、ホワイトボードをのぞき見ることができそうだ。この界隈の住人はいちいちドアに鍵をかけないから、ノームだって同じはず。

ところがノブをまわしても、ドアは開かなかった。田舎暮らしのしきたりに背いて、ノームの玄関には鍵がかかっていた。わたしは汚れたガラス窓からなかをのぞいた。

「裏の窓がひとつ開いてるわよ、なかに入りたければ」

雨でぬかるんだ背後からふいに声が聞こえて、わたしは甲高い悲鳴をあげた。ったくもう！

胸を押さえて、息をつこうとした。「パティ！　いったいここで何をしてるの？」

「びっくりさせちゃった？」パティは得意満面だ。「まさかあたしがここにいるなんて、知らなかったでしょう」

「どこからきたの？　足音が聞こえなかったけど」

「あんたは犯罪捜査の相棒としては頼りないかもね。もっと周囲に気を配らなきゃ」

相棒？　冗談でしょう。

「あたしは裏の窓からなかをのぞいてきた」とP・P・パティは言った。

あらためて見ると、パティはわたしとよく似た格好をしている。レインコート。動きやすいジーンズ。長靴。雨水が体からぽたぽたと垂れている。ただし、パティは黄色の長いゴム手袋もはめていた。「家のなかでいいものを見つけたんだけど、あんたも見たい？」

「無断で押し入ったの？　それは法に触れるんじゃないの？」

パティがとった方法は、挫折したとはいえ、玄関から堂々とあがりこむというわたしの作戦より、はるかに違法な行為だろう。

「そんな人聞きの悪い。こっそり入っただけよ」

「同じことじゃない」

「見たいの、見たくないの？」

「ノームが帰ってきたらどうするの？」

パティは肩をすくめた。「泣き言ばっかり言うつもりなら、いまの話は忘れて」

だれが泣き言を言ってるって？　パティこそ、ぼやきコンテストがあれば、どこの国でも優勝まちがいなしなのに。

パティはさっそくそれを証明してみせた。

「記者の仕事はきついんだから。双眼鏡やら録音機やらメモ帳やら、道具一式をいつも持ち歩かなきゃならない。それに質問を始めたとたん、鼻先でドアをぴしゃりと閉められる。いまだって窓枠に釘が出てて、膝を引っかいちゃった。ほら」

パティはわざわざジーンズを引きあげて、それを見せた。もとどおり下げてから、

「その顔はどうしたの？　爪で引っかかれたみたいに見えるけど」と訊いた。

「まだ血が出てる？」

パティは近づいてきた。「乾いて固まってる。どうしたの？」

「バラのとげよ。それはそうと、ここで何をやってるの？」

「同じ質問を返したいわね」

「ノームの犬を預かってるのよ」と答えた。「電話しても出ないし。それで様子を見にきたってわけ」

パティの目つきが鋭くなった。まるでわたしの脳みそに入りこんで、まったくちがう答え

を探り当てたみたいに。「あたしと正式に手を組まない？」

「手を組むって、犯罪の？」

「二件の殺人事件を解決するのよ」

わたしはすでにこの事件に首を突っこむつもりでいた。ジョニー・ジェイの名前が容疑者にあがってからというもの、彼の足もとの火に燃料をくべて、すっかり焼きつくすのが務めだと心得ている。ただし、パティに手伝ってもらうつもりはない。「こんなときのために税金を払ってるのよ」と言って、どんな形にしろ手を組む気はないと伝えた。「警察にまかせておけばいいわ」

「警察ね」パティは吐き捨てるように言った。「ジョニー・ジェイは第一容疑者よ。町のうわさを信じるなら」

「ハンターもこの事件を追ってるわ」

「ジョニーは妨害するでしょうね。ロープの跡が死ぬまで取れないほど、ハンターの両手をきつく縛って」

それはたしかにそうだ。わたしは司法制度にたてつこうとするパティの度胸をちょっぴり見直した。町のほかの人たちもジョニー・ジェイの殺人事件への関わりについてあれこれ憶測し、大口をたたいているかもしれないが、いざ行動に移すとなると、証人台に立つどころか、たいていは家にこもってブラインドを下ろす。

「人気投票だと警察長が勝ちそうよ」

「だからってほかの容疑者を無視していい理由にはならない。つまり、確かな証拠があって、リストから外すことができるならべつだけど」パティはまばたきひとつせず相手を見すえるという不気味な癖があった。いまもそれを実行している。「あとで情報交換といきましょう。で、あたしが発見したものを見たいの、見たくないの？」

「わかったわよ。入りましょう」とわたしは応じた。「ちょっとのぞくだけだからね」

「あんたが先に行って」とパティは言った。家の裏手にまわると、窓がひとつ大きく開いていた。窓の網戸が壁に立てかけてある。パティが窓を押しあげて、網戸をはずし、ノーム・クロスの家に侵入したのだ。なんとまあ大胆な！

わが家にも同じ手口を使ったことがあるのではないか、とふと心配になった。双眼鏡と望遠鏡ともめごとを嗅ぎつける鼻を持った、のぞき屋パティ。大胆で、厚かましい。認めるのはしゃくだけど、きっとすご腕の記者になるだろう。

わたしは窓枠に手をかけてよいしょと体を持ちあげ、パティにちょっぴりお尻を押してもらってなかに入ると、そのまま転がり落ちて床に両手をついた。雨のせいで服がすっかり濡れそぼり、その大部分を家のなかに持ちこんでしまったことにまず気がついた。その次に、わたしの泥まみれの足跡がパティの足跡と混ざり合っていることにも気づいた。帰るまえに、きれいにしていかなければ。

起きあがったわたしは、パティをさらに見直した。彼女がわたしを押しこんだのは、ホワイトボードがある例の部屋だった。彼女は自分の仕事をよく心得ている。

「あなたはこないの？」わたしはパティがついてくるそぶりを見せないことに気づいた。

「脚を痛めたの。釘で引っかいたほうと反対の脚。さっき窓から出しなに、思いきりぶつけちゃって腫《は》れあがってる。きっとすごいあざになるんだわ――」

わたしはパティの泣き言に耳をふさいで、家の奥に進んだ。

でも、あれほど家のなかを見たいと思わなければ、パティに手を振って愛想よく別れ、隣人の家に押し入るという計画を中止していれば、ノームがノイローゼ気味で、日曜大工で警報装置を取りつけていることをまえもって知っていれば、しかもそれが大音量で侵入者を驚かして追い払うたぐいのものではなく、自動的に警察に通報し、あらかじめ吹きこんだメッセージを再生して、泥棒が入った家の正確な住所を知らせる無音のタイプだとわかっていれば……。

オーロラ・タイラーの水晶玉に映し出された未来をすっかり見ていさえすれば、パティの陰謀やスパイごっこに巻きこまれずにすんだのに。

それが無理でも、せめてちがった方法で対処していただろう。

18

本来いるべきではない場所にいるというのは、スリルに満ちた体験だ。気持ちははやるのに、足はすくんでいる。心臓の鼓動がやけに耳につく。息づかいは浅く、速くなる。じっくり深くというヨガの呼吸法とはさかさまだ。

わたしがいまいる予備の寝室を、ノームとヘティはどうやら納戸として使っていたらしい。ガラクタが部屋じゅうに散らかっていて、足の踏み場もない。金属の脚がついたテーブルには、興味深いものが並んでいた。

・緑色のハリケーンランタン。キャンプでよく使われるたぐいのもの。
・青、赤、黄色など鮮やかな色に塗られた金属製のランタン。
・ほや（ランプの火を覆うガラス製の筒）が透明のランタンがいくつか。
・琥珀色のランタン。
・鉄道ランタンとおぼしきもの。

どれもほこりが分厚く積もっていて、最近使われた形跡はない。手入れもされていない。

その次に、わたしの目は壁ぎわのホワイトボードに吸い寄せられた。新聞記事の切り抜きを組み合わせたコラージュがあった。まるで昔のスクラップ帳のように過去の事実を貼り合わせた作品。記事は古びても黄ばんでも破れてもいない。歳月の影響をまったく受けていないのは、ラミネート加工で保護されているから。そして、記事はひとつひとつ赤い色画用紙の枠で囲ってあった。

だれかが新聞名を手書きで記入していた。どれもみな《リポーター》の記事で、それぞれの日付も赤ペンで記事の下に書き添えてある。女性のものらしい優美な筆跡だ。ハンターはそのことは言わなかった。もしかしたら気づかなかったのかも。そもそも、彼はヘティの死の手がかりを探していたのであって、過去の謎を解こうとしていたわけではない。白いボード、記事の黒い活字、血のように赤い縁取り、その組み合わせのせいか、ふいに寒気がした。

わたしは見出しにざっと目を通した。どれもみな、失地で起こっている奇妙な事件についての短い、生々しい報道で、聞き覚えのある名前の地元住民たちが経験し、報告し、それをこと細かに記録したものだった。

記事をひとつひとつ読みたいのは山々だが、立ち止まってじっくり読むだけの時間はない。ノームが帰ってきたらどうするの？

窓辺に引き返して、パティに注意を怠らず、もしだれかが急にやってきたら教えてほしいと頼もうとした。ところが、〝相棒〟の姿がどこにも見当たらない。

「パティ！」できるだけ大きな声でささやき、窓から身を乗り出した。顔から地面に落っこちないよう用心しながら、精いっぱい首をのばす。「どこにいるの？」

答えはない。いったいどこに消えてしまったのだろう。まずは後ろからこっそり忍び寄ってわたしの度肝を抜き、次にうまく言いくるめて窓から送りこみ、あげくの果てに見捨てた？　わたしと手を組みたければ、そんなやり方は大まちがいだ。

そのとき、ふたつのことに気がついた。

ひとつ。窓枠にかけたわたしの指は、パティの指とはちがって、指紋のつかない手袋で覆われていない。だからノーム・クロスの家への不法侵入で逮捕されるとすれば、それはわたしであって、パティではない。網戸をはずしたのも、そもそもこの企てを始めた張本人も彼女とはいえ、警察に密告するわけにはいかない。たとえ、まずいことになったとしても。

そして、事態はまさにその方向に進んでいた。

なぜなら、二番目に気づいたのはタイヤが砂利を踏みつける音で、しかも建物のすぐそばから聞こえてきたからだ。まずい！　まだ窓から頭を突き出していたので、前部のバンパーが視野に入ってきた。車は家のなかから見えない位置で停車したので、運転手までは見えなかったけど、その必要はない。バンパーの近くにあるモレーン警察の記章を見れば、それで充分だった。

車のエンジンが止まった。きわめて厄介なことになるのは時間の問題だ。

この場から首尾よく逃走できる見込みはまったくない。床じゅう泥だらけで、足跡が点々とつき、窓の網戸もはずれている。出しゃばりなパティにひとかけらの同情心でもあれば、家の正面に姿を見せて、わたしが逃げ出すあいだ警官の注意をそらしてくれるだろう。

車のドアがカチリと閉まる音がした。ごく静かに。まるで、運転手がこっそりだれかに近づこうとしているかのように。

わたしは開いた窓に飛びつくと、体をひねって足から着地し、ヘビのように優雅に地面を這って姿をくらまそうとした。窓枠をつかんだまではよかったけど、体勢をくずしてお尻から落っこちた。ハンターの言うとおり、生まれつき不器用なのかもしれない。それでも逮捕されては困るので、どうにか立ちあがった。

一刻も早く逃げなければ。

何がなんでも。

とりわけ、おなじみのいばりくさった声が、わたしに向かって「動くな！」とどなってからは。そんなセリフ、あの弱い者いじめが大好きな警官以外にだれが言う？　殺人の容疑がかかっているご当人。ほかならぬジョニー・ジェイだ。

おとなしく足を止め、証人のいないところで、言葉であれ、体であれ、痛めつけられるつもりはこれっぽっちもない。パティ・ドワイヤー、いざというときによくも見捨ててくれたわね。

フードをかぶり、背を向け、ひと言もしゃべらず、素早く動けば、ジョニー・ジェイにはだれかわからないだろう。彼がこちらの正体を知らないことが、わたしの目下の大きな強みだ。

ジョニー・ジェイが発砲するのではないかとひやひやしながら、逃げ出した。万一にそなえて何度かすばやく向きを変え、木立の後ろにまわりこむ。ところが彼は撃ってこなかった。それどころか、追いかけてこようともしない。何かおかしいと気づくべきだった。

でもそのときは、わたしの頭の回転は体の動きにはるかに遅れを取っていた。

失地の南の端めざして息せき切って走り、空き地に飛びこむと、けもの道に入った。あやういところで思い出し、きのこを入れたかごを拾いあげた。それからドタバタと、死人も目をさますほど騒々しく橋を渡った。ようやく安息の地であるうちの裏庭に着いたころには、すっかり息があがり、目まいがしていた。きのこのかごをパティオのテーブルに置くと、体をふたつ折りにしてぜいぜいあえいだ。

ようやく動けそうな気がしてきたところへ、ジョニー・ジェイが家の角をぐるっとまわって現われた。わたしを見つけるなり、いきり立った牛のように突進してきた。頭を下げ、目を三角にし、ぶつかる寸前、彼に止まる気がないことをわたしは悟った。両手を上げて防御の構えを取ったところに、まともに体当たりをくらって、ふたり一緒に地面に倒れた。わたしよりはるかに重いジョニー・ジェイが馬乗りになって、わたしの背中に膝を食いこませながら、両腕を後ろにねじり上げ、手錠をはめる。

わたしは顔を上げ、口のなかのどろどろしたもの——濡れたタンポポやら、芝生やら、泥やら——をげぼっと吐き出した。

この時点で、目撃者が何人かいることに気づいた。地元の住人ではないふたりの人間を案内してロリ・スパンドルが隣家の私道に立っていた。この不動産仲介人と会うためにわざわざめかしこんだような、四十がらみの男女が、ジョニー・ジェイがわたしを引き起こすのを、目を丸くして見ていた。

「あの人がお隣の方？」と、女性のほうがうわずった声で、ひと言ずつ区切るように言った。〝お隣の方〟の部分では声がかすれていた。

たしかに、いまのわたしは最高の状態とは言えないけど、その早まった判断には腹が立った。わたしはとてもいい隣人なのに。思いやりがあって——ただし、うちの蜂をいじめないかぎり——親切で、穏やか。よき隣人にふさわしい資質ならたっぷりそなえている。

それにジョニー・ジェイのいまの仕打ちを考えれば、黙って見ていないで、わたしを助けにくるのが筋では？　悪徳警官の見分けもつかないの？　彼らときたら、わたしが犯罪者か何かで、こんな扱いを受けて当然とばかりに傍観していた。

「いまの一部始終はビデオに撮ったから」パティがヒマラヤスギの向こうから叫んだ。頭をねじって見上げると、自宅の二階から身を乗り出しているのが見えた。片手にビデオをぶら下げ、もう一方の手でこぶしをつくり、ジョニー・ジェイに向かって振りまわしている。

「警官の暴行よ！　証拠のビデオも、ほらこのとおり」

「黙れ、パティ・ドワイヤー」警察長は一喝した。「この悪党の身柄を拘束したら、おまえも捕まえてやる」

「まずは令状を取って、応援部隊をたっぷり引き連れてくるのね」パティはビデオをしまうと、双眼鏡を顔に押し当て、現場をじっくり観察した。

「で、あの人もご近所？」と女性がパティを見やりながら訊いた。さっきよりも一段と顔色が悪い。一方、ロリ・スパンドルのほうは、みるみるうちに顔が真っ赤になった。

「そろそろ失礼しよう」ロリの隣に立っていた男性が女性に声をかけた。

「でも、肝心の家をまだご覧になっていませんわ」とロリが彼らに言った。

「もう充分拝見しました」と女性が言った。

「でも……」とロリが言いかけた。

夫婦はくるりと背を向けて、そそくさと立ち去った。

「あんたを殺してやる」とロリがわたしに言った。真っ赤な顔と血走った目、それにわたしが手錠をかけられて自衛できないという事実から見て、こけ脅しではなさそうだ。ジョニーがわたしを守ってくれないことははっきりしている。

「あんたのせいで何もかもおじゃんよ」と言いながら、ロリは一歩近づいた。「よくもこんな目にあわせてくれたわね」

「家に帰るんだ、ロリ」とジョニー・ジェイが言いながら、わたしを先に行かせ、自分の体をわたしたちのあいだに割りこませた。まるでわたしを独り占めしたいかのように。彼のパトカーが止まっているのが見えた。「それと、折り入ってひとつ頼みがあるんだが。今日ここであったことは見なかったことにしてくれ」

「護衛をつけて」とわたし。

「ロリは本気じゃないさ」と警察長は言った。「まあ、そうしたところでとがめようとは思わないが」わたしはあえて訂正しなかったが、守ってほしいのは彼からだった。

「これから新聞社に電話する」パティが大声で言った。「こんなひどい茶番、《リポーター》に知らせないと」

パティの頭はアドレナリンのせいでうまく働いていないようだ。《ディストーター》というぴったりの愛称で呼ばれている地元紙は、週一度の発行なので、最新のニュースは掲載されないからだ。記事が出るころには、わたしはとっくにジョニー・ジェイの手中に落ち、いまさらどうにもできないだろう。

「ハンター・ウォレスに電話して」

わたしはジョニーにパトカーの後部座席に押しこまれながら、そう叫んだ。本命の彼氏にどう言い訳すれば、またしてもドジを踏んだことをごまかせるだろう。何もかもパティのせいにしようか。それとも、いかなる関与も否定するか。彼と正しい関係を築きたければ、正直に話すしかなさそうだ。

今度ばかりは――ま、二度目か三度目かもしれないけど――なんとしても彼の助けが必要だから。

ジョニーは車を出してUターンさせた。ほんの一瞬、わたしに何かするのではないかと不安になった。たとえば人目のない場所に連れて行って、さんざん痛めつけるとか。でも彼がわたしを捕まえたことはパティが知っているし、その情報を町じゅうに広めてくれるだろう。車が警察署の方向に曲がったので、将来にやや希望が見えてきた。

「まだ権利を読みあげてないわよ」と言った。「どうして手錠をかけられてるのか、どうしてパトカーに乗せられてるのかもわからない。これが守るべき市民に対する扱いなの？」

ジョニーの答え。「黙れ、ミッシー・フィッシャー」

ジョニー・ジェイがわたしを後部座席から降ろすよりまえに、妹が警察署に乗りこんできた。こんなに早く到着するなんて、ホリーのジャガーはスピードの出し過ぎで煙を噴きあげたにちがいない。妹がそくざに救出に駆けつけてくれたのは、家族や友人たちが固いきずなで結ばれているという何よりの証しだった。

それは裏を返せば、同じ情報が母さんの耳にも入っているということ。母娘の冷えきった関係に、だめ押しとなる一撃だ。

「今回はどんな容疑で姉を逮捕したわけ？」妹はわたしが無事なのを見て、胸を撫で下ろした。

「住居侵入だ」ジョニーはわたしを後部座席から引きずり出した。「および窃盗」

「何を盗んだの？」ホリーがわたしに訊いた。

「なんにも。でっちあげもいいとこ。弁護士を呼んで」

「わたしにまかせて」とホリーは言った。「ジョニー・ジェイ、今度ばかりはやりすぎたわね」

「おまえたちフィッシャー家の女ときたら、どいつもこいつも」

ホリーはそれだけ聞くと立ち去った。わたしは、自分が警察長の最悪の部分を引き出していることにはたと気づいた。〝水と油〟では、わたしたちの関係をとうてい説明しきれない。傷口に塩をすりこむというほうがまだ近い。彼をここまで追いこむなんて、わたしはいったい何をしたのだろう。たしかに、彼が動くなと言ったときに逃げ出したけど、それは——あらためて考えると——人によっては、腹にすえかねることなのかも。

心理学の授業をもっと真剣に聴くとか、ジョニー・ジェイのような嫌味な人間への対処法についてもっと本を読んでおけばよかったと心から悔やんだ。わたしはその手のことがあまり得意じゃないので。彼のような人間がひとりでも周囲にいると、一日が台無しになってしまう。ちょうどいまのように。

だれかがわたしを嫌っているような態度をとるたびに、こちらから下手に出て、その人の気持ちをほぐそうと努力するどころか、同じように感じの悪い態度をとって、さらに関係をこじらせてしまう。だから、もしわたしが警察長の悪い面を引き出しているとしたら、彼もまたわたしの最悪の一面を引き出すことになる。

わざとではない。自然にそうなってしまう。みなさんもそう？　それともわたしだけ？

ジョニー・ジェイは敬意を求めているのに、思うように得られず、しかも、わたしからはそのかけらすら受けることができなかった。それが原因？　わたしもほかの住人たちみたいに、ぺこぺこしなければいけなかったの？　わたしは芝居がへたなのに。

それから数時間がのろのろと経過した。わたしが入れられた留置場の監房は、警官がひっきりなしに行き来する場所にあった。むきだしの寝台とトイレがついているが、わたしは人前で用を足すつもりはない。いつまで持ちこたえられるだろう？　ここが待機房《ホールディング・セル》と呼ばれるのも無理はない。

そのとき鍵がカチャカチャ鳴り、ドアがキーッときしんで開いた。

「もう出てもいいわよ」とサリー・メイラー巡査が言った。

「ありがとう」とわたしは言ったが、その場から動かなかった。扉の向こう側の自由を物欲しげに見つめながら。「でも、あなたに迷惑をかけるわけには」

「脱獄《ホールド・アウト》に手を貸してるわけじゃなし」サリーはあきれたように首を振り、目をぐるりとまわした。「釈放よ」

「ホリーが弁護士をつけてくれたから？」

「そうするまでもなかったわね」

わたしは脱兎のごとく開いたドアを走り抜けた。万一サリーが正気に戻って、腕をつかまれたら大変だから。

ハンターとベンが入口でわたしを待っていた。またしても。

おまけに、（パティだけではなくて）本物のニュース局の撮影チームが、警察署の前に群がっていた。

わたしは建物を出たとたん、まぶしさに目を細めた。まだ日が高いことにびっくりし、大物レポーターたちが乗りこんでくるなんていったい何ごとかと首をかしげた。取材用のヴァンで乗りつけ、高価なカメラを携えた彼らは、このあたりの田舎者とはわけがちがう。うちの町の警察署にセレブでもいるのだろうか。わたしがまだ知らない大事件でも起こったのだろうか。

「何があったの？」わたしはハンターに小声で訊いた。

「立ち止まるな」彼はささやき返した。

19

ミルウォーキーまではハイウェイで六十キロ足らず、そこに三つのテレビ局——チャンネル4、6、12——がある。その三局がモレーン警察署の前にずらりと顔をそろえていた。ハンターは建物を出るとすぐにわたしを引き寄せ、かばう体勢をとった。わたしはきょろきょろしながら、だれが、あるいは何がこれだけのカメラをわたしたちのちっぽけな町に引き寄せたのだろうとけげんに思った。

それにしても、こんな騒ぎの真っ最中に釈放されるなんて、間の悪いことこの上ない。警察のお世話になったら、人目を忍んでこっそり出ていくものなのに。

いったん引き返して、レポーターとカメラが消えてしまうのを待とうとハンターに言いだすまえに、彼らはわたしの顔にマイクを突きつけ、写真をバシャバシャ撮りはじめた。そこでようやく、しがないこのわたしが、どういうわけか大ニュースに関わっていることに気がついた。でもちっぽけな雑貨屋の店主の逮捕が、地元紙ならともかく、これほど大きな注目を集めるなんて、どう考えてもおかしい。

わたしはいじめっ子から逃げ出しただけ。そんなもの、わたしに言わせれば、ニュースでもなんでもない。

ロリ・スパンドルが家の売却がおじゃんになった腹いせに仕組んだのか、それとも、P・P・パティが彼女らしいひねくれたやり方で、わたしのためにひと肌脱いでくれたのか。

「頭に何かかぶせて」わたしはあせってハンターに頼んだ。母さんは常々わたしのせいで肩身の狭い思いをしてるけど、さすがにこれでは面目丸つぶれだ。「あなたの上着を貸して。早く」

「ぼくのそばから離れず、何を訊かれても答えるな」とハンターは言った。

「フィッシャーさん、コメントをお願いします」

「この容疑の裏には何があるんですか？」

「少しでいいからお時間をください」

「事実なんですか？」

おやまあ、わたしがノーム・クロスの家に無断侵入したことを告白するとでも？　しかも何台ものテレビカメラがまわっている前で？　わたしは険しい表情で、ハンターの体に顔を隠すようにして歩きつづけた。彼の上着をむしり取りたいと思ったけど、それは欲望とはなんの関係もない。

ハンターはわたしの手をしっかり握り、放さなかった。ごく自然な動作でわたしをかばい、彼とベンが強引なレポーターの側を歩くようにした。前線を守っているのは犬の相棒だ。群衆をかき分けて進んでいくベンの堂々たる姿と、相手を怖じ気づかせる視線が功を奏して、レポーターもカメラマンも一様に大きな獣から大きく後ずさった。わたしは心のなかでベンに感謝のこもった喝采を送った。

ハンターがSUVの助手席のドアを開け、ベンとわたしが飛びのり、車が発進したところで、人びとがいっせいに警察署のほうを振り返り、わたしたちに興味を失ったのが見えた。

「いったいなんの騒ぎ？」とわたしは訊いた。

「だれかついてきてる？」

後ろを振り返った。「いいえ、でもどうして？」

「ぼくの家に行こう。着いたら全部説明するよ」

ハンターの家はいかにも男の住まいだが、居心地がよく、あまりにもきちんと片づいているので、わたしは最初、彼の身辺にほかの女性がいるのではないかとひそかに勘ぐった。知り合いの男のなかでこんなに家の掃除が行き届いている人はいない。文句を言ってるわけではないけれど。

「で、どう、なってるの？」わたしはキッチンの椅子にドスンと腰を下ろすと、単語をひとつひとつ強調するように質問した。

「ちょっと待って」ハンターがコーヒーを沸かすあいだ待たされた。それがすむと、ようやくこちらにやってきた。

「きみこそどうした？」と、初めてわたしをまともに見たように言う。わたしはバラのとげで顔を引っかいたことをすっかり忘れていた。ハンターはあごにそっと手を当て、顔を左右に向けて、傷のぐあいを調べた。ジョニー・ジェイのしわざだと思ったにちがいない。あえて誤解を解かないことにした。利用できるものは、このさいなんなりと。

「ジョニー・ジェイに襲われたの」そこまで言って、ふと思いついた。ハンターも警察官で、理屈からいえば敵方だ。「悪いけど、これ以上は言えない。弁護士を呼んで」

「なんのために？　きみはなんの罪にも問われてないんだぜ」

「えーっ！」悲鳴のような声が出た。「手錠をかけられて、何時間も留置場に閉じこめられたのよ。あなたが釈放の手続きを取ってくれたとばかり思ってた」

「きみは告発されなかった。ジョニーをまた出し抜いたってわけだ」

「わたしたちは張り合ってるわけじゃないわ。むしろ乱闘よ。あいつはわたしを投げとばして、手錠をかけ、住居侵入と窃盗の容疑で逮捕したのよ」

「そのつけは高くつきそうだ」さすがはハンター、悪徳警察長をあくまで追及するつもりなのね。わたしは自分が無事に釈放されたことがまだ信じられなかった。「じゃあ、わたしは晴れて自由の身なの？」

ハンターはにやりとした。「ジョニー・ジェイはあの手この手で攻めたけど、ノーム・クロスは動じなかった。ぼくも、きみが彼の家に押し入ったとは信じられない」

「べつに押し入ったわけじゃないの」と言っても、良心はとがめなかった。厳密に言えば、先に侵入したのはパティだから。

「いずれにせよ、ノームはきみを告発することを断わった」

「そうだったの。ありがたいわ」

そのときノームから預かったディンキーのことがふと頭をよぎった。店に置いてきたことを思い出すまでしばらくかかった。わたしが戻るまで、キャリー・アンとホリーが面倒を見てくれるだろう。

「じゃあ、ノームの家でやらかした冒険について聞かせてくれ」とハンターが言った。

たいして長い話ではなかった。省略したことが多かったから。たとえば、パティがどんなふうにことを始めたか、わたしがどうやって逃走したか、などなど。

「あの切り抜きを見て考えたんだけど」と、最後に言った。「見出しは手書きで、しかも男の人の字には見えなかった。もしあれを作ったのがヘティだとしたら……」

「それはどうかな」とハンター。「彼女とノームが共謀して、ランタンマンを作り出したとは思えない」

「ちょっと思いついただけ」とわたしは言った。「それはそうと、テレビ局を呼んだのはわたしを恨んでる人間にちがいないわ。きっとロリのしわざよ。あの場に居合わせて、ジョニー・ジェイがわたしを押し倒すのを目撃しながら、指一本動かそうとしなかった。それどころか、わたしを殺してやるってすごんだのよ」

ハンターは苦笑して首を振った。「ロリ・スパンドルはテレビ局へのタレコミとはまったく関係がない。きみが喜びそうな裏話があるんだけど、それはまたあとで。順を追って話すよ。じつはノームはきみを告発することを拒否したあと、自分がランタンマンだとついに名乗りを上げたんだ」

「ほんと？　それはすごい」

「このまえ話した記録を当たってみたんだ」とハンターは言いながら、コーヒーを注いだ。わたし好みにクリームとはちみつを——わたしが彼の家に持ちこんだ瓶から——加えて。このまえは砂糖入りを飲まされるところだった。

ハンターはわたしにカップを渡すと、つづきを話した。

「ランタンマンがキャンプを襲撃した日も、ぼくたちが失地に入った夜も、彼が在宅していたかどうかを裏づけるものは何も見つからなかった。実際、不利な証拠はひとつもないんだが、とにかく自白したわけだし」ハンターは納得していないように見えた。「いまになって名乗り出たのが、腑《ふ》に落ちないが」

「ノームはどうなるの？」

「たいしたことはない。罪に問えるのは、せいぜい器物損壊かな。ずっと昔、キャンプしていた子どもたちの持ち物をずたずたにした件で。ただし告訴期限は何年もまえに切れている。しかも彼は自分の非を認めて、壊したものを弁償すると申し出た」

「でも、失地でさんざん人を脅かした」

ハンターはくすくす笑った。「それは犯罪じゃない」

「どうしてそんなことをしたのか、理由を話した？」わたしは、あの手書きの文字にまだこだわっていた。

「子どもたちがたむろして酒を飲むのを止めさせたかった、と。悪気はなかったんだ」

「そもそもランタンマンが出没しなければ、わたしたちは失地に行かなかった。肝だめしをする必要がないもの。ローレンは飲酒運転をしなかったかもしれない。ジョニー・ジェイのお父さんだってまだぴんぴんしていたかもしれないのよ」

「でも逆に、ランタンマンが怖くなければ、しょっちゅうあそこで騒いでいたかもしれない。それにしても、どうしていまごろ正体を明かしたのか」

「このまえ彼にランタンマンの話題を持ち出したの」とわたし。「そしたら急に機嫌が悪くなって。それに、あなたが彼の家を捜索したから、彼は記事の切り抜きやランタンを見られたと思った。だれかが気づくのは時間の問題だったのよ」

「顔じゅう泥だらけじゃないか」とハンターが言った。「洗ったほうがいい」

ハンターは洗った顔に抗菌クリームを塗ってくれた。彼の指の感触はやさしかった。気分がどんどんよくなっていく。でも、腕は後ろにまわして手錠をかけられたせいでまだ痛かったし、それにあんなふうに走るのは慣れていないから、脚も悲鳴を上げていた。おまけに、お気に入りのシャツの前は草の染みだらけで、洗濯しても落ちないのは、みなさんもご存じのとおり。

わたしは肩を揉んだ。「ジョニー・ジェイはどう見てもまともじゃないわ。これまで以上に敵意むき出しで、襲いかかってきた。まるで酔っ払ってたみたい」

「テレビ局がやってきた本当の理由はそれだよ。パティ・ドワイヤーがビデオをインターネット上に公開して、そのURLをミルウォーキーの全局にメールした。ジョニー・ジェイがきみを痛めつけている動画だ」

「警察の暴力沙汰ほど、市民を怒らせるものはないから」

「そうらしいな」とハンターは言って、感心したように首を振った。「でも、きみはあんな目にあったのに、心も体もかすり傷ですんでよかった」

「言ったでしょ。わたしはお姉ちゃんなんだから、自分の面倒くらい自分で見られるわよ」と、見栄を張った。

「まさにそうだな。あのビデオが動かぬ証拠だ。きみはたしかにやつを手玉に取ってたよ。地面に倒れたとき、わざとあいつが上になるように仕向けるなんて、たいしたもんだ」

そこまでからかわなくてもいいのに。いくら強がりを言っても、大変な目にあったのだから。

「彼を告発するつもり？」とハンターがたずねた。「きみの考えひとつだが」

「告発？　もちろんよ。そしてジョニー・ジェイの恨みを買って、死ぬまでつきまとわれる」でも考えてみれば、わたしはすでにそんな生活を送っていた。

「きみにとっては絶好の機会だ」

「ちょっと考えさせて」とわたし。このところさまざまな感情に翻弄され、いまもほっとしたとはいえ、まだ動揺が収まらない。ジョニー・ジェイの真の姿が世間に知れわたるのはめでたいが、わたしの大立ち回りが夜のニュースで放映され、この地域の視聴者全員の目にさらされるのかと思うと、気が重かった。

友だちにも、お客さんにも、家族にも。

ジョニー・ジェイが家の角から姿を現わしてから、わたしを組み伏せるまでの一部始終を思い出そうとしても、あっというまの出来事だったので、覚えていることといえば泥を食べたことぐらい。

それでもハンターの家のキッチンにすわって、コーヒーを飲みながら話をしていると、心がいやされた。

「ノームが奥さんをかばっているとしたら？」わたしはホワイトボードのことがまだ気にかかっていた。

「どうしてそんなことをする？　何もかも彼女のせいにするというなら、まだ話はわかる。死人に口なしで、どんなぬれぎぬを着せられても弁解できないから」

「それは冷たい仕打ちだわ」

「たしかに」

「でも、かりにヘティがランタンマンだとしたら――えーっと、その場合はランタン女だけど――どうしてローレンと同じ時間に森にいたのか説明がつく。それに、ローレンをつけねらっていた人間がいるかどうか判断する材料にもなるわ。ヘティは森で話し声を聞きつけて、巻き添えをくったのかもしれない」

「ストーリー、ノームは自白したんだ」

「そろそろ店に戻らないと」その線を追求するのは、ひとまずおあずけだ。ベンは職務以上の勇敢な働きをしたのだから、そのご褒美にレバーを数切れもらってもいいはず。わたしはそう口添えして、コーヒーのお代わりを飲み干した。「店にも取材陣が押しかけてるかしら?」

「ありえるな」

「でも、戻らなきゃ」

「考え直したほうがいい」

「行きましょう」わたしはどんなことにも立ち向かう覚悟だった。

20

認めるのはしゃくだけど、ハンターは正しかった。店の前をゆっくり流していたチャンネル4のヴァンは、わたしが店の入口から飛びこむと、バックで二重駐車した。

「つたく！」独り言のつもりが、かなり大声でぼやいたにちがいない。全員の目がいっせいにこちらを向いた。「急いでるから」と言って、立ち話を避ける。

従業員もお客さんも口をぽかんとあけて（そんなにひどい有り様？）、わたしが、キャリー・アンと妹のいるレジカウンターを通りすぎ、六番通路をバタバタと駆け抜けて奥の事務所に向かうのを見送った。部屋に鍵をかけて閉じこもると、ディンキーの大歓迎を受けた。眠っていた事務椅子から飛びおり、わたしの腕までよじのぼってきた。

ドアを閉めきった安全な場所から、妹の携帯に電話した。

「テレビ局のヴァンがおもてにいる」と知らせた。「なかに入れないで」

「ここはお店よ。どうやって止めるの？」

「それもそうね。じゃあ、わたしは留守だと言って」

「K（了解）」

「ここに隠れてるから、おもてにだれもいなくなったら電話して」

「K（了解）」

電話もまだ切らないうちに、ドアを鋭くたたく音がした。

「だれかきたわ」わたしは電話に言った。「追い払って」

「アリ・シュミットよ」

「大統領夫人だってかまうもんですか。帰るように言って」

「姉さんがそこにいるのを知ってるのよ。走っていくところを見たから」

「あらら」

「それに、アルバイトに応募したいそうよ」

「ほんと？　それはすてき！」頭のなかで音楽が鳴った。

ドアを開けてアリを入れ、また鍵をかけた。

「いったいどうしたの？」アリは興味津々だった。

「テレビ局のレポーターよ。追われてるの。たいしたことじゃないんだけど。それはそうと、ここで働きたいってホリーから聞いたけど」

「ええ、そうなの」そこでアリは売り込みを始めた。全国どこの食品雑貨店の店主でも聞き惚れたにちがいない。彼女はこちらがねたましくなるような、かすれた色っぽい声の持ち主だった。従姉のキャリー・アンの声もしゃがれているとはいえ、そちらは長年の喫煙のせいで、もっとガラガラして耳ざわりだ。アリの声は……なんていうか……わたしもあんな声になりたいとずっと憧れていた。

しかも、アリはわたしの代わりも務まることがわかった。本人の話をうのみにするならという条件つきだが、いまのところはちっともかまわない。二本の腕と人並みの頭があれば、資格は充分。

歯科医院を切りまわしてきた才覚のおかげで、アリは一躍、応募者リストのトップに躍り出た。目下、ほかに応募者がいるわけではないけれど。話を聞いてみると、アリはお金よりも、家庭と歯科医院の外に出る機会を求めていることがわかった。

「夫にはなんの不満もないわ」これまでの職歴を並べたあとアリは言った。「でもひと息つける場所がほしい。どこかべつの場所、たとえばここで働かせてもらえたらありがたいんだけど。生活も仕事も一緒というのは、それほど楽じゃないのよ」

そりゃそうでしょう。家族と働くには、鋼鉄の神経と途方もない勇気、あるいは、底抜けの鈍感さと開き直りの精神が必要だ。

「でも、歯科医院の受付は？」と言いながらも、わたしはアリの返事がどうあれ採用しようと決めていた。「Ｔ・Ｊがうんと言う？　代わりは見つかるの？」

「これからも午前中は予約の調整や事務をつづけるつもり。こちらには週に二、三回、午後だけでもいいかしら。あとは金曜の夜も大丈夫よ。Ｔ・Ｊがロータリークラブの会合に出かけるから」

自分の幸運が信じられなかった。キャリー・アンとホリーとわたしで午前中から昼すぎまでを分担する。アリと双子がそのあと引き継いでくれたら、午後の時間を自由に使える。願ってもない展開になってきた。

それに何よりありがたいのは、アリのように頼りになる従業員がいれば、母さんにあれこれ口出しされずにすむ。

「なんなら、このまま店に残って手伝いましょうか」と新しい親友、アリが言った。「ジョニー・ジェイともめたって聞いたわ。裏口から出て、午後はゆっくりしたら？　ね、店はわたしたちでなんとかなるから」アリはわたしを両手で追い出すそぶりをした。

それから数分後、わたしは裏道を歩いていた。むさくるしい犬を小脇に抱え、晴れ晴れとした軽やかな足取りで。パティの裏庭を横切って、だれにも見つからずにわが家にたどり着いた。シャワーを浴び、きれいな服に着替え、ピーナッツバターとバナナとはちみつのサンドイッチを頬ばりながら、ソファにすわって心ゆくまでゆっくり休憩することにした。

と、携帯電話が鳴った。ホリーからだ。

「もう出てきてもいいわよ」と妹は言った。

そういえば、ホリーに早退することを言い忘れていた。わたしがまだ事務所にいると思っているのだ。

「アリ・シュミットを採用したわ」と遅ればせながら伝えた。

「だから店をうろうろして、いろいろ質問してくるのね」

ホリーの声は冷ややかだった。そんなことはもっと早くに知らせてくれないと困る、あるいは、決めるまえにひとこと相談があってもいいんじゃないの、と言いたげに。妹のとげのある声は聞き流した。相談なんてするつもりはないので。いったん経営上の決定に口出しを許したら、主導権を失ってしまう。

「店のなかを案内して、さっそく勤務表にも組みこんで」と有無を言わさぬ口調で言った。

「ＡＴＭ（いま現在）指導中。ついさっきまでは取材の相手をしてたのよ。でも勤務表に取りかかるわ。ＡＳＡＰ（なるはやで）」

「レポーターには何も言ってないでしょうね？　余計なことをしゃべらないでよ」

「そんなことしてないわよ」

「それに家の住所も教えないで」

「了解」

電話を切ると、パティからの友情の申し入れや、わたしのためにひと肌脱いでくれたことを思い返した。まあ、動機はちょっぴり利己的とはいえ。

わたしは結婚と同時に人生の一部を手放した。そのなかには、残念ながら、女友だちとのつきあいも含まれている。店を始めてからは働きづめで、友情のために割く余力はまったくなかった。でもここ一、二年、女どうしのつきあいが恋しくなってきた。親友、ホリー流に言うなら、〝ＢＦ〟《ベスト・フレンド》が欲しい。

こうして世間から雲隠れして、ディンキーとこもっているあいだに、ふとひらめいた。親友は、特上の牛肉とはちがって、あらかじめ注文するわけにはいかない。袖すり合うも多生の縁というように、ただの知り合いから新たな段階に入る人もいれば、反対に評価が落ちてしまう人もいる。

たとえばロリ・スパンドル。彼女はわたしの元夫と寝たことがあり、この先も、友だちになることは断じてありえない。そもそも、友情の基本的な要件――誠実さ、献身、そして、ありのままのわたしを受け入れてくれること――を充たしていない。

でも、ほかの人たちは？　ある日、青天の霹靂《へきれき》のように、ただの知人やごくふつうの友人が親友に変わるのだろうか。

わたしの場合、妹を親友のひとりに数えなければならない。けんかもするけれど、強い姉妹愛で結ばれている。それに従姉のキャリー・アン。幼なじみで、いざというときは頼れる味方だ。

ホリーとキャリー・アンとわたしは苦楽をともにし、思い出や秘密を分かち合い、おたがいの欠点も失敗も知り尽くしている。

それでは、隣人のパティ・ドワイヤーは？　認めたくはないけど、P・P・パティは知人から、もう少し踏み込んだ間柄に変わりつつあったが、まだ海のものとも山のものともつかない関係である。でも、本物の友人だと思えるようになるのは――かりにそうなるとして――まだまだ先の話。

「だから、とりあえずいまのところ友だちと呼べるのは」とわたしはディンキーに打ち明けた。「慢性略語病の妹と、アルコール依存症の従姉と、それに町ののぞき屋の三人というわけ」

ディンキーは耳をぴんと立て、きゃんきゃん吠えた。まるで本当に返事をしてくれたみたいに。

とことん正直に言うなら、彼女たちとこんなにうまくやっていけるのは、わたしも同じように欠点だらけの人間だから。自分のどこがそんなに変わっているのか、いまはまだよくわからないけれど。

自己分析はもともと苦手だし、とくに自分の性格や心の奥底となるとお手上げなので、ソファから立ちあがって、しんきくさい思いを振り払い、これからどうしようか考えた。通りをそっとのぞいてみる。レポーターはひそんでいない。そこでディンキーを裏庭に連れていき、巣箱の点検をすることにした。

養蜂家にとって春は忙しい季節とはいえ、きつい仕事は春先にあらかたすませていた。いまでも定期的に巣箱の点検をして、ダニが見つかれば駆除し、女王蜂の産卵が順調かどうかを確認している。蜂たちが健康で、群れが元気だという何よりの証拠だから。

さらなる巣分かれを防ぐために(このまえの分蜂で、自分が細かいところまで注意の行き届かない〝残念な〟新米養蜂家だと思い知らされた)、ほとんどの巣箱に継ぎ箱を載せた。それは養蜂用語で、ミツバチがもっとはちみつを貯えられるように巣箱の上に空の巣箱をもうひとつ継ぎ足すことをいう。規模はずっと小さいけれど、家の増築と似ている。

オーロラが通りすがりに声をかけてくれた。「大変だったわね」と彼女は言った。「あなた

には マイナスのカルマを引き寄せる力があるんじゃないかしら」

「何かのタタリとか?」じつを言えば、カルマがどういうものかよくわからないのだけれど、オーロラがこれから教えてくれるだろう。

「いいえ、そんなんじゃないわ。あなたの行動のひとつひとつがカルマを生み出すの。頭のなかで考えるだけでも」

「つまり、心がけが悪いと問題が起こるの?」

「この世には偶然なんてひとつもないのよ。あなたはいま教訓を学んでいるところ」

「うちの母と話したことがある?」

オーロラは何ごとにつけ生真面目なたちだが、わたしと母がうまくいってないことは知っているので、くすりと笑った。

「いいえ、お会いしたことはないわ。この経験はあなたとジョニー・ジェイの問題よ。どういう結果になるかは、あなたの次の行動しだい」

わたしは、彼女が通りを渡ってモレーン自然植物園に向かうのを見送った。そんな一方的に責任を押しつけられても、わたしの力ではどうにもならない――と思うけど。

夜のニュースの時間になったので、わたしは家に戻り、極小サイズの犬用ガムをかじっているディンキーを真ん中に、ホリーとテレビの前にすわった。女性キャスターがトップニュースを伝える。田舎町モレーンで起こった、彼女いわく〝血も凍る事件〟について。ニュースの主役はわが町の警察長。

そして、残念ながら、このわたし。

ホリーとわたしの目はテレビにくぎづけになった。ジョニー・ジェイとわたしがうちの裏庭にいる。画面がややぶれているのは、パティが興奮しているせいだ。しかも二階の窓から身を乗り出して撮っているので、三脚どころの話ではない。

ジョニー・ジェイを見つけてから押し倒されるまでの数秒間、あのときはいじめっ子ジョニーとの対決についてあれこれ考える余裕はなく、せいぜい、こんな目にあわされる筋合いはない、タンポポや芝生やぬかるんだ泥なんか食べたくないと思うのが関の山だった。

それに、正直、さほど痛めつけられた実感もなかった。子どものころしょっちゅう衝突していたせいで、相手がジョニー・ジェイの場合、暴力を振るわれるのが当たり前になっていたからかもしれない。

あらためて再生画像を見てみると、とても現実のこととは思えず、ジョニー・ジェイにいたっては正気を失い、自分の行動を抑制できない人間のように見えた。また実際、そんなふうにふるまってもいた。わたしは死ぬほど怯えてもおかしくなかったのだ。

「痛かったでしょう」警察長がわたしの背中に膝をねじこませているのを見て、ホリーが言った。「あれはハンマーロックよ。わたしがついていたら、絶対こんな目にあわせなかった。まずはフルネルソンで締めあげ、仕上げにいくつか犯則技も織り交ぜて、ヒーヒー言わせてやったのに」

わたしは手をのばし、ふざけてパンチをくり出した。「それだと、こんな脚光を浴びなかったわ。気持ちだけいただいとく。こんなことめったにないから」

「姉さん、変わってるわねぇ」

でも、わたしはもう妹に注意を払っていなかった。画面が中継に切り換わったからだ。ジョニー・ジェイが警察署から出てきた。正装し、制帽を手に持ち、髪を撫でつけ、ばつが悪そうな表情を浮かべている。いかにもまともに見えるので感心した。引き締まった体形、りりしい制服姿、若々しく端整な顔立ち。第一印象は当てにならないという見本だ。

彼の後ろで、地元の住人がうろうろしているのが見えた。その多くはジョニー・ジェイに個人的な恨みを抱いているケリガン一族で、罷免を要求するプラカードを掲げている。長年、警察長の職にあった彼も、ついに辞任に追いこまれるのか。そして、あの強権支配を手放す？

やった！　めずらしくも、わたしのほうが彼より力があり、いま目の前で起ころうとしている革命の火つけ役もこのわたしだという気がしてきた。さあ、いまこそ政府を倒しましょう、とかなんとか。

あのカルマとやらの働きかもしれない。こうなったら攻めの一手。どうか、ジョニー・ジェイに思い知らせてやれますように。

「町議たちがやってきたわよ」ホリーがミシガン湖なみの大きな笑みを浮かべた。町議会議員のお歴々が、人だかりを縫うようにして現われた。みな一様に厳めしい表情をしている。

町議が背後にずらりと並び、警察長に好意的とはいえない住民が、自分たちの主張が画面に映るようにとテレビカメラを取り囲んでいるなか、ジョニー・ジェイはマイクを握り、演説をぶちはじめた。

・彼の父親は町の通りで飲酒運転の犠牲となった。みなさんもよくご承知のとおり。
・自分は父の跡をついで警察長の職につき、この町の法と秩序を十年にわたって守ってきた。
・口はばったいことを言うようだが、父を上まわる実績をあげてきた。統計の数字をご覧いただきたい。父も草葉の陰で喜んでいるだろう。
・そして今回、危険な状況をものともせず、住居侵入者を追跡した。ありきたりの泥棒だが、心理的な問題を抱え、公権力にたてついてきた経歴の持ち主だ。

「わたしは心理的な問題を抱えて、公権力にたてついてきたの？」と妹にたずねた。

「まあね」と妹。「シーッ」

・彼はその人物をみごと逮捕したが、必要に迫られて、遺憾ながら暴力を振るってしまった。

「よくもまあ、白々しいうそを！」

「シーッ」

・ビデオは、彼に不利になるよう編集されたものだ。彼がそんな行動をとらざるをえなかった、それ以前の出来事がカットされている。
・彼の名誉はまもなく回復するだろう。
・しかし、それまでのあいだ、やむなく長期休職を願い出ることにした。

ホリーとわたしは飛びあがり、ソファではずんでハイタッチし、声をかぎりに快哉《かいさい》を叫んだ。ディンキーは食べかけの骨を引きずって、あわてて逃げ出した。

わたしはとっておきのシャンパンをあけた。これ以上ふさわしい機会はまたとない。

わたしたちはまず正義に乾杯し、その後も次々と乾杯した。

「彼がいないと、あたしたちどうしていいかわかんない」とわたしは叫んだ。「でも、どうなるかとっても楽しみ！」

浮かれ気分がつづいたのは、一杯目を飲み干すまでだった。

ジョニー・ジェイが今度の件でわたしを逆恨みするだろうと、ふいに気がついたからだ。

この町を出ていかなくてはならない。

21

シャンパンの二杯目を注ぎながら、わたしはジョニーの復讐の件を口に出し、彼があらゆる手を使って嫌がらせをしてくるにちがいないと話した。

「いままでだって安全とは言いきれなかったのに、こんなことになっちゃって」

「夜逃げはなしよ」P・P・パティのかん高い声がどこからともなく響きわたり、わたしは悲鳴をあげた。

パティはドアの手前に立っていた。黒っぽい服に、黒い野球帽を目深にかぶっている。

「どこから入ってきたの？」わたしは眉をひそめた。まさか隣人がノックもせず呼び鈴も鳴らさずに、裏口から勝手に入ってくるなんて。いつから立ち聞きしていたのだろう。「みんなと同じように、まず呼び鈴を鳴らしなさいよ」

「友だちを迎えるにしては、ずいぶん冷たい言いぐさね」とパティは言った。

そう言われては返す言葉がない。パティは敵の正体をあばいて、わたしを窮地から救い出してくれた。感謝しなければならない。この次はロリ・スパンドルにひと泡吹かせてほしい、と頼んでおいたほうがいいかも。ひょっとしたら、パティがわたしのカルマかもしれない。

そうはいっても、できればもっと穏便な、悪党からねらい撃ちされる立場に追いこまれないようなものが望ましい。だから、彼女のおかげで命拾いしたとはいえ、やはりパティは、おつきあいを遠慮したい相手のひとりだ。

「ストーリーに言ってやって」妹がグラスにシャンパンを注ぎ、それを手渡しながら、パティに訴えた。「踏みとどまらなきゃだめだって」わたしのほうに向き直る。「母さんはわたしたちを意気地なしには育てなかった。フィッシャー家の人間は問題から逃げたりしないの」

わたしは鼻を鳴らした。妹の考える大問題といえば、せいぜいチョコレートを食べすぎてニキビをこしらえ、あわてて軟膏を探すぐらいでしょうに。

「あたしたちの手で、ローレンを殺した犯人を捕まえる絶好の機会じゃないの」とパティが言う。

「それにヘティ殺しの犯人もね」とホリー。「逃げ隠れして、せっかくの機会をふいにするつもり?」

「どこでそんなことを思いついたの?」わたしは啞然とした。このふたりが急に手を組むなんて。「ここに残って、ジョニー・ジェイに寝首をかかれたらいいと本気で思ってるの? つまり、おとりになれというのね。いいわよ、べつに」と、皮肉たっぷりに切り返した。

「あら、なかなか鋭いじゃない」パティに皮肉は通じなかった。ホリーとわたしのあいだに割りこむようにして、ソファに腰を下ろす。「警察長は恨みをたぎらせ、復讐の策を練っているでしょうよ。目にもの見せてやるって。つまり、彼が犯人でも犯人でなくても、あんたは大ピンチなわけ。でもね――」パティは思わせぶりに指を立てた。「犯罪と戦うには願ってもない立場にいる」

「事件記者になりたいのはわたしじゃなくて、あなたでしょうが。犯罪と戦うなんてまっぴらよ」

「それに」ホリーがわたしを無視して、頭ごしにパティに話しかけた。「ジョニー・ジェイが犯人じゃなくて、ただ恨みを晴らしたいだけなら、ストーリーの命までは奪わない。でも、もし彼が犯人で、本気でストーリーを殺そうとしたら、それが決め手になる。TP（前向きに考えなさいよ）。彼の次の行動で真実がわかるのよ」

「すばらしい」とわたし。「すっかり気分がよくなったわ」

パティがうなずいた。「殺人犯は最初のひとりを殺したら、あとは平気になるんだって。でもその分、注意もおろそかになる。いい、ジョニー・ジェイがあんたを殺そうとしたら、証拠が手に入るのよ」

「ちょっと待って。犯人がノームという可能性もあるわ」とホリーが指摘した。「まだ完全にシロと決まったわけじゃない」

パティがはっと息をのんだ。「それもそうね。もし彼が犯人ならどうなる？　うわ、大変、ノームがジョニー・ジェイのしわざに見せかけて、ストーリーを殺すかも。それに、ノームはあんたが彼の家で何をしてたか気になってるんじゃないかしら。もし彼が犯人なら、あんたが証拠を見つけたと考えるかもしれない。だから告発しなかった。あんたを殺すチャンスをうかがってるのよ」

「荷造りしたら、すぐに出ていく」とわたしは宣言した。

「店はどうするの？」とホリー。「〈ワイルド・クローバー〉を見捨てるつもり？　わたしひとりに押しつけて？　母さんに手伝ってもらうわよ。姉さんも知ってのとおり、わたしの言うことなんか聞かない人だけど」

「母さん？」そのことは考えていなかった。

「それに」とパティ。「もし町にとどまるなら、あたしたちが楯《たて》になる。友だちはなんのためにいると思う？　ホリーとあたしがついてるわ。親友じゃないの」

「B　F《ベスト・フレンド》（親友）よ」とホリーもうなずいたが、パティに向けた視線はやや疑わしげだった。

「ハンターに電話してみる」とわたしは言ったものの、大げさすぎるような気がした。「どうすればいいか相談するわ」

「どうぞ」パティが鼻で笑った。「男におうかがいを立てれば。それがいいわよ」

ホリーまで尻馬に乗ってせせら笑った。妹らしからぬふるまいだ。わたしはシャンパンのボトルを妹から取りあげた。空っぽだった。

「ハンターの言いなりになるんじゃないわ」と言った。パティのせいで弁明に追われるのがしゃくだった。「でも彼の意見は尊重する。あなたたちの意見と同じように」

「じゃあ、どうしてセカンドオピニオンが必要なの？」

「それは、えーっと」

「それに、あたしは命の恩人よ。もしあたしが口を出さなかったら、裏庭から生きて戻れなかったでしょうに」

それは事実とかけ離れている。もう少し時間があれば、頭をしぼってジョニー・ジェイを打ち負かしたはず。すぐには無理でも、いずれは。でもパティはすっかり調子づいていた。

「せめてものお返しに」とつけ加える。「ここに残って、正義と真実のために戦ったらどうなの。まだお礼も言ってもらってないし」

わたしは歯を食いしばった。

「そうね。いろいろあってうっかりしてたわ。ありがとう、パティ。あのビデオを撮って、とうとうジョニー・ジェイに思い知らせてくれて」

ホリーがひとこと、パティに釘を刺した。

「でも、それもこれも、ストーリーの協力があったからよ。なんたって体を張ったんだから。よくやったわ、姉さん」

「それはどうも」

パティが立ちあがった。「で、どうするの？　ここに残って、一緒にがんばる？　あたしたちは交代であんたを守るし、犯人が姿を現わすまで、そう長くはかからないでしょう。あたしたち町の英雄になるのよ」

ホリーがだめ押しをする。

「ジョニー・ジェイを逮捕してもらわなきゃ。今度こそ、彼も一巻の終わりよ」

わたしは妹を、ついでパティを見やった。それで充分だった。ふたりの女用心棒が、四六時中つきまとい……わたしの足を引っぱる。パティとずっと一緒にいたら、いくらもたたないうちに、頭がおかしくなってしまいそうだ。

では、どこかに身を隠すとしたら？　そもそも、わたしにはそんなつてはどこにもない。たとえあったとしても、ジョニー・ジェイにはさまざまなコネがあり、ハイテク技術もある。その気になれば、わたしの居どころなど難なく見つかるだろう。

それなら、真っ向から対決したほうがいい。

彼の目を見すえる。

そして、彼を打ち倒す。

なんといっても、味方がいるのは心強かった。

「二、三日様子を見ることにする」とわたしは言った。犯人を追いつめたいという思いはさておき、店をホリーと母さんにまかせたらひどいことになる。ホリーは店を開けるのを忘れるだろう。母さんはトイレットペーパーをまた店頭に並べるだろう。店はあっというまにつぶれてしまう。

そんなことになれば、わたしの行き先は？

母さんと同居、つまりはそういうこと。

わたしが町にとどまり、おとりになることが決まって、満足したパティが帰ると、わたしは寝室に向かった。

ディンキーがついてきた。わたしのあとを影のように追ってくる。

寝室はわたしのお気に入りの場所だ。パティの家に面しているのが玉にきずだけど。つまり家じゅうで一番安全に疑問があるとはいえ、わたしは高級ブラインドでその欠点を補っていた。

ホリーが風水による内装を考えてくれた。妹に言わせると、本人の個性と調和させるのが肝心らしい。わたしが新しい寝具を選ぶと、妹はクリーム色の壁がいいとすすめた。その色にはわたしの神経を休める効果があるそうだ。枕をいくつも並べ、卓上スタンドは明るさが調節できる。黄色とブルーをアクセントカラーにし、蜜ろうのキャンドルを灯す。こうして、寝室はわたしだけの大切な憩いの場所になった。

ただし、いまのところは気の小さな犬と同居しなければならず、その犬はいまだに家じゅうの床におもらしをしてまわっている。おまけに、今日は洗濯物の山からわたしの下着を引きずり出し、噛んで穴だらけにしてくれた。下着をだめにされたのは、これで三回目だ。

明日ノームと交渉して、ディンキーを引き取ってもらおう。彼がランタンマン事件の首謀者として留置場や刑務所に入れられていなければ、だけど。でも警察長は休職中なので、身柄を拘束されずにすむ可能性はこれまでよりずっと高い。

わたしは携帯でハンターに電話した。「このままだとジョニー・ジェイに殺されるわ」開口一番そう訴えた。「警察の保護が必要なの。この状況だと、どうすれば保護してもらえる？」

「何をいまさら。ぼくが覚えているかぎりの昔から、きみは自分をそんな状況に追いこんできた」

「でも、今回はわたしのせいじゃないわ」いまのはもしかして泣き言？　パティのぼやき癖がうつったのだろうか？　ここしばらく一緒にいる時間が長かったから。「今度ばかりは、悪いのはわたしじゃない」

意味深長な沈黙が電話の向こう側でつづいた。無言のうちに、わたしに非はないという訴えに異を唱えている。その短いあいだに、今回の事件で自分が果たした役割を振り返ってみた。たしかにノームの家に入るのを思いとどまるという手もあった。でも、あの家に警察署直通の防犯装置がついているなんて、わかるわけがない。

「殺人事件の捜査で何かニュースは？」と訊いてみた。自分の過ちについてあれこれ反省するのは気が進まなかったので。

「着々と進展してるよ」

「それはつまり、まだ何もつかんでいないということね。もうちょっと急いでもらえないかしら？」

「これでも全力でこの事件に取り組んでるんだ」とハンターは言った。「ジョニー・ジェイはきみに迷惑をかけたりしないよ。そのことなら心配しなくていい」

「へえ、そうなの」

「ぼくからも注意しておく」

「助かるわ。ついでに接近禁止命令も出してもらえないかしら」

「そんなふうにはいかないんだ。裁判所に認めてもらうのは容易なことじゃない。きみの場合はまだ可能性があるけど、それには、彼がきみに危害をおよぼすおそれがあることを証明しなければならない。裁判所に出向いて、やつと対面し、裁判官にきみが身の危険を感じていると申し立てる」

「いやよ」あの男に、わたしが怯えていることを知らせる？　断じてお断わりだ。

「しばらくうちにこないか」

「そそられるわね」たしかに気持ちは動いたが、仕事を放っておくわけにはいかない。そろそろこの地域のあちこちの農場や果樹園に貸し出している巣箱の点検をする時期だ。うちのミツバチがみな元気で、作物の受粉に精を出していればいいんだけど。いくらハンターでも一日二十四時間、週に七日、わたしの身辺に目を光らせることはできない。

「それとも、ベンを預かってもらおうか」彼はべつの案も口にした。

「その手もあるわね。でも、うちの妹とパティ・ドワイヤーが護衛を買って出てくれたの」

「なるほど。ぼくの出る幕はなさそうだな。あのふたりがついているなら」ハンターが笑ったので、わたしも笑顔になった。たしかに、あのふたりは用心棒というタイプではない。

けっきょく自分の身を守れるのは自分だけ。できるだけ大勢の人と一緒にいて、念のため背後にも気をつけよう。それぐらいしかできることはない。

「ジョニーがいないあいだ、だれが代理を務めているの？」

「サリー・メイラーだ」とハンター。

それはいい。サリーはうちの店の常連客で、優秀な警官だし、ジョニーとはちがって、個人的な敵討ちに執念を燃やしていない。おまけに女性だ。わたしはいつも女性を応援している。

電話を切るころには、ハンターのおかげで、わたしの身に危険はないとほぼ信じることができた。

22

翌朝は曇っていたが、前日ほどじめじめとしていなかった。お日さまは照ろうか照るまいか決めかねているようだ。実際、お天気はどちらにも転びそうだった――春の長雨か、うららかな青空か。でもそれがウィスコンシン州の気候。猫の目のように変わりやすい。

朝一番にディンキーを裏庭に出したものの、いつものように手遅れだった。でも、いちいち目くじらを立ててもしかたがない。粗《そ》相《そう》のあと始末をして、ディンキーが裏庭を嗅ぎまわっているあいだにコーヒーを淹れた。それから軟らかくしたバターとはちみつをよく混ぜ、シナモンをひと振りして、酸味の強いライ麦パンのトーストに塗る。おいしい朝食のできあがり。来月の通信には、はちみつとバターを使ったレシピも載せることにしよう。

ますます重荷になってきた居候を家のなかに入れて餌をやってから、行動計画を立てた。ごく簡単なものだ。いざとなったら、ジョニー・ジェイの報復に怯えながら暮らすのをやめればいい（それに夜が明けて、あたりが明るくなると、世間は平穏そのものに見えた）。どうせ、わたしたちはこれまでずっといがみあってきた。今回だけが特別ということはない。

ということで、その一。くよくよ心配するのはやめて、前向きなオーラを放ち、あとはカルマにまかせよう。

その二。やることリストのうち、気になっているものを片づける。ほとんどは蜂がらみの要件だ。うちの蜂たちが遠征している郊外まで点検に行く必要がある。

その三。念のために警戒を怠らないようにしよう。転ばぬ先の杖、というでしょ？

家を出るまえに、ノーム・クロスにもう一度電話した。今回はノームが出た。

「告発しないでくれてありがとう」とまずお礼を言った。

「警察長にやいのやいのとせっつかれたが、うんと言わなかった。あんたにはそれなりの理由があると思ってな。で、うちの家で何をしてたんだい？」

「それはその、あなたが怪我でもしていたらいけないと思って」と言い訳した。「一日じゅう連絡が取れなかったから、倒れて頭でも打ってるんじゃないか心配になってきたの」

なかなかそれらしい。ノームも真に受けた。

「わしがランタンマンだって、あんたも聞いたかい？」と彼は言った。「いまごろは町じゅうに広まってるだろう。お恥ずかしいかぎりだ」

「ジョニー・ジェイがもっと大きな事件を起こしたの。だからあなたのニュースのことならもうみんな忘れてるわ」

警察長の暴行のビデオは、ノームの告白をまちがいなく上まわる大事件だった。

「そろそろディンキーをお返ししたいと思って」

「今日、葬式の最終の打ち合わせがあるんだ。夕方でいいかな？」

あれこれ心労が重なり、ノームが妻の葬式を出さなければならないことをうっかり忘れていた。なんて心ないことを。返す言葉もない。「そりゃもう」とわたしは言った。「お安いご用よ」

電話を切ってから、アミガサタケのかごを持ち、ディンキーにリードをつけて店に向かった。昨夜のニュース報道のあと、町は落ち着きを取り戻していた。店の前に張りこんでいるヴァンは一台もない。レポーターもひそんでいない。彼らはみな次の事件を追って消えてしまった。（ジョニーの）前途と、（わたしの？）暮らしをさんざん踏みにじったあとで。

そういえば、用心棒たちの姿も見当たらない。昨夜、わたしを危険から守るとあれだけ力説しておきながら、ホリーはまだ起き出してこない。パティのほうはどこにいるのやら。論より証拠というけれど、どうやらこのふたりは逆の意味でそれを実践しているらしい。

ふたりの助太刀を本気で当てにしなくてよかった。

わたしは店を開け、仕事の準備に取りかかった。

従姉のキャリー・アンはじつはもう出勤していたのに、奥の部屋からよろよろと出てくるまでわからなかった。短い髪はまだ突っ立っていたが、残念ながら、見た目がいまひとつ。片側はぺたんこで、反対側は好き勝手な方向を向いている。マスカラが頬に流れ、充血した目は腫れぼったい。

「あらまあ」とわたしは言った。「いったいどうしたの。飲んでる？　二日酔い？　あんなにがんばってきたのに」わたしたちだってそれは同じ。依存症で苦しんでいるのは、本人だけではない。

「飲んでもいないし、二日酔いでもない」と、キャリー・アンは壁によりかかって言った。

「でも、昨夜は一睡もできなかった」

「ひと晩じゅう奥に？」しわくちゃの服が、昨日着ていたものと同じだと気がついた。

キャリー・アンはうなずいた。

「どうして？」

「ガナーが昨夜、取り調べのために連行されたの」

「なんの件で？」

「よくわからないけど、ローレン・ケリガンとヘティ・クロスの事件と関係があるみたい。ハンターから保安官事務所への出頭を命じられて」

「命じる？　ハンターらしくないわね」

「ガナーがまえもって電話してきたの。ローレンとヘティが殺された時間、彼がどこにいたか証言してくれる人がいないから心配だって」

「それは妙ね。ハンターがガナーの犯行だと考えるはずがない。だってジョニー・ジェイが……いえ、なんでもない」ジョニー・ジェイがふたりを殺したのだと言いそうになった。でも表向き、彼をしばらく泳がせておくのは得策かもしれない。

「きっと警察は、あたしたちをひとりずつ締めあげるつもりなのよ」キャリー・アンが思いつめたような目で言った。「ウェイン・ジェイが死んだ夜、失地にいた全員を。あんた、あたし、T・J、ガナー。ガナーはもう捕まった。ハンターはあっち側の人間だから、数に入らない。あたしたちみんな容疑者なのよ」

キャリー・アンは、わたしの見るところ、妄想に取りつかれていた。アルコール依存症の患者にはよく見られる症状だ。脳細胞が壊れてしまって、幻覚に襲われる。

「ばかなこと言わないで」とわたしは言った。「ハンターは、わたしたちのだれかがローレンを殺したなんて考えてないわ。ウェイン・ジェイの悲劇が起こったのはずいぶんまえだし。かりにあの夜の出来事が今度の事件に影響を及ぼしているとしても、わたしたちとは関係がない。そもそも、ハンターから質問されることが、どうしてそんなに気になるの？　悪いことは何もしてないんでしょ？」

「ええ、だけど……」キャリー・アンはその先を言わなかった。

そういえば、キャリー・アンはローレンとヘティが死んだ日の午後から夕方にかけて、姿を消していた。アルコール《A》依存症自助グループ《A》の集会があると言って、残業を断わった。ところが翌朝、息が酒くさかった。いったいどこにいたのだろう。AAの集会ではない、それは確かだ。

「この件が片づくまで隠れてる」とキャリー・アンが言った。

「隠し立てするようなものは何もないじゃない。それに、今朝の当番はあなたよ」

「アリに代わってもらって。あたしはムリ」

わたしはため息をついた。勤務当番はなんだか椅子取りゲームと似てきた。ただし、軽快な伴奏はついていない。「アリは午前中は歯科医院の手伝いがあるから」わたしは店主らしい口調を心がけた。「逃げ道はないわよ。そろそろ開店時間だけど、まずはうちに帰って、着替えてメークを直していらっしゃい。さあ、急いで」

店のドアを開けながら、従姉が戻ってきてくれますようにと祈った。キャリー・アンは順調に回復していた。ふだんとちがったことが起こって、平静を失ってしまわないかぎりは。ささいな不運やちょっとしたいざこざに見舞われるだけで、かつての悪習にずるずると後戻りしてしまう。

でも、キャリー・アンと彼女の問題についてこれ以上考えている時間はなかった。お客さんが押し寄せてきたからだ。だれもが〈ワイルド・クローバー〉はおいしいゴシップが集まり広まっていく場所だと心得ていて、実際、昨夜からさまざまな情報がたまりにたまっているので、町の人たちは情報交換にくり出してきたのだった。わたしも一躍、時の人となり、つかのまの名声と脚光を浴びた。

それはものの五分で終わりを告げた。母さんがおばあちゃんと一緒に到着したからだ。

「昨夜はわざとあなたに連絡しなかったのよ」と母さんは言ったが、それは事実とはかけ離れている。わたしが携帯に出なかっただけで、何度もしつこくかけてきたことはわかっていた。

わたしがつかまらないので、母さんはホリーに電話をかけた。妹はわたしがもう寝たと言って、起こすのを断わった。

母さんはつづけた。「ちょっと話があるの」それは母独特の言いまわしで、「とんでもないめごとを起こしたわね、ミッシー」という意味だ。

「母さん、お客さんが並んでるでしょう。またあとで。いい？」

「あーら、ヘレン・フィッシャーじゃないの」と呼びかける声がして、母の注意がわたしからそれた。「あなたが店を切り盛りしてるって聞いたわよ！」

「いいえ、そうじゃないの」母がさっとわたしを見やった。わたしは険しい目つきで見返した。「店がうまくいくように、手伝ってるだけよ」

「娘さんはすごいわね。ほんとに勇敢だわ」

「そりゃもう筋金入りだよ」とだれかが言った。いまのは褒め言葉だろうか、それともけなしてる？　見きわめるのは難しい。

「あんな目にあってかわいそうに。でもありがたいことに、やつは当然の報いを受けた」またべつのお客が言った。

「彼女にちなんでこの通りを改名しないか」

「ちょっと待って、ストーリーは法を犯したのよ！」

その声が聞こえたのは、世間の人はみな味方だと思いはじめたちょうどそのときだった。振り返ると、ロリ・スパンドルが後ろにいて、わたしをにらみつけている。生意気な口をたたいたのは彼女だった。やっぱりね。

母さんはふんと鼻を鳴らし、肘でお客をかき分けるようにしてレジを交代した。

小さな髷《まげ》にデイジーを挿したおばあちゃんは、わたしといろいろなお客さんとのスナップ写真を撮って、みんなに焼き増しを送ると約束している。祖母はきっと亡くなるその日までカメラを手放さないだろう。願わくはその日が遠からんことを。

ミリーが店にきて、わたしが採ってきたアミガサタケを受け取った。魔法のようなレシピを編み出すために。〈ワイルド・クローバー通信〉の次号の発行日はもうじきで、お客さんたちは楽しみにしている。

「アミガサタケとはちみつを一緒に使えるようなレシピはない？」と訊いてみた。うちのはちみつはどんな食材にもよく合うので。

ミリーは顔をしかめた。「どうかしら。姿形はよく似ていても、相性の悪いものってあるのよ」

わたしはミリーに言われるまで、そのふたつが似ていることに気がつかなかった。そういえば、アミガサタケの編み目状のカサは、六角形の蜂の巣に見えなくもない。

ホリーが定時より早めに出勤して、母さんの信頼はさらに厚くなった。妹が早めにきたのは、それどころか遅刻しなかったのは今日が初めてなのに、母さんはそれを知らない。あの子は母親に取り入るのが、それはそれは上手なのだ。

バラのとげで引っかいた傷がまだ赤く腫れている、とおばあちゃんが教えてくれた。

「ばい菌が入ったみたいだよ、おまえ。はちみつはもう塗ったのかい？」

「すっかり忘れてた」はちみつは過酸化水素の消毒剤よりも殺菌効果が高い。ガーゼに薄くのばして、ひと晩、頬にテープで留めておけばよかった。

「あっというまによくなって、痕も残らないよ」おばあちゃんははちみつの棚に行って、小さな瓶を選び、ふたをあけて、わたしが顔の傷につけるのを待っている。

「いま？　ここでつけるの？　これから？」とわたし。「仕事中なのに、かっこ悪いわ」

母さんがふんと鼻を鳴らした。いまでも充分かっこ悪いと言いたげに。わたしは母さんの鼻息をそんなふうに解釈した。

「いいから」と、おばあちゃんがせかした。「さあ」

そこでわたしは、細い引っかき傷の上にはちみつを塗った。祖母にはさからえない。わたしはおばあちゃん子だから。

店は午前中いっぱい大にぎわいだった。キャリー・アンはけっきょく店に戻ってこなかった。またお酒を飲みはじめたものとあきらめて、わたしたち家族もべつの方策を考えなければならない。

客足がとだえたところで、ディンキーを用足しに連れ出した。抱っこして外へ連れていくあいだに、ディンキーはわたしの顔に塗ったはちみつをほとんどなめてしまった。この舌はこれまでぞっとするような場所もなめてきたので、わたしはなかに戻ると顔を洗い、犬からもらったかもしれないばい菌を殺すために、はちみつをたっぷり塗った。

わたしの受けた仕打ちに対する励ましや同情の言葉は引きも切らず、そのあいまにときおり、否定的な反応にも出くわした。意地悪なことをひとつふたつ言われたぐらいで、数多くの心温まる言葉がもたらしてくれた、せっかくのいい気分が台無しになってしまうのはどうしてだろう。わたしはそんなものに負けやしない。そもそも批判をぶつけてきたのは、予想どおりの顔ぶれだから。たとえばロリ・スパンドルとか。

あるいは母さん。いまも、「目立ちたいだけよ」とぼそっとつぶやいた。

送り主のわからない花束がひとつ届いた。住人のなかには、やむなく暴力に訴えたというジョニー・ジェイの声明を真に受けて、彼にあんな手荒なまねをさせるなんて、わたしがそもそもどんなことをしたのか知りたがる人もいた。

「ジョニー・ジェイは暴力を振るうのに理由なんかいらないの」わたしはきっぱりと言い切った。「それにけっきょく、なんの告発もせずに、釈放するはめになった。わたしが無実だという証拠はそれで充分じゃない？」

わたしのテレビ出演の話が出尽くすと、話題はモレーンで起きた二件の殺人事件と犯人はだれかということに移った。

いまでは住人の過半数が、ローレンとヘティを殺したのはジョニー・ジェイだと考えていた。彼がわたしに暴力を振るった場面をテレビで見て、その判断に傾いた人は多い。ノーム・クロスには釈明する義務があると考えている客もちらほらいた。残りは意見を控え、様子見を決めこんでいる。

それでも、わたしたちの大半は犯人逮捕は近いと感じていた。

早ければ早いほどいい、というのがわたしの意見だ。ぼやき屋パティは自分の手で事件を解決し、地元紙にいいところを見せたいかもしれないが、わたしは喜んで当局におまかせしたい。

サリー・メイラーが事件を担当し、ハンターが捜査の専門家として協力すれば、早期解決も夢ではない。

しばらくのあいだ、わたしは自分の危険な立場をころっと忘れていた。おまけに母さんも忙しすぎて、わたしに充分な注意を払っていなかった。アリと双子が午後のなかばにやってきて引き継いだころには、わたしはぐったり疲れていた。あとは熱いお風呂につかって、はちみつをたらしたお茶を飲み、わが家で静かな夕べを過ごすだけ。

だが、そうは問屋が卸さなかった。

ディンキーが行方不明になったからだ。

23

「なんですって!?」ディンキーがいなくなったことを打ち明けると、ホリーは仰天した。

「あんなおチビちゃん、遠くに行けるはずがないわ」自分の声がうわずっているのがわかった。「ああ、どうしよう。こんなことになるなんて」

「シーッ。PLS（お願い）。声が大きい。ディンキーがいなくなったことがお客さんにばれたら、だれかがきっとノームに告げ口する」とホリー。

「わたしのせいじゃないわ。あの子が勝手に脱走したのよ」

「店を調べてくる。もしかしたらチーズの棚の下にもぐりこんで、かけらや試供品を探してるかもしれない。姉さんは外を見てきて」

「K（了解）。ちょっと待って。店にいるはずよ。事務所から抜け出して、裏口から外に出るなんて無理だから」とわたし。

「どんな思いこみも捨てないと」

どうしてこんなことになったのだろう。それにいつ？　わたしはミニサイズの膀胱に合わせて、三時間ごとに外に連れ出していた。最後に行ったのは——時計にちらりと目を走らせる——一時間と少しまえ。ということは、逃げ出したのはこの一時間のうちだ。だれかが奥の倉庫に商品を取りに行き、ドアをきちんと閉めなかったにちがいない。ああ、あのみすぼらしい犬はいまどこに……。

ホリーとわたしはふた手に分かれて捜しはじめた。店の真ん中で落ち合った。ディンキーの姿は見当たらない。

「ディンキー、おやつよ」わたしはお客さんに聞こえないように、小声で呼びかけた。犬用のおやつの袋をがさがさいわせながらあけたが、肝心の犬は現われなかった。

わたしは外に走り出た。ディンキーが大型ごみ収集容器《ダンプスター》をあさっている現場を押さえられると思ったのだが、その勘ははずれた。ディンキーがいなかったので、建物をぐるりとまわって、小さな毛糸玉のようなものがうろちょろしていないかと、お隣の墓地に目をこらした。もしディンキーを見つけられなかったら万事休す。

ことによると案外利口で、わたしの家までひとりで帰ったのかもしれないと(そんなことは無理に決まってるけど、藁《わら》にもすがる思いで)、小走りに二ブロック先のわが家に向かった。家のまわりを一周する。もとの夫がもと住んでいた隣家のまわりも一周した。それからうちのまわりをもう一周。あのチビッ子は依然として行方不明のままだ。

わたしはすでに大勢の人を怒らせていた。このうえ、さらにだれかを怒らせることになろうとは。ロリ・スパンドルは家の下見がさんざんな結果に終わったとき、わたしを殺してやると脅した。ジョニー・ジェイはわたしの生首を皿に載せたがっている。理由はいくつもあるけど、一番新しいのは、彼の顔をつぶし、休職に追いこんだビデオの件だ。もしノームの犬がこのまま見つからなかったら――妻を亡くした彼には、あの犬しか残っていないというのに――わたしは夜逃げして、この町にはもう二度と戻ってこられなくなる。

そんなことになったら目も当てられない。

わたしはこっそり家に入り、ハンターの携帯に電話した。落ち着いた声を出そうとしたが、緊張が輪になって額に巻きつき、刻一刻と、ますます強く締めつけてくるようだ。

「捜査のぐあいはどう？」わたしはできるだけさりげない口調を心がけた。

「順調だ」ハンターが刑事の声で答えたので、忙しいのだとわかった。

「ガナーのことを聞いたわ。いったいどうしたの？」

「ストーリー、その件は話すわけにいかないんだ」

おやまあ。わたしは蚊帳《かや》の外というわけだ。「ベンのことでちょっと考えたんだけど」と計画を実行に移す。「いまお留守番？」

「そう」

「そして、あなたは仕事中なのよね」

「ああ」

「わたしがお迎えに行って連れてきてもいいかしら。少しのあいだなら預かれるけど」

「ほんとかい？」彼の声がぐっと温かみを帯びた。「それは嬉しいな。この事件で手一杯なんだ。ベンをずっとかまってやれなくて申し訳なく思ってた」

「これからすぐに行くわ。もしよければ」

「それはもうぜひ。犬舎の鍵がどこにあるか覚えてる？」

「ええ」

電話を切ると、わたしは大急ぎで店に戻ってトラックに乗り、町を出て北に向かった。田園道路を通って山に向かう。ホリーヒル聖母教会を通りすぎ、ハンターの家の私道に乗り入れ、ベンを裏にある犬舎から出してやった。

ベンはなだめすかせるまでもなくトラックの助手席に飛びのり、わたしたちは出発した。この計画がうまく行きますように。さもなければ、とても困ったことになる。

帰り道は永遠につづくかのように思われた。

「ここを嗅いで」とベンに言った。寝室の床についた一番新しいおしっこの染みを、身ぶりで示す。雑巾でふき取ったものの、時間がなくてまだ床を磨いてはいなかった。それがかえってさいわいした。追跡訓練を受けているベンなら、においの手がかりをつかんでくれるのではないか。「それにこっちも」と、ディンキーが雨に濡れたときに体をふいたバスタオルを差し出した。

ベンは何度もくり返しにおいを嗅いだあと、よくわかったと言いたげな、自信に満ちたまなざしを寄こした。いつでも仕事に取りかかれるという意味だと、わたしは解釈した。

「準備はいい？」

わたしがドアを開けると、ベンはすぐさま裏庭で仕事に取りかかった。ベンはそこが捜査のスタート地点だと思いこんだようで、そういえば、どこでディンキーを見失ったか言い忘れていた。どうやら、ベンはわたしの言うことがなんでもわかるらしい。

「ここじゃないのよ、ベン」と言った。ベンはぐるぐる庭をまわりつづけている。

「そこで何をやってるの？」Ｐ・Ｐ・パティが隣の庭から大声で訊いてきた。

「べつに」とわたし。

「あんたが仕事から帰ってきたあとは、約束どおり、ホリーの役目を引き継いで、あたしがあんたを守るわ。でもそのまえにうちにきて、まずあたしを助けて。腐った木材を運んだとき指にとげが刺さっちゃって。このままじゃ膿《う》んでしまう。しかも、それが右手、あたしの利き腕なの。左手じゃ何もできない。どうしてあたしばっかり、こんな目にあうんだか」

「きょうはベンがついているから。ベンは警察犬なの。どんなに体が大きい極悪人でも、倒すことができる。だから、今日はもうジョニー・ジェイのことでびくびくしなくていいの。それにいますごく急いでるから。悪いけど」

「そこをなんとか」

「ほんとにムリなの。いま手が離せない」

「そう、じゃあこのとげはどうしたらいい？」

「店に行って。ホリーが抜いてくれるわ」

「わかった。じゃあ、用があったら知らせて」

「そうする」

「ベン、さあ行くわよ」ベンにリードをつけて片手で握り、もう一方の手にはタオルを持った。わたしたちは店に急いだ。というか、わたしは急いだ。ハーネスとリードをつけたベンは、息を乱すこともなく悠然とついてくる。ディンキーを最後に見かけた店の奥にこっそり入ると、あらためて追跡を開始した。

ベンはわたしをごみ置き場へまっすぐ連れていった。思ったとおり、ディンキーはまずここに立ち寄ったにちがいない。つづいて通りを渡り、裏庭をいくつか突っ切って、川沿いに進んだ。住宅地を抜けると、ベンを放した。ベンはあるときは空気中に漂っているディンキーのにおいを探すようなそぶりをした。またあるときは、鼻を地面に押しつけた。一度は立ち止まって、そのあたりのにおいをじっくり嗅いだ。ベンが緊張し、興奮している様子から見て——賭けてもいいけど——ディンキーはこのあたりで小用を足したにちがいない。なんとまあ、ふだんはうちの家か店のなかまでがまんするのに。

ジグザグに歩いていくベンのあとについて、失地の方角に曲がった。わたしの頭がベンの鼻に追いつくのに、あまり時間はかからなかった。ベンはノームの家に案内しようとしている。

なるほど、ディンキーはわが家を目指していたのだ。わたしはどこまで抜けているのやら。でも、あの犬にそんな才覚があるとは思いもしなかった。店からわたしの家までの二ブロックの距離でさえ、あの豆粒のような脳みそには途方もない負担のはずなのに。

そんなわたしを尻目に、ベンはまもなく吠えはじめた。

思ったとおり、ディンキーはノームの家の、苔で覆われた腐りかけのポーチで休んでいた。すました顔でおとなしく、ご主人さまの帰りを気長に待っている。

ノームが留守でよかった。さもなければ、言い訳に四苦八苦しなければならなかっただろう。

「悪い子ね」と叱ったが、ディンキーはどこふく風。

「よくやったわ、ベン」警察犬の尻尾が左右に揺れた。

わたしはノームの家にちらりと目をやり、これからどうしようかと思案したが、この事件にこれだけ深入りしていれば、頭を悩ますまでもなかった。玄関ドアはノブをまわすと造作もなく開いた。このまえとちがって戸締まりされていない。ということは、長く留守にしないということだ。ぐずぐずしているひまはない。

ドアが開いているなら、どうか警報装置も解除されていますように。まあ、かりに作動していても、応答するのはジョニー・ジェイではないし、そもそもわたしには家に入ってもおかしくない立派な理由がある。というか、必要ならでっちあげられる。

ディンキーとわたしはなかに入った。「ここで待ってて、ベン」ベンは、わたしが頼めば、そのあいだずっと近くで待機しているだろう。ディンキーだとそうはいかない。しつけがなってておらず、やりたい放題。外に残しておいて、またもや脱走する機会を与えたくない。まず逃げ出さないとは思うけど、運を天にまかせるつもりはなかった。

家に入ったとたん、ディンキーはとことこ角を曲がって見えなくなった。わたしはあきらめて、ランタンのコレクションとホワイトボードをもう一度見ようと納戸に向かった。

今回は記事のひとつひとつに目を通した。子どもたちがキャンプ中に襲われた記事をのぞいて、どれもみな現実の出来事ではなく、迷信まがいのものだった。森の動物が立てたとは思えない騒々しい物音、夜の怪しい灯りと人影、取材を受けた人の言葉を借りれば〝身の毛がよだつような感じ〟など。

ヘティは、ノームがこの気味悪い壁飾りを制作するのを手伝ったのだろうか。夫のランタンマンごっこを知っていたのだろうか？　それは大いにありうる。あの意地悪な魔女なら、暗闇で子どもたちをいじめるという案が、子どもの耳を引っつかんで森を引きずりまわすのと同じくらい気に入ったはず。もしかしたら、ヘティがノームをけしかけたのかもしれない。ヘティがノームに無理強いしている場面が目に見えるようだ。

わたしは最後の記事を読みおえた。もしノームが帰ってきたら、前回と同じ口実を使おうと決めていた。彼の身を気づかっている隣人の線で押しとおす。壁に何枚かかかっている写真もじっくり眺めた。いまよりも若いノームが、ボーイスカウトの隊長の制服を着ている写真が五、六枚あった。どれもみな、同じボーイ隊の子どもたちと一緒に写っている。

ヘティは子どもが大嫌いなのに、夫のノームはボーイスカウトの隊長！　人は自分にないものに惹かれるというけれど。それなら、どうしてノームは森でキャンプしていた子どもたちを襲ったのだろう。まったくつじつまが合わない。もっとも、見かけがすべてとはかぎらない。ジョニー・ジェイがそのいい例だ。

お客さんたちの意見では、何人かはノームが犯人だと考えていた。わたしは全面的に賛成しているわけではないけれど、とりあえずベンを連れてきてよかった。万一、彼らが正しくて、わたしがまちがっていると大変だから。

そろそろ約束の夕方なので、もうしばらくここで待たせてもらうことにした。ノームの車が私道に入ってきたときには、わたしはポーチの階段にすわって、ベンとディンキーにボールを投げてやっていた。

面と向かってノームに疑問をぶつけるわけにはいかない。たとえば、ボーイスカウトの隊長がどうして子どもたちを襲うのか、とか。そんなことをすれば、わたしがよその家のなかを嗅ぎまわっていたのがばれてしまう。

そこで、ディンキーを返した。

「この子の荷物は？」ノームがごつい腕でディンキーを抱っこしながらたずねた。「ほら、毛布ちゃんとか。家のなかに入れてくれたのかい？」

「あら大変、うっかりしてた。あとで持ってくるわ。用事をいくつかすませたら」

「うちのおチビちゃんが帰ってきてくれて嬉しいよ」そう言うノームは、特大サイズのテディベアみたいだ。

「この子はいくつなの？」

「九カ月になる」ホリーの言ったとおり、まだまだ仔犬なのだ。

ノームの腕にすっぽり収まっているディンキーを見ていると、妙になじみのある感情が湧いてきた。ハンターとしばらく一緒にいたあと、彼がバイクに乗って立ち去るのを見送るときと同じような気持ちだ。

「またちょくちょく会いにくるわ」その言葉は本心だと気がついた。ディンキーの耳の向きが変わり、もぞもぞ体を動かしたのが、まるでわたしの言葉の意味がわかり、喜んでいるように見えた。

ベンとわたしはゆっくり歩み去った。後ろを振り返ると、ノームとディンキーが家の前でぽつんと立っているのが見えた。

24

スチュー・トレンブリーの弟、エリックがトラクターに乗って、クリーマリー道路沿いにあるカントリー・ディライト農場の果樹園でリンゴの木を消毒していた。わたしが覚えているかぎりの昔から、彼はこの農場で働いている。十代の少年のころ、干し草の圧縮梱包から始めて、いまでは農場の管理人にまで出世した。ノーム・クロスの家の壁に貼ってあった記事によると、エリックはその昔、ランタンマンに襲われ、キャンプ道具をずたずたにされた子どもたちのひとりだった。

あの夜の出来事をくわしく話したあとで、エリックは「あのときのことは死ぬまで忘れんよ」と言った。怖がりではない彼が言うのだから、さぞかし肝をつぶしたのだろう。

「そいつはどんな声だった？」とわたしは訊いた。うわさの怪人の正体がヘティ・クロスだという説をまだ捨てきれずに。

「さあて」

「バンシーにみたいに泣き叫んでた？」

エリックにもわたしにもアイルランド人の血は一滴も流れていない。聖パトリックの日を除いて。この日だけは町じゅうがアイルランド人の末裔《まつえい》のようなふりをする。それでもウィスコンシン州南東部にはアイルランドからの移民が大勢入植したので（わが家のようなドイツ系のご先祖さまと肩を並べて）、バンシーがどんなものかみんな知っている。バンシーはアイルランドの妖精で、ときには人間の形をして現われ、山あいにその泣き叫ぶ声が聞こえたら、まもなく死人が出ると言われている。

「そういえば、こんな感じだった」とエリックがまねたのは狼の遠吠えのようで、耳をつんざくようなかん高い声ではなかった。

「女の人でもそんな声が出るかしら？」と訊いてみた。

エリックはトラクターから飛びおり、車体に寄りかかった。

「どうかな。出せるんじゃないか」

わたしたちは、ベンがリンゴの木の周囲を丹念に嗅いで、片足を上げるのを見守った。農場に着いてから彼がマーキングをした木はこれで三本目。でも犬の習性からいって、これでおしまいということはないはずだ。

「参考になったわ、エリック」

「どういたしまして。いったい何をやってるんだい？」

「実地調査というか、好奇心を満足させてるだけ」

「そろそろ仕事に戻るよ。じゃあまた」

わたしはトラックまで戻りかけて、ふと思いついた。

「ねえ、エリック。あなたはあの夜、ボーイスカウトのキャンプに参加したんでしょう?」

「そう。ボーイ隊の全員がいまの話を請け合ってくれるよ」

「キャンプに出かけたのはあなたの隊だけ?」

「いや、いくつもいたけど、失地に行ったのはうちだけだ」

「ノームの隊も出かけた?」

「と思うけど」

二足す二の答えが出そうだ。

エリックに時間を割いてもらったお礼を言ってベンを呼ぶと、駆け戻ってきた。トラクターはバックを始めた。わたしの脳みそは沸き立ち、ギアがきしみながら回転を始めた。ハンターには取り合ってもらえなかったけど、わたしの考えが正しいという思いは強まる一方だった。

ノーム・クロスが伝説のランタンマンだという可能性は、わたしがワンダーウーマンに変身するのと変わらない。言い換えれば、まったくありえないということ。

彼はだれかをかばっていて、そのだれかとは妻のヘティにちがいない。ランタンマンの役柄は、ノームとは比べものにならないほど人柄の悪い、あの意地悪ばあさんにぴったりだ。

あの魔女がランタンマンだった。

じゃなくて、ランタン女だった。

ヘティは事件があった夜もお日さまが西の空に沈むと、自分の森に忍びこんできた者はいないか、夜回りに出かけた。もしかしたら人の声、ローレンと彼女を襲った人物の声を聞きつけて、見に行ったのかもしれない。

そして、果たせるかな、侵入者を見つけた。ヘティはうろたえたにちがいない。もう長いあいだ彼女の縄張りに踏みこんでくる者はだれもいなかったから。ランタンに積もっていた分厚いほこりから見て、ここしばらく使われた形跡はなかった。ヘティはふたりが対決している場面に出くわしたにちがいない。ことによるとローレンが殺されるところを目撃し、犯人がだれかわかったのかもしれない。だから犯人も彼女を始末せざるをえなくなった。

やっぱり。

それはつまるところ、ローレンがそもそもの標的だったということだ。となれば、わたしの関係者リストのなかでひときわ目立つ名前はひとつ。

ジョニー・ジェイだ。

この件でわたしに口を出す権利があるなら、彼が自由の身でいられる日は長くない。あいにくそんな権利はないけど、ジョニー・ジェイの逮捕という野心と短期の目標があれば、ぐっとやる気が出る。ジョニー・ジェイがすでにサリー・メイラーとハンターに逮捕され、二件の殺人で告発されたとしたら？　その筋書きがありありと脳裏に浮かんだ――ジョニー・ジェイがわたしの代わりに、あの外から丸見えの監房にいる。権威も肩書きもはぎ取られ、みんなの目の前で、あの間仕切りのないトイレを使わなければならない。

ジョニー・ジェイはやりすぎた。そしてその報いを受けることになる――うちの母お得意の言いまわしだ。

ジョニーが本当に人殺しなら、ハンターはさっさと逮捕したほうがいい。うかうかしていたら、こっちの身が危ない。

わたしは生まれて初めて、自衛のために武器を買うことを考えた。

でも考えてみれば、武器はローレンを助けてはくれなかった。彼女の銃は奪われ、彼女の命を奪った。

〈ワイルド・クローバー〉の駐車場に車を止めていると、ホリーが店から出てきた。大きなごみ袋を大型ごみ収集容器《ダンプスター》に放りこむ。わたしが運転席の窓を下ろすと、ホリーはのろのろと近づいてきた。

「いったいどういうつもり?」と妹は言った。「それに、どうして犬と仲よくしてるの? 姉さんらしくもない」

「ベンは特別なの。ベンとわたしは犯人逮捕の策を練ってるところ。でもその話はまたあとで。それより、わたしたちディンキーを見つけたのよ。自分の家に戻っていたから、ノームに返してきた」

ホリーは胸に手を当てて、ほっとしたそぶりをした。

「よかった、本気で心配してたんだから」

「わたしもどれだけあせったか」

「BTW(ところで)、スタンリー・ペックから連絡があったわ。養蜂のことで訊きたいことがあるそうよ。家にいるから、時間のあるときに寄って巣箱を見てくれないかって」

「あんたも一緒にこない？」

ホリーは目をぐるりとまわした。そんなくだらない質問は聞いたことがない、とでも言いたげに。「NFW（絶対にお断わり）。わたしは蜂が苦手なの」

「まあまあ。いまから明日の朝までずっとひまじゃない。アリと双子がいれば、あんたの出る幕はないし、旦那はまだ留守でしょ。あんたたちもう仲直りした？」

「まあね。いま話し合ってるところ。彼、ADN（もうじき）帰ってくるの。泊めてくれてありがとう。近くに家族がいるっていいものね」

「じゃあ乗って」

ホリーは窓のそばに立ったまま、動こうとしなかった。

「いまは行けない。店が忙しくなるかもしれないし。もしものときのために、わたしたちの一方は店にいないと」

「いつからそんな模範的な共同経営者になったの」

「二秒まえ。さもなければ、蜂の世話が待ってるときはね」

「あんたは用心棒じゃなかったっけ」

「AIR（わたしの記憶によれば）、このまえ、母さんを店から追い出したら、もう蜂の仕事を手伝わないって約束したはず。わたしは責任を果たしたけど」

「これはうちの蜂じゃないし」

「どこがちがうの」

「でも、あんたが用心棒を買ってでたのはそのあとだった。だから身辺警護のほうが優先される。だいいち家族じゃないの。あんたがいてくれないと困るのよ」

それは魔法の呪文で、ホリーは例によってぷっとふくれながらも、トラックの前をまわって助手席のドアを開けて乗りこんだ。「これで最後だからね」と妹は言った。「家族だからって押しつけて。ずるすぎる」

スタンリーの農場へ行く道すがら、ノームがランタンマンだというのはうそだと話した。そのことはいずれ証明するつもりだし、真犯人は男ではなく女。ランタン女（つまり、ヘティ・クロス）だった、と。それに、ハンターがどうしてガナーの取り調べで時間をむだにしているのか、理解に苦しむということも。そんなひまがあるなら真犯人を捕まえて、この町の安全を守ってほしい。

スタンリー家の私道に入ったところで、携帯が鳴った。表示された番号に心当たりはない。無視すればよかったのに出てしまった。

「話がある。ミッシー・フィッシャー」ジョニー・ジェイが名乗りもせずに、いきなり切り出した。どっちみち声でわかったけれど。

「ジョニー、わたしに近づかないで。さもないと接近禁止命令の申し立てをするわよ」

そう、その命令が必要だ、それもいますぐに。裁判所で面と向かって対決する手続きが必要であろうと、このさいかまわない。

ホリーはベンの向こうにいたが、わたしがジョニーの名前を口にしたとたん、はっとすわり直した。わたしをじっと見守っている。

「もう切るわよ」と言ったが、それは口先だけ。彼がどのくらい腹を立てているのか、そして、復讐のためにどこまで極端な手段に訴えるつもりか知っておく必要があった。

「あんたには興味のある話だと思うが」と彼はすかさず言った。

「そ、そんなことはないけど。でもどうしてもというなら、聞いてあげる」

「電話じゃだめだ。会って話そう」

おあいにくさま。その手はくうもんですか。思わず口からぽろりと洩れた。

「そうやってローレンと森で落ち合う約束をしたわけ？　さも大事な話があるようなふりをして」

こんなことを口走るなんて、うかつにもほどがある。彼に油断させておいて、そのあいだにせっせと情報を集めなければならないのに。わたしは口の軽さを悔やんだ。

ひとしきり、気まずい沈黙がつづいた。

ようやくジョニー・ジェイが言った。

「つまり、あんたはあの店にでんとすわって、わたしに指を突きつけてるわけだ。店の客全員に、わたしがローレン・ケリガンを殺したと言いふらしているんだろう」

それにヘティもね、と指摘してやることもできたが、かろうじて残っていた常識が頭をもたげた。「町の人たちはばかじゃないのよ。そんなわかりきったこと、わたしが言うまでもないわ」

「あんたは思い違いをしてる、それはとんでもないまちがいだ」

「いまのは脅迫と受け取るから」わたしは電話を切った。

「やっぱり長い休暇を取ることにした」と妹に言った。

「ペルーかブラジルか。コロンビアでもいいわ。どこか安全な場所に高飛びする」

ホリーは鼻を鳴らした。「ああいう国が安全なもんですか。落ち着いて。大丈夫だから。むやみに騒ぎ立てないの」

口で言うだけなら簡単でしょうよ。妹の悩みといえば、せいぜいこの次は何色のジャガーに買い換えるかとか、夫の〝金づる〟ことマックスが仕事熱心なことにへそを曲げるか、曲げないかという程度。贅沢な暮らしに慣れ親しんでいられるのも、勤勉な夫のおかげだというのに。

わたしはため息をついてトラックから降り、母屋の隣にある納屋から手を振っているスタンリーに挨拶した。「さあ、行くわよ。用心棒さん」とホリーに声をかける。

「ここで待ってる」

「だめ。あんたはレスリングの達人なんだから、そばから離れないで。ジョニーがいつなんどき現われるかもしれない」

「つたく」ぶつくさ言いながらも、妹はついてきてくれた。

ベンは運転席に移動して、開いた窓から外を見ていた。舌をだらりと垂らして。

「困ったことがふたつあるんだ」スタンリーはひとつの巣箱の傍らに立っていた。

その巣箱が力ずくでめちゃくちゃに壊されているのを見れば、問題のひとつは見当がついた。ホリーは、あたりを飛びかっているミツバチからできるだけ離れたところにいる。ミツバチにもっとなじんでもらいたいという、わたしのもくろみとは裏腹に。でも共同経営者になりたければ、選り好みは許されない。

「こっちにいらっしゃいよ、ホリー」とわたしは言った。「これも勉強のうちだから」

「いや」とホリー。

わたしはしゃがんで、アライグマの足跡を探した。スタンリーは蜂を飼いはじめたばかりで、わたしが一年目だったときに輪をかけて手際が悪かった。「アライグマよ。はちみつをねらって巣箱のふたを開けた。それから巣板を一枚ずつはずして壊した」

「蜂に刺されたら退散するんじゃないかね」

「アライグマの毛皮は分厚いから、ミツバチの針は通らない。あまり役には立たないわね。それに頭のよさでは、知り合いの何人かに引けを取らないし」実際、アライグマは大多数の知り合いよりも利口だったが、その意見は胸にしまっておいた。

「どうすりゃいいんだ」スタンリーは頭を抱えた。「連中は今晩またやってきて、残りの巣箱も全部同じ目にあわすつもりだ」

「煉瓦《れんが》をふたの上に載せるといいわ」とわたしは答えた。

「なぁるほど」スタンリーの頭に、パッと明かりが灯ったようだ。「あんたが煉瓦を載せているのは、風で吹き飛ばされないための用心だと思ってた。ふたは重いから、合点がいかなかったんだ。考えたら、わかりそうなものなのに」

ホリーは、話に加わりなさいというわたしのしつこい手招きに負けて、心もちにじり寄ってきた。

「そっちは一丁上がりね」とわたしは言った。「お次の問題は？」

「ダニだ」とスタンリー。「ダニが蜂に食らいついてるのを見つけた。ちょっと見てくれ」

「わたしは失礼するわ」と妹が言った。

「ベンのほうが忠誠心は厚いわよ」わたしは遠ざかる背中に向かって言った。

スタンリーの蜂たちは、思ったとおり、すべての養蜂家が遅かれ早かれ対処しなければならない問題を抱えていた。ミツバチヘギイタダニ、よく見なければわからないほど小さな寄生虫だ。ヒルかイヌダニのように蜂の体に取りつき、血の代わりに、体液をたっぷりといただく。群れに大きな被害を与えるので、すばやく発見して駆除しないと、巣そのものが壊滅してしまう。

スタンリーはわたしの診断が気にくわなかった。自分でもそれを疑っていたけれど。「あれでなければこれ、というぐあいだな」と彼は言った。

そのとおり。

ミツバチに襲いかかる捕食者のほんの一部をあげると――

・スカンク——わたしは去年この試練に見舞われた。彼らは巣箱をコツコツとノックして蜂をおびき出し、むさぼり食う。
・熊——州のこの地域には生息していないので、ありがたいことに対策は必要ない。
・アライグマ——大胆で残忍な彼らは、とても頭がよく、簡単にはあきらめない。
・ネズミ——巣箱は彼らのお気に入りの冬の別荘になる。
・鳥——ツバメやキツツキは空中でミツバチを捕獲する。
・甲虫——とくにハチノスムクゲケシキスイ（別名、スモール・ハイブ・ビートル）が巣箱に入りこむと、巣全体を乗っ取り、貯蜜を食べ、蜂を追い出してしまう。
・ミツバチヘギイタダニ——二キロもあるヒルを背負って暮らすことを想像してほしい。そうすればミツバチがどんな苦難を強いられているか、いくらかおわかりいただけるだろう。

わたしはスタンリーに、まず手始めに何をしたらいいか教えた——蜂たちに粉砂糖を振りかけるのだ。ダニはしがみついているのが難しくなり、さらに蜂たちは毛づくろいをもっと頻繁に行なうようになるので、ダニは払い落とされてしまう。

「それでもだめだったら知らせて」わたしはスタンリーとトラックまで歩きながらそう言った。妹はトラックのなかにすわって、携帯電話で話しながら、マニキュアが完璧かどうか爪をためつすがめつしている。

「キャリー・アンがまた飲みはじめたんだってな」とスタンリーが言った。

スタンリーが知っているなら、町じゅうが知っているということだ。

「大丈夫よ」とわたしは言った。本当にそうならいいんだけど。「ローレン・ケリガンの事件が神経にこたえてるの」

「みんなそうだよ、なんせ殺人犯が野放しになってるから」

「一日も早く解決してほしい」

「そういえば」とスタンリーが言った。「ローレンがウェイン・ジェイをひいて、車が木にめりこんだとき、その車を牽引したのはわしなんだ」

わたしも思い出した。当時、スタンリーはまだ自分で農場を経営し、いまとはちがって農地を貸し出していなかった。金になりそうなものには片っぱしから首を突っこみ、自動車の牽引業もそのひとつだった。

わたしはうなずいた。「そうだったわね」

「あんなふうに車が全損した場合、たいてい家族がやってきて私物を引き取る。ところが、ケリガン家の者はだれもこなかった。ローレンの荷物を預かってると知らせたんだが。ほかのことで頭がいっぱいだったんだろう。しかたないから、わしが車内を調べて持ち出せるものは全部箱に入れておいた。たいした量じゃないんだが。母親のリタも引き取る気がないというから、それ以来ずっとうちで預かってるんだ」

わたしはあらためて納屋を見やった。

「ローレンの車にあったものを十六年間ずっと保管してきたの？」

「そう。あの子も亡くなっちまったから、リタにもう一度訊いたんだが、全部捨ててくれとさ。そうするしかあるまい」

「だめよ」とホリーが口をはさんだ。「リタの気が変わるかもしれない」

スタンリーは首を振った。「ガラクタばっかしだ。納屋を片づけて、ほかのものを入れようと思ってな。もう取りかかってるんだ」

「その箱をストーリーのトラックの荷台に積んで。しばらく預かるから」とホリー。

ちょっと待ってよ。妹が自分で預かればいいのに。

でも、目くじらを立てるほどのことでもない。

スタンリーは足を引きずりながら箱を取りにいき、クモの巣だらけの段ボール箱を抱えて戻ってきた。古くてボロボロの箱を、トラックの荷台にある不用品の山に加えた。

近いうちに、わたしも荷台を片づけることにしよう。

25

今日は、善意から取りかかったことが、ほとんど成果もなく終わるというよくある一日だった。やることは山のようにあるのに、仕事は一向にはかどらない。そろそろ遠征に出している巣箱の点検も始めようと思っていたけれど、それも明日までおあずけだ。たまりにたまった〈ワイルド・クローバー〉の事務仕事は、考える気にもなれない。

この調子だと、スチューの店で営まれるチョッパー・マーフィーのお通夜に出かけるまでに、ベンを家に連れて戻り、ディンキーの荷物を返しにいくのが精いっぱい。まずはノームの家に寄った。ベンはポーチで待たされているあいだ、鼻を網戸に押しつけて、炒めたばかりの肉のにおいを吸いこんでいた。

「はい、どうぞ」わたしは、犬の餌、ピンク色の毛布、その他もろもろを手渡しながら、あのおチビちゃんはどこにいるのかと、ノームの家のキッチンの床をきょろきょろ見まわした。

「ディンキーは？」

その言葉が口から出るか出ないかのうちに、ディンキーがだっと駆け寄ってきた。まるで生き別れの母親にようやく会えたみたいに、かん高い声を出し、息をはずませている。思わずディンキーを抱きあげた。

「あんたが大好きなんだな」ディンキーに顔をなめまわされ、ピンク色の舌をよけようとしているのを見て、ノームは言った。

「わたしの足におしっこさえしなければ、仲よくやっていけるわ」

ノームがディンキーの荷物を床に置くと、ディンキーはそのそばに行こうと身をよじらせた。わたしは床に下ろしてやった。ディンキーは犬ガムをくわえて走り去った。

「今晩、スチューの店でチョッパーのお通夜があるの」とわたしはノームに言った。「あなたもくる？」

「いいや、にぎやかな集まりに出るのはちょっとな。アイルランド人ときたら……」ノームは首を振った。そのつづきなら言わなくてもわかるだろうというように。

わたしはヘティのお化けごっこや、ノームの身代わり説といった話題を持ち出すつもりはなかった。彼を糾弾するのはヘティの喪が明けてからと思っていたのに、止めるまもなく、言葉が飛び出した。「あなたはランタンマンじゃないんでしょう」と口をすべらせた。

ノームの目つきが険しくなり、顔がみるみる赤くなった。

「わしはみんなの前でそれを認め、レポーターどもはそれをテレビで流したんだぞ。これ以上どうしろっていうんだ？　あんたが何を言ってるのかさっぱりわからん」

「あなたに悪気はないのはわかってる。でもボーイスカウトのキャンプ道具を壊したのはヘティよ。あなたじゃない」

「よくもそんなでたらめを！」

「あなたもキャンプに出かけてたじゃない。子どもたちがランタンマン、、とやらにキャンプ道具を壊された日に」わたしは〝男《マン》〟の部分を特に強調した。「あなたはこの近くにもいなかった」

最後の部分ははったりだったが、図星だったようだ。わたしは内心、すでに妻の死で悲嘆に暮れている人にどうして追い打ちをかけるようなまねをするのかと反省していた。

「あなたがそんなことをしたのは、奥さんの名誉を守るためよね。ほかの人には言わないから」

わたしはノームの反応に目をこらしていたので、彼の犬が近づいてきたことに気づかなかった。気がついたときには、生暖かい液体がわたしのビーチサンダルを濡らしていた。うちにいたあいだは一度もそんなことはしなかったのに。いや、ところかまわずおしっこをしてまわったけど、わたしに引っかけるようなまねはしなかった。これからはディンキーの縄張りでは、濡れてもかまわない靴をはくようにしなければ。

「あなたは子どもが大好きなんでしょう」とわたしは言った。「ボーイスカウトの隊長になるぐらいだもの」

「子どもは好きだ」とノームは言った。「ヘティもそうだった」

わたしは鼻を鳴らしそうになった。ノームはわたしの表情を読んだ。

「ヘティは内気なたちでな」とノームは言った。「それでも、子どもたちは平気でずかずかと入りこんでくる。あれはただ、そばに近づかないでほしかっただけなんだ」

「あんな悪質ないたずらをしたのはあなたじゃないってわかってる」

「もう帰ってくれ」ノームが怒りを爆発させた。キャリー・アンとわたしがキャセロールの差し入れに訪れ、ランタンマンが殺人事件に関与しているという町のうわさを口にしたときと同じ反応だ。

彼はかんしゃくを抑えようともしなかった。あるいは、こらえる余裕がなかったのかもしれない。そのきざしのいくつかは、ジョニー・ジェイが感情を抑制できなかったときに見た覚えのあるものだった。異様に赤らんだ顔。歯をくいしばったあご。首の血管が盛りあがり、喉仏がふくらむ。声を荒らげる。一から十までの怒りの尺度で十が激怒を表わすとすれば、ノームは八か九あたりだった。

この調子だと、いずれは重い心臓発作を引き起こしかねない。

ベンがドアのすぐ外にいるので心丈夫だった。彼の助けが必要な場合にそなえて、もっとドアに近づき、いざとなったらすぐに飛び出せるようにしておこう。いくらベンでも、網戸を突き破ってまで助けにきてくれるとは思えない。

「気を悪くしたなら、ごめんなさい」彼をすっかり怒らせてしまったあとで、なんとかこの場を収めようとしてそう言った。「本当のことを知りたいだけなの」

「出ていけ」ノームは二、三歩前に出て、わたしの前にぬっと立ちはだかった。わたしはあたふたと後ずさり、一度つまずいたところで、彼が玄関ドアをぴしゃりと閉めた。わたしはおしっこに濡れた足で、ベンのいるポーチに置き去りにされた。われながら上出来だ。

トラックに乗りこむまえに、ばい菌がうようよいる足をノームの家の芝生になすりつけた。ベンはベンで灌木《かんぼく》におしっこを引っかけて、ディンキーにだれがボスか思い知らせた。

ハンターから携帯に電話がかかってきた。わたしがベンを返しにいく途中だとわかると、彼の家で落ち合ってひと息つくことになった。〝間奏曲《インタールード》〟などという甘い言葉にだまされてはいけない。彼は――当然とはいえ――事件解決に全力を傾けている。

ジョニー・ジェイが逮捕されたら、もっと長いあいだ一緒にいられるだろう。たとえば、情熱的な狂想曲《ラプソディ》ぐらいは。わたしのほうはそんな期待を抱いていた。

会えないと、恋心は募るものらしい。それに迷いも消えるようだ。丸一日というもの、ふたりの行く末についてあれこれ思いわずらわずにすんだ。

「ジョニー・ジェイをもう逮捕した？」とわたしは訊いた。トラックを降りてから、二番目にしたのがそれだった。いの一番にしたのは、ハンターをしげしげと見つめ、いい男だとあらためて思ったこと。

彼はわたしに腕をまわし、会いたかったというようにぎゅっと抱きしめてくれた。ジョニー・ジェイの名前を聞くと、彼は腕をゆるめて少し後ずさり、わたしの目をじっと見た。それから手を引いて、パティオのテーブルへと案内した。そこにはレモネードのピッチャーとグラスがふたつ並んでいた。わたしたちは寄り添ってすわった。

「あいつを告発する決心はついた?」と彼はたずねた。

「いいえ、でもローレンとヘティを殺したのはきっと彼よ」

「ジョニー・ジェイが犯人だというなら、それを裏づける証拠があるんだろうね」ハンターはレモネードを注ぎ、片方のグラスを差し出した。

「消去法で」と答えた。それがどういうものかもよく知らないくせに。「彼は父親を死なせたローレンを憎んでいた。その彼女が町に帰ってきたものだから、自制心を失って彼女を殺した。復讐は強力な動機になる。あなたがそう言ったのよ。彼の犯行だと実際に証明しなければいけないのはわかるけど、なんとか急いでもらえないかしら」

「またきみに接近してきたのかい?」

「いいえ、そういうわけじゃないけど脅された。言葉で。わたしの携帯に電話して、会いたいと言ってきたの。さも話があるみたいな口ぶりで」

「きみにあやまりたいんじゃないかな」

わたしは鼻を鳴らした。そんな可能性はありえない。「あやまるなら電話でもできるわ。このまえあんな目にあわされたのに、彼とじかに会う約束をすればよかった?」

「彼はだれも殺していないよ、ストーリー。だから、その考えは頭から消したほうがいい。だが、会うのはばかげてる。やつは執念深いし、怒りを制御するすべを学ぶ必要もある」

怒りの暴走という問題を抱えているのはジョニー・ジェイひとりではない。ノーム・クロスもかんしゃく持ちだ。ハンターにそう言ってもよかったが、中傷したくなかった。

「あなたがジョニー・ジェイみたいな狂犬を野放しにしておくつもりなら、接近禁止命令を申し立てるわ」

これまでのところ、わたしたちの〝間奏曲〟はぎくしゃくしていた。その責任の一部はわたしにある。ううん、わたしが全面的に悪い。でも、ハンターはいまだに犯人を逮捕してくれない。わたしが次の標的で、殺されるかもしれないというのに。わたしは怖じ気づいていた。

ハンターは顔をこすった。疲れた表情だ。「裁判所に認めてもらうには時間がかかる」

「あなたの顔でなんとかならないの」

「そういうことはできないんだ。このまえも言ったように、まず書類を準備して、裁判官の前に出る。ジョニーはきみの告発に対して弁明する機会を与えられる」

それは困る。そんなことになれば、彼は余計に腹を立てるだけだ。万策尽きようとしていた。町を出るという案がふたたびちらつく。

こらえきれずに涙がにじんだ。かわいそうなわたし、とめそめそしているのではない。憤《ふん》懣《まん》やるかたない涙。ハンターもさすがにそれに気づいて、励ましてくれた。

「きみとジョニーはぼくが覚えているかぎりの昔から、ずっと角突き合わせてきた。でも、彼はついこのまえまでは暴力に訴えることはなかった。そうだろ？　ただ騒々しくて、鼻持ちならないというだけで。ちがうかな？」

ハンターの言うことを認めるのはしゃくだった。

「あいつはずっとろくでもない人間で、だれに対しても卑劣だった。とくにわたしには」

ハンターはこうつづけた。「ジョニーは一敗地にまみれ、大きな代償を払っている。きみに近づかないだけの分別はあるさ。仕事に復帰したがってるし、復職のカギは襟を正すことだ。きみに公の場で謝罪したいと言ってたよ」

「おやまあ、そんな気はさらさらないくせに」

「それでも、彼はだれも殺しちゃいない」

「どうしてそこまで断言できるの？」

「ストーリー、ぼくを困らせないでくれ。この事件に関することは何もかも、いまの時点では機密情報なんだ。きみがどれだけ状況証拠を並べても、確証がないかぎり、結論に飛びつくつもりはない」

「ふん」と鼻を鳴らすと、母にそっくりだった。

「ストーリー、ぼくは警官は善人だと信じたい。仲間を疑うぐらいなら、辞職したほうがましだ」

「いいわ、わかった」それは本心だった。ハンターのいる世界は、わたしの世界よりも黒白がはっきりしているのだろう。わたしは重いため息をついた。「キャリー・アンがまた困ったことになってるの。お酒に手を出してるみたい」

「目を離さないようにするよ。店にいる？」

「いまはいない」

キャリー・アンが隠れたがっていることと、ハンターがガナーを取り調べたことを考え合わせると、さまざまな疑問が湧いてきた。でもいまはタイミングが悪い。ハンターは気が立っているように見えた。

「わたしも容疑者リストに載ってるのかしら」とほんの少し甘えた声を出した。もうこれ以上、彼をわずらわせないという意味をこめて。

「一番上にね」と、彼はわたしの気持ちをくんで答えた。男性はそういうことができる――べつの話題に興味を覚えたら、話の途中でも方向を変えられるのだ。

「それなら、どうしてわたしを尋問しないの？」

ハンターはいたずらっぽくにやりとした。わたしのほうは、ふざけているつもりはなかったのに。ガナーとキャリー・アンから事情を聴こうとしているのに、わたしにはなんの音沙汰もないのはどうしてか、本気で知りたかった。

「ガナーを呼び出したのを聞いたんだな」と彼は言った。最初からわたしの意図に気づいていたのだ。「きみを尋問する理由は何もない。きみがいつどこにいたのか、ぼくは正確に知ってるから」

わたしは手をのばして彼の手を取った。両方の手のひらをこすり、指を一本ずつマッサージする。彼の緊張がほぐれるまで。十五分後、わたしたちはふた手に分かれて車を出した。ハンターは真実と正義を求めて、わたしはアイルランド式お通夜に向かうために。

ひとつだけはっきりしているのは、ハンターが手がかりを求めて過去を探っているということ。わたしがいつどこにいたのか知っていると言ったのは、どういう意味だろう？　わたしの恋人未満の彼は、何をたくらんでいるのだろう？

26

アイルランド式お通夜について、わたしが知っていることは――

- 葬儀の前夜に営まれる特別なお通夜のこと。ただし、チョッパー・マーフィーはもう数週間まえに埋葬されているので、今回はいくつか違いがある。
- 盛大な酒宴を開いて、出席者は故人を偲び、冥福を祈る。
- 泣くもよし、笑うもよし、歌うもよし。号泣する人もめずらしくない。
- 弔意を表して、鏡という鏡には布をかぶせ、時計は止めておく。
- アイルランド式お通夜の定番カクテルの材料は、オレンジジュース、ゴールドラム、151プルーフのラム、ブルーキュラソー。仕上げにマラスキノチェリーを浮かべる。
- わたしはアイルランド式の祝福で、主なものをふたつ知っている。

　愛する者が、愛してくれますように。
　愛していない者は、神さまが改心させてくださいますように。

改心しない者は、
かかとをくじいてくださいますように。
足を引きずる歩き方で、見分けがつくように。

もうひとつは、

長く楽しい人生に乾杯
速やかで安らかな死に乾杯
美人で正直者の娘に乾杯
冷たいビールをもう一杯！

最初のを聞くと、スタンリー・ペックの不自由な足を思い出した。今晩はだれからも悪く思われないように、いつもより気をつけて歩くだろう。ふたつめを聞くと、ローレン・ケリガンが、チョッパーのように速やかで安らかな死を遂げられなかったことに、あらためて胸をつかれた。ローレンはしばらく息があったから、助けを求めて這っていった。死のまぎわにどれほどの苦しみを味わったのか、恐ろしすぎて想像する気にもなれない。
ホリーとパティとわたしは〈スチューのバー＆グリル〉まで歩いていった。着いたのは、お通夜が始まって二十分ほどたったころで、すでに宴たけなわだった。スチューと従業員たちは、アイルランド式通夜カクテルの注文をさばくのに必死で、飲み物は作った先から空になった。わたしたちは順番を待ってようやくグラスを手にすると、代金はカウンターに置き、香典はコーヒー缶に入れた。

わたしは未亡人のフィオナと遺族の何人かにお悔やみを述べた。ほとんどはお葬式で言ったことのくり返しだったけど、ひとつだけ付け足した。「このお通夜でチョッパーがあの世へ旅立ってくれたらいいわね」

「そうなのよ」とフィオナがうなずいた。

おばあちゃんとカード仲間たちは隅っこのテーブルに陣取り、ジンラミーをしていた。空いた席がひとつあり、目に見えないプレーヤーが参加している。これも通夜のしきたりのひとつで——チョッパー・マーフィーが霊界から参戦する場合にそなえて、席が余分に設けてあるのだった。

「このカクテル、ちょっときつすぎるわね」P・P・パティがアイルランド式お通夜の酒をひと口味見して、顔をしかめた。「すごく強いお酒じゃないの?」

「まあね」と妹が言った。「151プルーフのラムだから。アルコール度数がそれだけ高いと、火をつけたら燃えるのよ」

「あたしはやめておく」とパティ。

「じゃあ、それもいただくわ」とわたし。パティはグラスを寄こし、わたしはたちまち両手にグラスを持った大酒飲みになった。そこでばったり母さんと鉢合わせをした。

「ちょっと飲みすぎなんじゃないの、ストーリー」と母さんは言った。みけんにしわが刻まれているのは、非難のしるしだ。

「うーんと。これは母さんの分よ」わたしは片方を渡そうとした。

でも、母さんにその手は通用しなかった。「わたしが飲まないのは知ってるでしょ」

「マラスキノチェリーが入ってるのよ」お酒が入れば、母さんの気性もずいぶん変わるだろうに。青ざめた頰に赤みがさし、本物の笑みが浮かぶかもしれない。

「こんばんは、フィッシャーさん」とパティが挨拶した。「あたしもこんな強いお酒はいただきません」

「世の中には分別のある人間もいるのね」と母さん。

「アルコールは脳細胞を壊すんですってね」とゴマすりは言った。でも、うちの母に仲間意識は通じない。母はパティを無視した。

「おばあちゃんの後ろのテーブルにいるから」とわたしに言った。「あなたもいらっしゃい」

わたしにどんな返事ができる？　いや、とでも？

「すぐに行くわ」

「いいお母さまねぇ」母さんがおばあちゃんの後ろのテーブルに歩いてゆくのを、パティが見送った。

「ほんと」とわたし。

「おばあちゃんと同居されているなんて、大変でしょうね」

ったく。人を見る目がないったら。

「あら、見て」ホリーが脇から口をはさんだ。「ケルト音楽のバンドが演奏するみたい」

たしかに、フィドルとギターとアコーディオンが見えた。

用心棒はふたりとも人込みのなかに消えてしまい、自分の身は自分で守るしかなさそうだ。うちの母の存在がわたしの健康によくないことを、ふたりは知らないのだろうか？　と思いつつも、わたしは母のいるテーブルに出向いた。

そのテーブルには、郡の検死官ジャクソン・デイヴィスもいた。それに目ざとく気づいたわたしは、喜んで同席したくなった。

ジャクソンは四十代後半のハンサムな男で、濃い眉が額に一文字を描き、何時であれアフターファイブのひげが目立つ。当地にきて長く、土地柄にもよくなじんでいるが、生まれも育ちもシカゴなので、パティ・ドワイヤーと同様、いつまでたってもよそ者扱いされている。ふたりの違いは、彼がそれをまったく苦にしていないらしく、過剰に反応して、町の人たちの反感を買ったりしないところだ。

そもそも検死官には、社会のはみ出し者という特徴があるのだろうか。ジャクソンの職業は、従姉のキャリー・アンがずばり言うように、「世界一いやな仕事」だ。むごたらしい遺体を扱うので、丈夫な胃袋と厚い面の皮が欠かせない。それに殺人ともなれば、犯罪者の心理を理解し、断片から全体像をつくりあげ、妥当な結論を導き出さなければならない。検死官は、殺人犯があざむかなければならない最初の相手なのだ。

「お仕事はどう？」とわたしは訊いた。

「うちの患者は文句を言わないんでね」とジャクソンは答えた。

わたしはうめいた。検死官ならではの性格をあとひとつ加えるなら――陰気なユーモアのセンスだ。

「みんな死ぬほどあなたに診てほしいのよ」と言いながら、余っていた通夜カクテルを渡した。賄賂として役に立ってくれますように。太っ腹な気前のよさがものをいわなくても、アルコールが警戒をといてくれるはず。わたしは慎重にことを進めた。「アイルランド式お通夜に出たことはある？」

「いや、これが初めて」

彼はおずおずとひと口すすり、気に入ったのか、ぐいっとあおった。

バンドが演奏を始めた。〈キルギャリー・マウンテン〉だ。

ジャクソンをちらりと見ると、グラスがほとんど空になっている。

「いけるでしょ？」わたしは音楽に負けじと大声を出した。ちょうどそこで音楽が終わったので、わたしの声はひびきわたった。「お通夜では酔っ払わなくちゃ。それが決まりなの」

母さんはおばあちゃんの椅子の背に身を乗り出して、次の手を耳打ちしようとしていたが、わざわざこちらを振り返り、娘がお行儀よくしているかどうか確かめた。しぶい顔から見て、いまの発言がたまたま耳に入ったのだろう。わたしのタイミングの悪さは折紙つきだから。

「ひとことだって信じちゃだめよ、ジャクソン」と母は言った。やっぱり。うちの母は毒舌に加えて地獄耳なのだ。「アルコールは体に毒ですからね」

母さんがまたしてもトランプの勝負に後ろから口をはさみだすと、わたしはジャクソンににじり寄った。「あなたが手にしている飲み物は、〈アイルランド式お通夜〉といってね。アルコールはほとんど入ってないから。心配しないで」

「ほう」またもや、ぐびりとひと口。「なかなかいけるな」

「二件の殺人について何か新しい情報は？」とわたしはたずねた。

「それについては話せないんだ、ストーリー。きみも知ってのとおり、機密情報を住民に洩らして、警察の捜査に支障をきたすわけにはいかない」

そんなこと、知らなかったわ。「そりゃそうよね」とわたしは言った。

「ハンターが言ってたよ。きみがあれこれしつこく訊いてくるだろうって」

ジャクソンはそう言って笑った。そのときになって、彼の前にビールの空き瓶が五、六本並び、目の輝きがやや尋常ではないことに気がついた。

「もう一杯おごるわ」と言うなり、断わるいとまを与えず、そそくさと立ち上がった。「席を取っておいて」

わたしはもう二杯注文した——一杯は自分に、もう一杯はジャクソンに。

「片方はダブルで、いえ、トリプルでお願い」とスチューに頼んだ。「151プルーフのラムをたっぷり入れて」

「お母さんともめてないよな？」とスチューが訊いた。

「まさか。こんな孝行娘をつかまえて」

バーの騒々しさは、わたしがきたときの何億倍にもなっていた。これだけよくしゃべり、よく泣き、しかも生演奏つきとくれば、いつ屋根が落ちてもおかしくない。

近所の人たちが持ち寄った料理の大皿やら鉢やらが、壁際の細長いテーブルに並んでいる。スチューの店ではこれだけ大勢の客に料理をつくるだけの広さも人手も設備もないので、持ち寄りを認めていた。飲み物をどんどん注文してくれるならという条件つきだけど、そちらは問題なさそうだ。

これだけのご馳走がどうぞとばかりに並び、お通夜の出席者がお腹にものを入れて、酔いがまわるのを遅くしなければ、客の半分はじきに酔いつぶれてしまうだろう。

これだから、アイルランド文化はこたえられない。

ジャクソンも同じ気持ちだということは、見ればわかった。顔に満面の笑みを貼りつけ、スピーカーから大音量で流れてくるメロディーに合わせて、頭がひょこひょこ揺れている。折り入って話をするにはやかましすぎるので、わたしは会話をあきらめて、行き来する人びとを眺めていた。

ホリーとパティが目のまえを横切っていった。ふたりで世にも下手くそなアイリッシュ・ジグを踊っている。両手を腰に当て、足を盛んにばたつかせているさまは、ダンスというよりも、電気ショックの治療を受けている患者を思わせた。

あたりを見まわすと、ケリガン一族もちらほら目に入ったが、ローレンの家族はだれもいなかった。あの人たちはどうやって悲しみをいやしているのだろう。

バンドの演奏がひととおり終わった。彼らが休憩を取りに退場すると、客の何人かはチョッパーに乾杯した。

「チョッパーが、悪魔に見つかるまえに天国に行けますように」

よくあるアイルランド式乾杯をもじって、だれかが音頭を取った。乾杯の声がつづき、めいめいが手持ちの飲み物を飲んだ。

マーフィー家のだれかが歌いはじめ、みなが唱和した。

天国にゃ酒がない、だからここで飲むのさ。

追悼客のほとんどはうちの店の常連だった。町の商店主たちも何人かいる。かかりつけの歯科医の姿が見えたので、さっと身をかがめた。見つかったら最後、T・Jは駆け寄ってきて、わたしの虫歯がああだこうだと言って、予約を取れとしつこく迫るだろう。彼のことだから、予約表をポケットにしのばせているかもしれない。

三人の住人が欠席しているのが目を引いた(ケリガン一族の大部分とノーム・クロスを除いて。彼はこないと聞いていたので)。ハンターがいないのは、事件の捜査で走りまわっているからだろう。もともと彼がくるとは思っていなかった。それに、キャリー・アンもまだ顔を出していない。そちらは意外といえば意外だった。また飲みはじめたとしたら、真っ先にバーにきているはずなのに。とはいえ、このまえ会ったときは怯えた様子で、どこかに雲隠れしたいと洩らしていた。

住人のなかで、あと姿が見えないのはジョニー・ジェイだけ。彼がわたしのにらんでいるとおり目端の利く人間なら、ここには寄りつかないだろう。いまのところ、彼のことを高く買っている者はひとりもいない。

バンドが舞台に戻り、〈ダニー・ボーイ〉の演奏を始めた。化粧室に行くとパティとばったり出くわした。「あんたが検死官のそばにべったりくっついてるのを見たわよ」とパティは言った。「何かわかった？」

「ちっとも。口が堅いんだから」

「どんどん飲ませなさいよ」

「もう、そうしてる」

パティは鏡のなかでわたしと目を合わせた。「誘拐して、口を割らせようか」

「冗談よね」

パティはまばたきひとつしなかった。

「その手はいざというときまで取っておきましょう」となだめた。それは、いくらなんでもやりすぎよ。

〈モリー・マローン〉の最中に、だしぬけに音楽が止まった。バーに戻ると、そのわけがわかった。欠席者のひとりがようやく到着したのだ。

ジョニー・ジェイはマイクを握っていた。それにみんなの注目も。全員の頭が女性用化粧室のほうを向いたことから見て、なんであれ、この事態にわたしが関わっているのはまちがいない。パティがすっと離れて、背景に紛れこんだ。わたしを置き去りにして消えてしまうまえに——これが初めてではないにしろ——小型のビデオをすばやく取り出すのが見えた。

ちょっと待って。さらし者になるのはごめんだ。うそじゃない。たしかに、注目を浴びるのはだれしも嫌いではないだろうけど、この手のものは勘弁してほしい。

ジョニー・ジェイも振り向いて、客たちの視線をたどり、彼の冷たい目がわたしの目とがっちりからみ合った。その目が大声で明確に伝えてくるメッセージを、わたしは読みとった。この次に何が待ち受けているかもわかった。そのどれもがわたしのためではないと、彼は知らせたがっていた。

「みなさん、しばらくお耳を拝借します」その声はマイクで増幅されて響きわたったが、実際にはそんな必要はなかった。

マラスキノチェリーの落ちる音が聞こえるぐらい、店は静まり返っている。わたしは身じろぎもしなかった。

「わたしはチョッパー・マーフィーの思い出に敬意を表しにきました」と彼は言った。「その気持ちにうそ偽りはありません。チョッパーとわたしは浅からぬ因縁があったので」

ふたりが深い縁《えにし》を結んだのは、ジョニーがチョッパーを公共の場における酩酊の容疑でしょっちゅう逮捕していたからだ、とまでは言わなかったが、わたしたちはみなよく知っていた。

だれもひと言もしゃべらない。パティは椅子に登って腕を伸ばし、ビデオを撮っている。「いったいなんのまねだ！」というのが、ジョニー・ジェイの次の発言だった。パティをにらみつけている。「わたしをビデオで撮ってるのか？」

怒り狂った雄牛さながら鼻息荒く、床を踏み鳴らしている。あっというまの変わりようだ。せめてもの慰めは、彼を怒らせることのできる人間はわたしひとりじゃないとわかったこと。パティもその才能に恵まれていた。

「それをしまえ！　いますぐに！」

パティは腕を下ろして、椅子から飛びおりた。

ジョニー・ジェイは懸命に自制しようとした。そしてどうにか勝利を収めた。

「チョッパーは心の広い人間でした」と話をつづけた。「だからわたしがこれからすることを褒めてくれるでしょう。みなさんご存じのように、ミッシー……もとい、ストーリー・フィッシャーとわたしのあいだには最近、ちょっとした意見の食い違いがありました。そこでわたしは、みなさんがお集まりのこの場をお借りして、あらためて彼女に謝罪したいと思います。ストーリー、こっちにきてくれないか？」

そんなばかな。彼はまっすぐこちらを見つめている。わたしはこの場から消えてしまいたかった。さっとかがんで、ドアから這い出してしまいたい。ジョニー・ジェイの謝罪を受け入れるなんてまっぴら。ひと言たりとも本気のはずがない。

だれかにそっと背中を押され、わたしはぎくしゃくした足取りで、みなの注視のなかを歩いていった。

「ストーリー・フィッシャー、きみに危害や苦痛を与えたとしたらあやまりたい。わたしの真心からの謝罪を、町のみんなのまえで受け取ってもらえるだろうか？」彼は笑顔で群衆を見渡した。「それとも土下座して、許しを請えと？」

だれかが叫んだ。「おう、やってみろ！」

みながどっと笑って、いまのがきつい冗談だと了解したところで、ジョニー・ジェイは本当に床にひざまずき、両手を組み合わせて、あのばかげた笑いを顔に貼りつけたまま謝罪した。店内を見まわしたわたしは、彼が客たちをすっかり手なずけたのがわかった。

そして、なおもにやけた顔で返事を待っていたが、わたしを射抜くようなその目は笑っていなかった。

わたしは唇をなめた。

「考えておくわ、ジョニー・ジェイ」そう呼ばれて彼がひるむのが見えたが、いまは休職中なので、肩書きやら敬意やらに気をつかってやる必要はない。「だけど、もう一度最初からやり直して、その真心からの謝罪とやらをパティ・ドワイヤーに記録してもらってよ」

彼はむっとして、自分がいま台本のどこを演じているのかあやうく見失いかけたが、目下のところ監督はわたしだ。彼はわたしの指示に従い、言われたとおりにした。

「もう立っていいわよ」彼がパティのために演技をくり返したあと、わたしは言った。パティはその仕事を、真剣そのものの態度でやり遂げた。「わたしの答えは、いまの謝罪をじっくり検討してからにするわ。とりあえず、みなさんの次の一杯は〈ワイルド・クローバー〉とストーリー・フィッシャーからのおごりということで」

そこでこの場面は幕となった。店全体に酒をおごれば、たいていのことは丸く収まる。

わたしはジョニー・ジェイに背を向けて、自分の席に戻った。

母さんがわたしに向かってゆっくり首を振った。わたしの対処のしかたがまずかった、あるいは全員におごるなんてとんでもないという意味だ。あるいは、両方かも。

ジャクソンは椅子を後ろに押しやって突っ立っていた。その身のこなしは、彼がこれから帰るところだと伝えている。音楽もないのにゆらゆら揺れているのは、どうやら飲みすぎたらしい。その一部、いや大部分はわたしのせいで。

彼に車を運転させるわけにはいかない。

「そこまでお見送りするわ」バンドが演奏を再開したので、わたしは声を張りあげた。ジョニー・ジェイがドアから出ていくのが見えたので、わざとぐずぐずして彼が駐車場からいなくなるのを待った。それからジャクソンと連れだって店を出た。

なんとか情報を引き出せないか、最後にもうひと押しすることにした。

「どんな小さなことでもいいから、検死でわかったことを教えてもらえない？」

ジャクソンは彼の車の横で立ち止まった。

「できないね」と言いながら、ポケットに手を突っこみ、それからまたべつのポケットを探って車のキーを捜しはじめた。「でもこれだけは言える。わたしは十六年まえにローレン・ケリガンを有罪にした陪審員の評決にはいまだに賛成できない」

「彼女の家族は全員そうよ」

「とくにウェイン・ジェイをひいた方法がしっくりこない」

「どういうこと?」

「どうして彼女は二度もひいた?」

「そのことなら、みんな首をひねってる」とわたし。「ローレン自身にもわからなかったし」

「うむ、その疑問がずっと解けずに、もう何年も頭に引っかかったままだ。事故の経緯が腑に落ちない。わたしは当時検死官じゃなかった。まだほんの若造だったが、あの事件のことは自分なりにいろいろ調べて、成り行きを注目していた」

ジャクソンは車に寄りかかり、アルコールで曇った目の焦点を合わせようと四苦八苦している。視界が少しでもはっきりするようにと、片目までつぶって。ろれつに問題はなかった。口から出てくる言葉はどれも明瞭で思慮深いものだったが、それ以外はといえば……。

「だれか車を出してくれる人を探すわ」自宅まで送っていけば、道中でもっとしゃべるかもしれない。

「それにはおよばない。店に引き返して、コーヒーが出てないか見てくるよ」

「テーブルになかったら、スチューに頼めばいいから」

「そうしよう」ジャクソンは車に手をついて体を起こした。

よ」
「ちょっと待って。まだ話は終わってない。あの裁判とあなたの意見をすっかり聞かせて

「ああ、そうだった。つまりだな、いろいろな角度から考えてみると」ジャクソンは発言を補足するように、両手でさまざまな角度をこしらえた。「ローレンが最初にひいたのはウェイン・ジェイの脚だ。だから彼はまだ死んでいなかった。いいね？」

わたしはうなずいて、その次に起こったことを思い起こした。ローレンにきわめて重い判決が下ったのと大いに関係のある出来事だ。

「そのあと彼女は車をいったんバックさせてから、ギアをドライブに戻し、アクセルを踏みこんで、彼をまたもやひいた。それが命取りになった」

「そうよ」わたしの声に苛立ちがにじんだ。「何も目新しい点はないけど」

「まあまあ、お利口さん。わたしが疑問に思っているのは、血中のアルコール濃度があんなに高かったのに、そもそもどうやって運転したのかということだ」

わたしは肩をすくめた。「飲んでも車に乗る人はいるわ。いけないとわかっているのに、ついついやってしまう」

いまがまさしくその例で、ジャクソンは放っておけば運転席にすわって車を出しかねなかった。酔っ払いで一番困るのは、どれだけ酔っているか本人に自覚のないことだ。だから、周囲がいくら言っても聞こうとしない。

「あの日はそれまでに雨が降っていた」とジャクソンはつづけた。体はまだふらついている

のに、相変わらずよどみのない弁舌で。「だから地面は軟らかかった。失地から町に向かう道路の路肩もそうだ。そこにはなんの痕跡もなかった、最近のものとおぼしきタイヤの跡はひとつもついていなかった。ローレンはきみたちと別れてから歩道のある通りにやってくるまで、舗装した道路からそれなかった。一度も。最後にウェイン・ジェイにぶつかるまでは、申し分なくまっすぐ運転していた。当時はそこが納得できなかったし、いまでも合点がいかない」

「つまり、何が言いたいの？」

「きみが言えば？　わかってるんだろ」

ジャクソンはゆらゆら揺れながら、わたしの答えを待っている。

ローレンはウェイン・ジェイをどうして二度ひいたか。その説明はたやすい。

「検事の説明だと、彼女はウェイン・ジェイをひいたあと重傷を負わせたことを知った」とわたしは言った。「それで泡を食ってもう一度ひいた。もし彼が生き永らえて事実を話したら、自分の身がどうなるか心配だったから。死人なら彼女を告発できない」

「型どおりの答えだな、ストーリー。他人の考えや意見は忘れて、いまわたしが教えた情報から答えを出すんだ」

わたしは肩をすぼめた。

「さあ。酔いがそのとき急にまわってきたから？　じらさないでよ、ジャクソン、あなたの考えを言って」

彼はぐらりとよろめき、姿勢を立て直した。

「当時はこう考えた」と彼は言った。「いまでも変わらないがね……彼女の車がウェイン・ジェイをひいたとき、運転席にすわっていたのはローレン・ケリガンじゃなかった」

27

その衝撃的な、わたしが予想もしていなかった発言のあと、ジャクソンは店に戻っていった。わたしはそのあとを追いかけ、彼が車のキーをコーヒーポットの隣に置いたのでそれをさっとつかんで、おばあちゃんにジャクソンを自宅まで無事に送りとどけてほしいと頼んだ。おばあちゃんが引き受けてくれたので、キーを預けた。

バーにいる客でアルコール検知器に引っかからないのは、おばあちゃんと母さんぐらいだろう。だれかよく気のつく人が、まえもって運転手と送迎車の手配をしておけばよかったのに。わたしもジャクソンを家まで送ることはできない――お通夜のカクテルの酔いがまわってきた。もともと歩いて帰るつもりだったのだ。

のちに自分の軽率さを悔やむことになるにせよ――気まぐれな行動はさておき、不用意に杯を重ねたことで――まずは行動、あとから反省というのが、わたしの流儀だ。それに、たかが二ブロックの道のりでいったい何が起きる？

というわけで、わたしは歩きはじめた。

さまざまな可能性を検討しながら。

検死官のジャクソンから聞いた話には、度肝を抜かれた。彼は、事件のあった夜、ローレンは泥酔していて、とても車を運転できる状態ではなかったと考えている。運転していたのは別人だというジャクソンの説が正しければ（わたしの意見では、その説は真剣に考えるだけの値打ちがある）、それはだれだろう。

それに、ハンターの最近の行動。ガナーとキャリー・アンを取り調べるなんて——ふたりともハイスクールで同じグループにいた親しい友だちなのに。仲間うちであの事件に関わった人間はだれもいないはず。だってずっと一緒にいたから。そうよね？　いや、ずっとじゃなかったかも。

ばかばかしい、とわたしは決めつけた。くだらない、母ならそう言うだろう。ジャクソンは口調こそしらふと変わらなかったが、実際にはすっかり酔っ払っていた。だからあんなたわ言——アイルランド風に言えば、与太を飛ばしたのだ。わたしは、運転手が別人だったという説をうのみにするつもりはない。ローレン・ケリガンは罪を償うために刑務所に入ったというのに。

なんとしても従姉のキャリー・アンをつかまえて、話を聞かなければ。ここしばらく様子がおかしかった。何か知ってるにちがいない。

でも、まずは彼女を見つけるのが先決だ。

キャリー・アンはいまどこにいるのだろう？

わたしはたいして周囲に注意を払わず、メイン通りを渡った。この町のことなら隅々まで知り尽くしている。モレーンの街灯は明るく、通りを行き交う車も少ない。というか、ほとんどない。メイン通り沿いの商店は――うちも含めて――店じまいしたあとで、どこもみな暗かった。〈スチューのバー&グリル〉から人が出入りするたびに、ざわめきが流れてきた。ビーチサンダルの下の歩道は、バンドの重低音による振動でうねっているようだ。

満月が夜空から笑いかけ、長い影を地上に伸ばしている。

わたしはふと足を止めた。アルコールの愉快な靄《もや》の奥から、不愉快なことを思い出したから。ジョニー・ジェイがこのあたりにひそんで、わたしをつけねらい、復讐をもくろんでいるかもしれない。人生を台無しにされたことに対して。あの屈辱的な謝罪――しかも二度まで――については言うまでもない。

わたしはあの猿芝居にはだまされなかったし、彼もそれを承知している。しかもわたしに思い知らせようとした。これで終わりと思うなよ、と。

そして、わたしはいま、ひとりぼっちで暗がりにいる。ろくに身辺に注意も払わずに。

これは女が災厄に見舞われるお決まりの状況ではなかろうか。注意がおろそかになったすきを突かれるという……。

わたしはホリーとパティに声もかけずに店を出た。

わたしがどこにいるのか、どこへ行ったのか、だれも知らない。

思わず足を速めた。のんきなそぞろ歩きはやめて、わが家のある袋小路へと曲がり、パティの暗い家の前を通りすぎた。あたりにはだれもいない。どの家も暗く静まり返り、だれもがお通夜に出かけていた。

時間といい場所といい、襲いかかるには絶好のタイミングだ。ストーリー・フィッシャーが暗い夜道をひとりで歩いて帰るほど愚かだとしたら。ふいに、この短い道のりがとてつもなく長く感じられた。

案ずることは何もないと自分に言い聞かせたまさにそのとき、通りの突き当たりに止まっていた車が発進した。ライトはついていなかったが、エンジンの音が聞こえた。

暗がりから飛び出した車は、地獄の底からやってきたこうもりさながら、まっしぐらにこちらに向かってきた。

わたしの反射神経はしらふのときのようにはいかないだろう。それはまちがいない。何かべつの手はないかと、あたりを見まわした。名案はひとつも浮かばない。

そこで、とっさにできる唯一のことをした。

手近の電柱の後ろに隠れたのだ。近すぎず、かといって遠すぎない位置で、目をつぶり、衝撃にそなえた。運がよければ、金属の支柱が車の勢いを和らげ、命だけは助かるかもしれない。

わたしはさらに一、二歩後ずさりながら、この窮地を生き延びることができれば、もうこんりんざい、自分をこんな状況に追いこむまいとかたく心に誓った。危険な目にあうのはもうまっぴらだ。

タイヤのきしむ音がした。とっさに目をあけると、車が電柱にぶつかる寸前によけるのが見えた。ハンドルを取られたらしく、何度か急に向きを変えたあと、ようやく車体を立て直して、夜の闇に姿を消した。

「なんてどじなの」とわたしは言った。自分のことは棚にあげて、運転手にそんな罵声を浴びせたのは、あの恐怖のさなか、たまたまナンバープレートを読み取ることができたからだ。震えあがりながらも、わたしの頭はどうにかまともに働いていた。

すっかりいい気になったわたしは、その番号を忘れないように何度かくり返した。それにしても、人の命をねらったにしてはお粗末な手口だ。かりにも殺人犯なら、失敗した場合の策もあらかじめ考えておかないと。わたしなら、まえもってナンバープレートをはずしておくだろう。万一しくじった場合にそなえて。

わたしは走りに走って、自宅のフロントポーチまでたどりつくと、庭椅子に倒れこんだ。息を切らし、心臓は早鐘を打っていたが、いまになってようやくことの深刻さがのみこめてきた。わたしはあやうく殺されるところだったのだ。

ポケットから携帯電話を取り出し、外から見えないようにしゃがみこんだ。さっきの直感をうのみにせず、もう少し穏便な解釈に改めようとした。

ひょっとしたら、若い子たちが通りの奥に車を止めて、いちゃついていたのかもしれない。そんなことは、これが初めてではないし最後でもない。そこへたまたまわたしがやってきたから、彼らはあせった。わたしが車を見とがめて、近づいてきたと思ったのかもしれない。そこであわてて車を発進させたが、新米ドライバーがよくやるように、ハンドルを切りそこねた。車は内側に大きく曲がったあと、どうにか立ち直り、猛スピードで遠ざかった。

そうね、その可能性なら大いにありえる。

手に持った携帯が鳴った。

「いまどこ?」妹のホリーが声を張りあげた。店のざわめきが背後から、というか、正面やど真ん中から聞こえてくる。ホリーの声はほとんど聞きとれなかった。

「すぐ近くよ」わたしは言葉をにごした。「どうして?」

「聞こえない。ちょっと待って。もう少し静かな場所に行くから」

騒音がじょじょに小さくなるのを待って、わたしは訊いた。「何か用?」

「マックスがわたしを驚かそうとして急に帰ってきたの」ホリーの声は嬉しそうだった。

〝金づる〟ことマックスは、ホリーの仕事中毒の夫だ。マックスが帰宅するとホリーはいつも元気になるが、それもつかのま、やがて夫はふたたび出張し、愚痴と文句だらけの生活に逆戻りする。

「よかったじゃない」わたしは三百近くまで跳ねあがった血圧を百そこそこまで下げることに、神経を集中していた。車がぶつかってきたことの後遺症だ。「じゃあ仲直りしたのね」

「そう。だから今晩は家に帰るわ。夫婦の時間を取り戻さないと」

「お好きなように」

「じゃあ、また明日、店で。少し遅れるかもしれない」ホリーは電話を切った。

いまの話を整理すると、ホリーが夫婦水入らずで過ごしたいという気持ちはわかるけど、それは言い換えれば、うちからルームメイトも用心棒もいなくなるということだ。孤立無援。これからはもう二度と、パティとホリーの約束を当てにするのはやめよう。何があろうと、絶対に。

わたしはぷりぷりしながら、今後はその方針をあくまで貫くことを肝に銘じた。パティもパティだ。事件を嗅ぎまわるのに夢中で、わたしのことなんかすっかり忘れているに決まってる。

次に、わたしはハンターに電話した。「見慣れない車がうちの通りに止まってるの」とうそをついた。「ナンバーを照合してくれる?」

「車体の色は?」

「濃い色」

「黒に近いということ?」

「ええ、まあ」

「車種は?」

「車よ」

「それはもう聞いた。どんな車?」

「ええと、ふつうの車」どうせ、わたしは男性のような観察眼は持ち合わせていない。ハンターなら、その車のリムがどんな種類かまで言うことができるだろう。「そんな余計なことはどうでもいいから。ナンバーを調べてよ」

「つまり、こういうことだな」とハンターが言った。「きみはナンバープレートが読めるぐらいその車に近づいた。それなのに車種も型式もわからず、色まであやふやだと」

「車の型式なんて知るわけないでしょうが。どれもみな同じにしか見えない。ごくふつうのセダンよ。ナンバーを聞きたいの、聞きたくないの？」そのあとすばやくナンバーを伝えた。ハンターに聞きたくないと返事をされては困るので。

「折り返すよ」と彼は言った。


わたしは椅子にぐったりすわりこんだまま、暗闇にすっぽり包まれ、スチューの店からまだ流れてくるざわめきに耳を傾けていた。

車の件が神経にひどくこたえていた。わたしは緊張をほぐそうと、ゆっくりと深呼吸した。

携帯電話が振動したときには、あやうく悲鳴をあげそうになった。「はい？」発信者を確かめ、電話をかけてきたのがハンターだと確認してから出た。

「例の車の持ち主はジョニー・ジェイだった」と彼は言った。「いま車内にだれかいるかな？車に近づいたり、うかつに姿をさらすのはだめだけど、だれかの姿が見えるようなら、知らせてほしい」

「車はもう行ったわ」わたしはハンターの口調が気に入らなかった。動揺しているように聞こえたからだ。それは当然かもしれない。なにしろ休職中の警察長についてわたしが抱いていた懸念が現実味を帯びてきたのだから。

ふうっとハンターが電話口で大きなため息を洩らした。

「ジョニー・ジェイから数分まえに盗難届が出された。スチューの店の少し先に止めておいたのに、店を出たときには、なかったそうだ。きみの家の通りから消えてくれてよかったよ。車泥棒がきみの身辺をうろついているのはぞっとしないから」

「そうね」とわたしは言った。みぞおちのあたりがむかむかした。「よかったわ」

「いずれにせよ」とハンターは言った。「きみから聞いた情報はサリー・メイラーに伝えておいた。きみの家のまわりを巡回してくれるそうだ」

「ジョニーはいまどこにいるの？」と訊いてみた。

「警察署に。書類に記入してるよ」

わたしたちは電話を切った。

車が一台、メイン通りを曲がって近づいてきた。わたしは椅子の上でいっそう身をちぢめた。車はのろのろと這うように近づいてきて、角を曲がるときに縁石にぶつかった。

その車と運転手なら、どこにいても見当がつく。

おばあちゃんだ。

愛車のキャデラック・フリートウッドが（ほら、わたしだって車種のひとつぐらい見分けがつくのよ、ハンター・ウォレス！）、わが家の前の縁石をこすった。わたしは出迎えにいった。だれかに会えてこんなに嬉しいのは久しぶりだ。

助手席の窓がスーッと下がって、母さんが顔を出して言った。「ジャクソンを後部座席に乗せているの。酔いつぶれてるわ。あなたが無理にすすめたお酒のせいで」

おばあちゃんが母さんの向こうから身を乗り出した。

「ジャクソンがどこに住んでるのか、わからなくてね」

「案内するわ」わたしは家族に囲まれてほっとしていた。このさい、どんな家族でも文句は言えない。

わたしはジャクソンの隣に乗りこんだ。あまりの酒臭さにのけぞった。

「ちょっと」と声をかける。彼がまだ片目をあけていることに気づいたので。「コーヒーは飲まなかったの？」

「コーヒー？」

「どうしても飲まないのよ」と母さんが言った。

「メイン通りを右に曲がって」とおばあちゃんに指示してから、わたしはシートにもたれて思案した。

ジョニーがこの件をすべてお膳立てしたのだろうか？　わたしを亡き者にしようと、車の盗難を電話で通報してから、ひき殺そうとしたのか。それとも、彼は事実を言っているのだろうか。

彼とことあるごとに衝突してきたこの長い年月を、あらためて振り返った。わたしを殺したいほど憎んでいたの？

「ジョニー・ジェイがこれであきらめるはずがない」わたしは独り言をつぶやいた。

「あの人はもうあやまったじゃないの」母さんが聞きとがめて言った。「あの気の毒な人に、これ以上何をさせたいの？」

「手錠と、オレンジ色のすてきな囚人服で決めてもらう、とか」と言いながら後ろの窓をのぞくと、黒っぽい車が次々に目を引いた。

今晩はおばあちゃんの家に泊めてもらうことにした。

28

翌朝、おばあちゃんがブルーベリー・パンケーキをフライパンで焼いているあいだに、母さんはわたしを真っ赤な石炭の上でじわじわとあぶった。

・ジャクソン・デイヴィスは立派な人なのに、いえ、立派な人だったのに、大酒を飲むという悪い習慣をわたしが植えつけてしまった。
・いつになったら心を入れ替えて、真人間になるつもり？
・自分に問題があることをどうして認めない？　自分に問題があると認めることが、大きな一歩になるというのに。
・身近にアルコール依存症の人間がいなければ、わたしもまともな生活が送れるかもしれない。
・たとえばキャリー・アン。あの子は親戚かもしれないけど、とんだお荷物よ。
・もうひとりがハンター。当面は断酒がつづくかもしれないが、いつまでもつやら。
・わが家はかつてはあれほどの名家だったのに、なんという体たらく。

・いまでは町じゅうのうわさのまと。
・恥さらしもいいところだ。

「ヘレン」おばあちゃんが見かねて言った。「もっと明るいことを考えなきゃ。あんたは物事の悪い面ばっかり見ようとする。いつもにこにこしてた、あのちっちゃな娘はどこへ行ってしまったんだろうねぇ」

わたしはメープルシロップをたっぷりかけたパンケーキの山にかじりついた。シロップは庭のベニカエデから採ったもので、毎年二月なると幹に小さな穴をあけて樹液を集める。母さんが、にこにこしてた？ いったいいつの話だろう？

「こんなご時世ですからね」と母さんが答えた。

「あんたの考えひとつで、どうにでもなるんだよ」とおばあちゃんが言った。いつものほがらかな、やさしい声で。

「まったくもう」と母さんが言った。おばあちゃんの意見に難癖をつけたのかと思いきや、母さんは窓の外を見ていた。「うわさをすればなんとやら。あの男が犬をつれてポーチにいるじゃない」

母さんの視線をたどると、ハンターとベンが戸口に立っていた。ハンターは母さんの優等生名簿に載っているので、わたしは片手にコーヒー、空いたほうの手で唇についたシロップをぬぐいながら外に出た。

「電話を折り返して、居場所を知らせようとはちらりとも思わなかったのか？」ハンターは挨拶もせずにそう言った。いまの母さんと同じくらい、機嫌がよさそうだ。わたしの答えも待たずに、がみがみ言いだした。「昨夜遅くにきみの家に立ち寄った。安全かどうか確かめに。ところがどうだ、きみはいない。店にもいない。携帯にも出ない。しかも、ジェイの盗難車がきみの家の前に現われたという。ぼくの頭にどんな考えがよぎったと思う？」

「わたしのことを心配してくれたの？」

その心づかいはとても嬉しかった。わたしが心配をかける人といえば、ほかには母さんぐらいのものだ。しかも母さんはわたしの身を案じているのではない、わたしのせいで気を揉んでいるのだ。その違いは大きい。

「そのあとは一睡もできなかった」とハンター。

たしかに、身だしなみにはあまり気をつかっていないようだ。目は赤く、あごには無精ひげが目立ち（これはこれでそそられるとはいえ）、髪は風になぶられたようにくしゃくしゃ。ただし、今日は風がない。

ベンのほうは、わたしのせいでやきもきして夜更かししたようには見えなかった。頭をなでてやった。

「携帯はバッテリーが切れてたの」と説明した。「うっかりしてて。それに、まさかそんな遅くに訪ねてきてくれるとは思わないし。それほど心配なら、ここに連絡してくれてもよかったのに」

「きみのトラックは店に置いてあった。ここにはどうやって？」

「おばあちゃんに乗せてもらったの」

「じつはここまで足を延ばすことも考えたんだが、きみがいなかったらご家族に心配をかけてしまう。だいたい、そんな遅くに訪ねたらお母さんに撃たれかねない。いまも窓越しにおっかない目でにらまれている。ぼくは嫌われてるのかな」

「母さんが好きな人なんていないのよ」

ハンターを母さんから見えないところまで引っぱっていき、彼のSUVまで一緒に歩いていった。わたしは腰をかがめて四本足の友人ともきちんと挨拶を交わした――耳をかいてやると、顔を盛大になめてくれた。そのときふとディンキーのことを思い出した。あの子がいなくて寂しかった。ほんのちょっぴりだけど。

わたしは立ちあがった。「ハンター、この事件についてあなたはどう思ってるの？　わたしのほうはさっぱり、まるで五里霧中という感じ」

彼はまだへそを曲げていた。「きみを見習って、ぼくにも逐一報告しろと？」

「そうよ、いけない？」

ったく、わたしったら。もっとほかに言いようがあるだろうに。たとえば、昨夜のあの車とのいきさつを話すとか。そもそも、ハンターにあの恐ろしい出来事を隠し立てするのはおかしい。わたしは打ち明けるきっかけを待っているうちに、タイミングを失ってしまうことがよくある。今回もそうだった。

「ねぇ、教えてよ」わたしはべそをかいた。「昨日のお通夜で、ジャクソン・デイヴィスが言ってたわ。ウェイン・ジェイが死んだ夜、車を運転してたのはローレン・ケリガンとは別人じゃないかって」

ハンターは驚き、ついで考えこむような表情を見せた。

「ジャクソンはどうしてそんなことを言ったんだろう。たとえ確信があったとしても、そんな重大なことをうかつに口にしないはずだ。ジャクソンは本物のプロだから」

「ずいぶん飲んでたし」

ハンターはわたしをじっと見た。まるでジャクソンとわたしの会話の端々までじっくり検証しているように。わたしはときどき、状況を分析して動機を割り出すのが彼の仕事だということを忘れてしまう。ハンターは優秀な刑事だ。

「当ててみようか。きみは検死官のそばにべったり張りつき、たっぷり酒を飲ませたうえで、情報を残らず吐き出させた」と言い当てた。

「事実からかけ離れてるわ」とわたしはうそをついた。

「その情報を洩らすまでに、どれだけのアルコールを消費したことか」

「ほんの少しよ」

「どうかな。彼の車はバーに駐車したままだった」

「おばあちゃんが送っていったの」

「なるほど」

話はまだ終わったわけじゃない。「あなたのほうはガナーとキャリー・アンを調べてるんですって。どっちかがローレンとヘティを殺したと思ってるの？　まさかね」

犯人はジョニー・ジェイだと説得したかったが、その手は以前に試して、なんの成果も上げられなかった。

ハンターはＳＵＶのドアを開けた。「今日の予定は？」と訊く。わたしの質問には何ひとつ答えず、話題を変えようとしているのだ。もうっ！　これほどしゃくにさわる男はめったにいない。ま、いまのところは。

ひとまずあきらめることにした。

「店にいるわ。アリと双子が来たら、よそに貸し出している巣箱の点検に出かける」

「今日一日、ベンを預かってもらえないかな？」

わたしはにっこりした。「喜んで」

「きみは強情な女だよ、ストーリー・フィッシャー」ハンターはあきれたと言わんばかりに首を振った。

「どういう意味？」

彼はＳＵＶに乗りこみ、ドアを閉めた。わたしは開いた窓に寄りかかり、彼がキーを差しこむのを見守った。でも、彼はエンジンをかけなかった。わたしを振り返って、「しばらく実家にいてほしいと頼んだら、聞いてくれるかい？」と言った。

「ご冗談を」

「じゃあ、妹さんとどこかへ出かけるとか」

「それも無理ね。旦那が帰ってきてるの」ハンターがやけにしつこいのはなぜだろう？

「昨夜あんなことがあったのに……」

彼は何を言おうとしているのだろう。わたしは、家の近くに車が止まっていたと言っただけなのに。どうしてそこまで心配を？　そのほかのことは、まだ打ち明けるきっかけがつかめないでいた。

「仕事があるもの。店を開けなきゃいけないし」

「つまり、答えはノーなんだな。なんて意地っ張りなんだ」彼はいったん言葉を切り、あらためてつづけた。「ぼくは昨夜のことを知ってるんだぞ。きみが話してくれたのは、そのごく一部にすぎない。いつになったら本当のことを話すつもりだ？」

もう手遅れよ。「最初は、若い子たちのしわざだと思ったの」と苦しい言い訳をした。「車を止めていちゃついているんだと。騒ぐほどのことでもないし」

「で、いつぼくに話すつもりだった？」

「もうじき。それにしても、なんで知ってるの？」ハンターがモレーンの連続殺人事件をまだ解決していないのが納得できなかった。この町で起こっていることはひとつ残らず知っているみたいなのに。それはともかく、わたしに関わりのあるものならなんでもお見通しだ。

「目撃者はいなかった。だれも助けに駆けつけてくれなかったもの」

「ラリー・クーンがちょうどメイン通りの角を歩いてたんだ。カスタード・ショップの戸締まりをしたかどうかよく覚えてなくて、確かめに行く途中だった。車がきみ目がけて突っこみ、ぎりぎりのところでよけるのを目撃した」

「わたしが電柱の後ろに隠れたからよ。ラリーは運転手を見たの?」

「いいや、あの車の窓にはフィルムが貼ってある。今朝、脇道に乗り捨ててあるのが発見された」

「ジョニー・ジェイはわたしに手を出さないってあなたは断言したのに」と、彼の痛いところを突いた。「でも、ごらんのとおり。もう少しで殺されるところだった」

ハンターは首を振った。「やつはあんなことはしない」

「パティのビデオをもう一度見たほうがいいわ。彼がどんなにいかれてるか、忘れているなら」

「あんな無謀なことをするほどいかれちゃいない」ハンターは譲らなかった。「ぼくも最初は、やつが運転していたかもしれないと思った。だが、盗難の連絡をしてから、先まわりしてきみを待ち伏せ、ひき殺そうとし、さらに車を放置するだけの時間はなかったはずだ」

「それをあえて実行した人間がいるのよ」

「そいつがだれかを見つけるのはぼくの役目だ。きみの身の安全が一番大事だから」

わたしは彼の頰に軽くキスした。「宿題がまたひとつ増えたわね」と軽口をたたいたが、気分は重かった。「あなたを信じてる」

ハンターはにこりともせず、お返しのキスもなかった。

「いつでも連絡が取れるようにしておいてくれ」と彼は言った。「ぼくが電話したら出ること。携帯はいつも充電しておくように」

ハンターが帰ったあと、おばあちゃんに頼んで、ベンとわたしを家まで送ってもらった。昼間で、しかもベンがそばにいると、さっきまでの心配がうそのようだ。シャワーを浴びて服を着替え、ベンをリードにつないで一緒に店に出かけた。

モレーンの週刊紙の若手記者、ジョエル・リギンズがドアの横で待っていた。ｉＰｏｄの白いイヤホンを耳にさし、サングラスをかけ、穴のあいたジーンズを腰まで下げてはいている。《ディストーター》はモレーンだけでなく近隣の地域にも配布され、商店街のアルバイトでは物足りない野心まんまんの学生を好んで雇っていた。ジョエルは野心家という分類にぴったり当てはまる。

わたしはくるりとまわれ右した。反射神経の鋭いベンもぴたりとついてきたが、ジョエルは目ざとかった。

「フィッシャーさん！」

わたしはしぶしぶ振り返った。

ベンの耳はぴんと立ち、人間の言葉がわかるだけでなく、あやしげな雲行きまで感じ取れるのではないかという気がした。

ジョエルはベンをじろじろ見てから、一歩後ずさった。

「そこを通して」とわたしは言った。

「そう言わずに。次号のために二つ三つお訊きするだけですから」

「ノーコメント」ベンとわたしは彼の脇をさっと通りすぎたが、鍵をあけるのに手間取ってしまった。

「何をそんなに怖がっているんです？」

わたしは鍵を持ったまま動きを止めた。その質問に不意を突かれて。このわたしが？マスコミの取材を怖がってる？その理由は……なに？記事の反響？こんなふうにプライドに訴えるなんて、この子はなかなかのやり手だ。

「わたしがジョニー・ジェイを怖がってるって？」

彼は肩をすくめた。ベンをちらりと見る。「さあ」

ジョエルは店のなかまでついてきた。

どういう風の吹きまわしか、長いあいだ姿をくらましていた従姉のキャリー・アンが彼のすぐあとから入ってきた。元気はつらつとして、あんなに取り乱していたのがうそみたいだ。いまに見てなさいよ。機会を見つけしだい、洗いざらい――ブラのサイズまで――打ち明けてもらいますからね。

いまのところはさしあたり、キャリー・アンに手伝ってもらって開店の準備をした。ジョエルのことは無視した。そのうちいなくなるだろうと期待して。だが彼はしぶとかった。とうとう根負けして、目を合わせた。

「まだいたの？」とわたしは言った。「あなたとは話さないわよ」

「〝はい〟か〝いいえ〟でお答えいただければけっこうです」

「どういうこと？」

「パティ・ドワイヤーとぼくは警察長についての記事を書いているんです。パティは資料をたくさん集めてくれましたが、裏づけが必要で。あなたにコメントをいただけたら最高なんですけど」

そのとき、パティの話を思い出した。ジョエルが新聞社への就職を手伝ってくれているとか。わたしはうめいた。この件はパティにまかせよう。

「大学に進学するんですってね？」と訊いた。

ジョエルはにやりとした。「待ち遠しいです」

わたしは奥の事務所に案内した。彼の顔を見ると、わたしが全面的に協力すると思いこんでいるようだ。

「じゃあ、これまでにわかったことを教えて」

彼がつかんでいる情報は次のとおり。ただし、どれもパティの視点から見たものだ。

・ジョニー・ジェイのいじめの歴史は思春期にまでさかのぼる（目新しい情報ではない）。

・彼とわたしの確執はつづいている。わたしたちの関係はダイナマイトなみに危険で、蜂用の殺虫剤に負けないほど有害だ（こちらもすでにおなじみの情報）。

・ジョニー・ジェイは報復をもくろみ、どこかに身をひそめて、ビデオカメラに映らないところでわたしに襲いかかるチャンスを待っている（まずまちがいないが、世間に知らせるのはいかがなものか）。

・昨夜、彼は暗い夜道でわたしをひき殺そうとした（どうしてパティはそこまで知ってるの？）。

「この取材には応じられないわ」とわたし。

「コメント拒否は、読者にあまりいい印象を与えませんよ」

「もしこの記事を載せたら、ジョニー・ジェイはおたくの新聞社を訴えるわよ」彼がいっそう向きになってわたしを追いまわすことは言うまでもない。「さあ、もう帰って」

ジョエルはがっかりした顔をした。まるで彼がソーダ缶で、わたしがたったいまそれをぐしゃりと握りつぶしたみたいに。

「これから警察長にも取材します」と彼は言った。「あなたにコメントをいただけないなら、ぼくが代弁することになりますが」

「そのまえに、編集長に記事を見てもらうのが先じゃないかしら」とわたしは警告した。

「休暇中なんです」

やれやれ。

ジョエルが帰ったあと、従姉のキャリー・アンに折を見て記事のことを話すと、彼女は「ジョニー・ジェイがその記事を読んだら、だれかさんを殺そうとするでしょうね」と言った。

「どっちみちそうするわよ。これで標的がもうひとり増えただけ――パティよ。それに、こんなふうに考えてみたの。彼がわたしをつけねらっていることが町じゅうに知れわたったら、ことによると実行に移すまえに考え直すかもしれない」

「それはないわね」とキャリー・アンが励ましてくれた。

「ちょっと話があるんだけど。ふたりきりで」

「クビ?」

「いいえ」わたしはしぶしぶ言った。「仕事が一段落したら教えて」

それを合図に、〈ワイルド・クローバー〉の忙しい一日が始まった。

ミリー・ホプティコートがアミガサタケを使った試作品を持ってきた。

「味見してみて」と彼女は言った。

風味豊かな味が口の中いっぱいに広がる。「うわぁ、このおいしさの秘訣はなに?」

ミリーの顔がほころんだ。

「アミガサタケでソースを作ったの。バターとワインとホイップクリームに、その他あれこれ混ぜて」

「これは絶対にいけるわ。これを載せましょう。〈ワイルド・クローバー通信〉のほかの記事も進んでる?」

「だいたいね」

ミリーは買い物かごを腕にかけて遠ざかっていった。わたしは濃厚なソースをもうひと口味見した。うーん、たまらない。キャリー・アンとようやくふたりきりになれたのは、それから数時間後のことだった。

29

出勤してきたホリーは（約束どおり遅刻して）、顔色がよく、おしゃべりも控えめで、わたしとしてもありがたかった。夫婦のきずなを取り戻した余韻に心ゆくまで浸ってもらおう。用心棒の役割についてひと言も触れないのは、もしかしたら、自分の役目はベンに引き継いだと思っているのかもしれない。

わたしの守護神は、入口のそばにすわってお客さんを出迎えていた。子どもたちにはキャンディよりも人気があり、まるでベンが女王蜂であるかのようにまわりを取り囲んでいる。

王さまと言いたいところだけど、あいにくミツバチの群れに男の支配者はいない。

「犬を店のなかに入れないでよ」とロリ・スパンドルが文句をたれた。毎日のように、難癖をつけにくる。「法律違反でしょうが。公衆衛生官に連絡しなきゃ」

「障害者差別禁止法を知らない？」とわたし。「使役犬を追い出すことはできないの」

「どこのだれが障害者ですって？」とロリは訊き返した。

「それを訊くことも違反よ」

「この犬の証明書を見せて」

「だめ」使役犬について、法律の規定は明快だ。店主であるわたしが、介助犬を必要とする証拠を客に求めることができず、登録書類を請求することも禁じられているなら、お騒がせロリにもそんな権利はない。

「この件は町議会に訴えてやる」ロリは新しい友だちに囲まれているベンの写真を何枚か撮ると、何も買わずにつかつかと出ていった。

ベンにはしかるべき証明書があるはずだ。たぶん、きっと。

それにしても、ロリがわたしに突っかかったり、店にきて商売のじゃまをすることにかまけていなければ、隣の家の売却もうまくいくだろうに。もっとも、お隣が空き家だとプライバシー保護の点からは都合がいい。

アリが出勤してきたので、ようやく従姉のキャリー・アンと話をする機会が持てた。

「あたしが何をしたっていうの?」とキャリー・アンに訊かれ、わたしはふたりの溝が五大湖なみに広がっていることに気がついた。小さなころからずっと仲よしだったのに、そんな関係も変わってしまった。そのことが残念でたまらない。とりわけ、キャリー・アンが当てにならない従業員で、彼女がごたごたを起こすたびに、重いため息をついてその問題に対処しなければならないときは。

双子たちが気さくで、どんな問題も抱えていないのが、せめてもの慰めだ。

わたしたちはおもてに出て、木のベンチにすわった。春の陽射しを浴びながら、おたがいの出方をうかがう。午後のなかばで店はさほど込んでいなかった。アリとホリーが店番をしている。ベンはわたしたちの足もとにすわり、落ち着いて油断なく身構えている。ベンのつねに変わらぬ仕事のやり方だ。

「キャリー・アン、あなたのことが心配なの」とわたしは切り出した。「これは仕事の評価とはまったくべつだから。おたがい腹を割って、正直に話しましょう。だって、何があろうと——あなたが何をしたにせよ、しなかったにせよ——わたしたちは家族だし、あなたのことを大事に思ってるのよ」

「煙草を吸わせて」と従姉は言った。わたしは六カ月、あるいはそれ以上禁煙がつづいていることを、(においから) 事実として知っていた。

「そんな必要はないわ。わたしでよければ、話を聞くから」

「わかった。何を知りたいの?」

「じゃあまず、ローレンとヘティが殺された日の午後から夜にかけて、あなたはどこにいた?」

わたしの口から出た言葉は疑念に満ち、告発に近いものだった。こんなきびしい言い方をするつもりはなかった。やり直し。

「つまりね、残念だったのよ。町じゅうの人が結束しているときに、あなたがいなかったから。おまけに、ガナーがスチューの店にやってきて、あなたが見当たらないって言いだすし」

キャリー・アンは逃げ道を探してあたりを見まわした。

「逃げてもむだよ」とわたしは言った。「きっと捕まえるから」まあ、脅迫というほどではない。自分のビーチサンダルをちらりと見てから、だめ押しをした。「わたしが追いつけなくても、ベンがいる」

キャリー・アンはベンを見た。「冗談よね」

「試してみれば」

あとでハンターに頼んで、ベンが理解できるコマンドの一覧表をもらうことにしよう。〝すわれ〟〝待て〟〝アタック〟など、基本的なものは自分で見つけたが、それ以外となると見当もつかない。万一キャリー・アンが試してみることにしても、ベンに攻撃しろとは命じたくない。もっと穏便な方法で、でも、しっかり取り押さえてほしい。

キャリー・アンは右手で短く立った髪をすきながら、ほかに方法はないかと思案した。ひとつもなかった。

「じつは、これまでときどき隠れて飲んでたの」と、意を決したように打ち明けた。「あの日は、飲んだあと記憶がなくなった。そんな目で見ないで。ブラックアウトといって、めずらしいことじゃないの。ハンターに訊いてみたら？　アルコール依存症の患者にはよくあることだから」

キャリー・アンが依存症だと認めるのを初めて聞いた。本人にとっても初めての経験かもしれない。自助グループ《AA》以外の場所で、という意味だけど。

「そうだったの」とわたし。「つまり、あの晩、自分がどこにいて何をしていたのか、まったく覚えてないのね？」

「これっぽっちも。翌朝目が覚めたら、自分のベッドで寝ていた。服を着たままで、それに……ああ、お願いだからだれにも言わないで……」

「安心して」

「体じゅう泥だらけだったの。まるで森のなかをさまよってたみたいに……どうしよう」と声をつまらせた。「ふたりを殺したのがあたしだったら」

わたしははっと息をのんだ。いったん口を閉じて、ふたたび開いた。

「そんなばかな話、聞いたこともない」

「でも、そうだったかも」

「いいえ、そんなことあるもんですか。それに、第一容疑者はジョニー・ジェイよ」とりあえず、わたしの頭のなかではそうだ。

「でも状況があまりにも悪すぎて」とキャリー・アン。

「あなたに人は殺せない」

「そう思う？」キャリー・アンが洟をすすった。

「もちろん」とわたしは太鼓判を捺《お》した。「もしそうなら、あなたが酒におぼれて、子どもたちへの面会権を取りあげられたときに、ガナーを殺していたはずだから」

「なるほど」と彼女は言った。「それもそうね」

「じゃあ、そのことはしばらく忘れましょう」とわたし。「ハンターはガナーを取り調べた。

あなたのことも捜してると言ってたわ。それはいったいどういうこと？」

「あたしも根ほり葉ほり訊かれた」キャリー・アンは頰の内側を嚙んだ。「殺人事件があった日の午後から夕方にかけてどこにいたのかって。あたしたちがよく知っているハンターとは別人みたいだった。まるであたしが何かしたみたいな口ぶりで」

「そもそも、あなたとガナーはあの日一緒にいたの？」

「ガナーによると一緒じゃなかったみたい。あたしはハンターにブラックアウトのことは話したけど、目が覚めたときどんな状態だったかは、ひと言も言わなかった」

「言ってたら、逮捕されてたかも」

「黙っててくれる？」

わたしはうなずいた。「ええ、この件はふたりでよく考えましょう」

「そういえば、ローレンがジョニーのお父さんをひいたときのことを何か覚えてないかって、ハンターから訊かれたけど」

わたしはオーロラがまえに言ったことを思い出した――現在と未来の出来事はどれも、過去の積み重ねで決まっている、と。ハンターはいま、昔の事実を必死で掘り起こそうとしている。過去と現在の関わりは、わたしが思っているよりもずっと込み入っているのだろうか。検死官の推理には何か根拠があるのだろうか。

「十六年まえに失地を探検した夜のことで、何か覚えてる？」

「なんにも」とキャリー・アン。

「もしかして、それもブラックアウト?」

「ちがうってば。でも、みんな飲んでたし、ずいぶん昔のことだから。一週間まえのこともよく覚えてないのに、そんな古い話を思い出せるわけがない」

もっともな指摘だ。

「それもそうね」とわたし。「じゃあ先週の土曜日のことにしぼりましょう。何か思い出せない?」

「これまでいやというほど、あの日だれとどこにいたのか思い出そうとしてるんだけど」キャリー・アンは顔をしかめた。「こんなにひどいのは初めて」

「あなたを見かけた人がいるにちがいないわ。これからもできるだけ記憶をたどって、何か思いついたら教えて」

「そうする」とキャリー・アンは言った。「それはそうと、ハンターとはうまくいってる?」

胸にしまってある彼の面影が一瞬よみがえり、頬がゆるんだ。ハンターに認められ大切にされていることが、わたしの自信につながっている。「まあね」と答えた。

「でも、不思議に思うことはないの? ハンターみたいないい男が三十過ぎまで独身を通してきたなんて」

わたしは肩をすくめた。「これまで意中の人が現われなかったんじゃない? それとも、女性に深入りするのを避けるタイプかも」後者についてはわたしも真剣に悩んでいた。ふたりのきずながある程度まで深まったところで、急にはしごを外されたらどうしよう。

「もう、にぶいのね」とキャリー・アンは言った。「意中の人はずっと目の前にいたのよ。ただし、彼女のほうにはまったくその気がなかった」

キャリー・アンの表情から、わたしのことだとぴんときた。ハンターとわたしはハイスクールの最終学年の春に別れた。それはべつにめずらしいことではない。かなりの数のカップルがその時期、別々の道を歩むことになる。あれは大人になるためのひとつの節目で、わたしには必要なものだった。恋人と別れ、大学進学のために家を出て、べつの男と結婚した。とんでもない男だったが、それはまたべつの話。

キャリー・アンの話にはまだつづきがあった。「あんたが町を離れていたあいだ、ハンターは彼氏のいない女の子全員とデートした。この町だけじゃなくて外にも手を延ばして。でも、だれとも本気になれなかった。あんたのせいよ」

「まさか」わたしはその女の子たちに急に嫉妬を感じる一方で、キャリー・アンの意見に胸をくすぐられてもいた。「わたしなんかのために、そんな長いあいだ待ってくれる人はいないわよ」

「本人からじかに聞いたんだけど」

「ありがとう、教えてくれて」

キャリー・アンとわたしは友情の復活を祝って抱き合った——何があろうといつもそばにいるという気持ちをこめて、ひとしきり強く抱き合った。彼女はわたしの、わたしは彼女の背後から目を離さない。

キャリー・アンはハエ一匹殺せない人間だ。殺人なんてとんでもない。
そのあと、ベンとわたしは巣箱の点検に出かけた。

30

わたしは生き物が——大きくても小さくても——みんな大好きなので、ミツバチを飼うのは難しい決断だった。生き物の死を見るのは耐えられないのに、ミツバチは年がら年じゅうバタバタと死んでゆく。秋になると冬ごもりにそなえて、働き蜂は雄蜂を巣の外に追い出す。一匹残らず。雄蜂はお目こぼしにあずかれないかと巣の近くにとどまるが、助けの手が差しのべられることは決してない。雄蜂たちはやがて、飢えるか凍えるかして死んでしまう。

それでは、次の世代の雄蜂はどこからくるのかと不思議に思われるかもしれない。そこがまたミツバチの興味深い生態のひとつ。女王蜂はなんと、卵ひとつひとつの性別を決めることができる。受精卵からは雌が生まれる（大部分の卵は受精卵だ。働き蜂や育児蜂はいくらでも必要だから）。未受精卵は雄蜂になる。

それに、蜂たちは人間から見ればとても若いうちに老衰で死んでしまう。ミツバチの寿命は、人がうらやむようなものではない。秋に生まれた蜂は冬を越すが、さもなければ、およそひと月しか生きられず、働きづめの一生だ。バラのにおいをうっとり嗅ぐひまもない。

さらに、養蜂家が巣箱をあけてみると、蜂が一匹残らず——働き蜂も雄蜂も——巣箱の底で死んでいることがある。よそと比べたら、そんな経験は少ないとはいえ、巣箱がひとつでもだめになると、何週間も落ちこんでしまう。

養蜂家は神経が図太くないとやっていけない。わたしには無理だと思えるときが、ときどきある。

ほかの動物に寄せる思いも同じだ。たとえばディンキー。人に聞かれたら困るようなひどいことを考えたこともあるけど、もしあの子の身に何かあったらと思うと、気が気でない。だから、農家に貸し出している巣箱のことはいつも気がかりだ。毎日点検して、群れの様子を確かめることができないから。それでも、これだけ手広く商売できるのはありがたい。商業リンゴ園への巣箱のレンタルは、〈クイーンビー・ハニー〉の事業の大きな部分を占め、そのおかげで経済的にもなんとかやっていける。現金が入るだけでなく、採れたはちみつは手元に残しておけるし、蜂たちも必要とされている場所でお役に立つことができる。農家とミツバチとわたし、だれにとっても都合のいい仕組みだ。

まずは最初の目的地、モレーンの西にある大規模なリンゴ園に到着した。トラックをずっと奥まで乗り入れ、道路から見えないところに止めた。用心に越したことはない。大きな犬歯を持った守護神がついているからといって、ジョニー・ジェイと対決したいわけじゃない。あるいは――行方不明の用心棒たちがまえに言ったように――仇敵のしわざに見せかけて、わたしを亡き者にしようとする殺人犯との対決もごめんだ。

ジョニー・ジェイが無実だとわかれば、それはそれで恐ろしい。

畑を見まわしたが、人っ子ひとりいなかった。善人も、そうでない人も。ペンをトラックから下ろして、用足しとあたりの探索をまかせ、荷台からわたしの道具を取り出した。

このリンゴ園は十五エーカーある。一エーカーにつき巣箱がひとつかふたつとして、およそ二十五の巣箱を点検しなければならない。その巣箱の働き蜂たちはうちの裏庭にいる蜂ほど、わたしに慣れていない。おまけにわたしは少々不器用なので、無難な道を選んだ。今回は上から下まで防護服を着こんでいる。

巣箱をひとつひとつふたを取り、なかを調べた。餌がたっぷりあって、女王蜂の産卵が順調かどうかを確認する。どの群れも愛情をこめてやさしく世話してきたつもりだが、丈夫で健康な巣もあれば、そうでないものもある。でも、それはこの商売にはつきもの。ありがたいことに、全滅している群れはひとつもなかった。

ひととおり見てまわったあと、トラックの荷台に腰かけ、覆面布と帽子を脱いだ。そのとき、スタンリー・ペックから預かった段ボール箱がふと目に留まった。十六年まえ、ローレンが事故を起こした車から私物をまとめたものだ。わたしは箱を引き出し、足を荷台からぶらぶらさせながら、箱の中身をあらためた。

なかに入っていたのは——

・栓のないウォッカの空き瓶（やっぱり。あの子はウォッカが好きだったから）。

・よくあるグローブボックスの中身。車の取扱説明書、車検証、護身用スプレー（まあ、どの車にも必ずというわけではないけど、それほどめずらしくもない。ただし、とっくに期限切れ）。
・女性ならだれでも車に常備しているもの――ヘアブラシ、リップスティック（ピンク）、アイシャドー（青）――その他、運転のあいまにバックミラーで化粧を直すための道具一式。
・服。ジーンズ、スエットシャツ、水着。女の子必携のアイテム。ちょっとした着替えも持たずに、ドライブするティーンエージャーの女子がいる？

わたしは中身を段ボール箱に戻して、捨てることにした。酒瓶は空、書類は黄ばんでボロボロ、服はネズミの巣だったらしく、段ボール箱の底は糞やらかじった布きれやらでひどいことになっている。おえーっ。

ちょうどそのとき、ネズミの落とし物の奥にあるものが目を引いた。糞をよけながら――それはけっきょく無理だったけど――小さくて繊細なロケットのついたチェーンを引っぱり出した。金メッキをしたハート形のロケットで、バラの花が彫ってある。ロケットには、いまよりはるかに若いT・J・シュミットの小さな写真が収められていた。

ローレンのロケットだ。T・Jをまんまと横取りした短い期間の記念品。悪夢のような出来事が降りかかるまえの、つかのまの思い出の品。

恋人の写真を入れた小さなロケットを手にすると、わたしがハンター・ウォレスとつきあっていたころの記憶がよみがえった。ハイスクールで一番いかしてる男子がわたしを好きだとわかって、どんなにドキドキしたことか。手をつないだだけで全身に電気ショックが走った。じつを言えば、いまでもそう。

ロケットをなでながら、ハイスクール時代の宝物をしまった箱のことを思い出した。近いうちに引っぱり出して、時間をさかのぼり、思い出の小径をたどりたい。わたしもこんなロケットを持っていなかったっけ？　女の子はみんな持っていたわよね？

家に戻るまえに、仕事をふたつ片づけた。

ひとつ。リンゴ園の近くにある大型ごみ収集容器《ダンプスター》の前で止まって、段ボール箱と中身を捨て、ロケットをポケットに突っこんだ。どうしてそんなことをしたのかよくわからない。T・Jが、殺人で幕を降ろした短い交際の記念品を欲しがるとは思えない。でもひょっとしたら、ローレンのお母さんには喜んでもらえるかもしれない。よくわからないけど、家族に代々伝わる品という可能性もある。実際、十六年まえのものというより、もっと時代がかって見えた。もっとも、ずっと箱に入っていたから古びてしまったのかもしれない。それでも捨てるのは忍びなかった。

ふたつ。金物屋の前で車を止め、化粧室を借りて、手についたネズミの糞を洗い落とした。そのついでに、ローレンの車のグローブボックスからヒントを得て、ポケットサイズの護身用スプレーを買った。ただしこちらはちゃんと中身が出る。店の駐車場で、細長い缶を実際にシュッシュッとスプレーして確かめた。

攻撃の態勢を整えたベンと、ポケットサイズの催涙ガスがあれば、怖いものは何もない。

「いったいどこに行ってたの？」

P・P・パティの声がした。わたしがトラックから飛びおりるなり、裏庭から声をかけてきたのだ。まるでわたしの尾行をもくろみ、電子機器を総動員したのに失敗したような声。とりあえずは、トラックに細工して追跡装置か何かをつけたわけではなさそうだ。

「巣箱の点検よ」とわたしは言った。「それと護身用具を買いに」

パティがヒマラヤスギの生け垣からひょいと現われたので、買ったばかりのスプレー缶を掲げてみせた。

「そんなもんじゃ、相手はひるみもしないわよ」とパティは言った。

「あなたとジョエルは、彼が言ってたことを全部記事にするつもり？」

「もちろん。これで盛大なデビューを飾るの」

「ジョニー・ジェイの反応が怖くないの？」

「匿名の取材源から情報提供を受けたと言うつもり」

わたしはいらいらして、ため息をついた。

「その取材源がわたしだと思われないかしら？」

「そりゃまあね。だからほら、これがいるでしょう」パティは大型のスプレー缶を寄こした。

「スズメバチ用？」缶のラベルにそう書いてある。「なんのために？」

ミツバチはしょっちゅうスズメバチのせいで無実の罪を着せられている。スズメバチははるかに気性の荒い昆虫だけど、殺虫剤を振りかけて殺すのはわたしの趣味じゃない。

「それをジョニー・ジェイに浴びせてやるの」とパティは言った。「攻撃を食い止められるわ。それに射程が六メートルあるから、近づくまえにやっつけられる。でも油断したり、体がすくんだりして間に合わなかったら、迷わず急所に膝蹴りをお見舞いして、うまく命中するよう祈りなさい」

「どこでこれを手に入れたの？」と訊きながら、ためしにひと噴きしてみた。パティは他人の生活を嗅ぎまわる習慣を断ち切ることができたら、護身術の講師にうってつけだ。ほかでは見られない独得のワザを身につけている。

「これまで何度か危ない橋も渡ったけど、このスプレー缶があればこわいものなし」

「でも、わたしのポケットにはちょっと大きすぎるみたい」

「どんなふうに持ち運ぼうと、それはあんたの自由だから」

「了解」

「これからどこに行くの？」わたしがベンにリードをつけるのを見て、パティは訊いた。

「店をのぞきに」

「一緒に行くわ。そのスプレー缶を渡して。あたしが護衛する」

「ベンがいるから」

「助っ人は多いほどいいのよ」

わたしたちがパティの家を通りすぎたかすぎないうちに車が止まり、ジョニー・ジェイが怒った雄牛よろしく運転席から飛び出してきた。

くるりと背を向けて逃げる時間すらなかった。

31

ジョニー・ジェイは、パティとわたしがそれぞれ武器をかざし、彼にねらいをつけるよりも早く、わたしの前に立ちふさがった。口をあけるひまさえなく、だからベンにも攻撃の命令を出せなかった。こんな状況で、わたしがあの力強い魔法の言葉を思い出せたかどうかはべつにして。

ジョニー・ジェイは目の前にいた。あのいばりくさった、かさのある、力自慢の男が、息苦しいほど間近にいる。

〝頭に血がのぼる〟というきまり文句では、彼のいまの感情を表現するにはとても足りないだろう。

「まだ気がすまないのか？」と彼がわたしの顔の真ん前でわめいたので、金歯の数まで数えられた。はっと気を取り直したわたしは、金歯を数える代わりにスプレーを浴びせた。目に命中しなかったのは、彼が腕を上げて阻止したからだ。ジョニー・ジェイはすばやく退却したが、そのすきにパティから側面攻撃を受けた。パティがスズメバチ用の殺虫剤を彼の後頭部目がけて噴射したのだ。その一部はわたしにもかかった。

ベンは介入すべきだと感じたのか、うなり声をあげた。その声を聞いて全員が震えあがった。

「やめろ！」とジョニーが叫び、おかしなことに、わたしたちはそれに従った。「いいかげんにしろ。動くな。ふたりまとめて暴行罪で逮捕するからな。それから、犬をおとなしくさせるんだ」

「逮捕なんてできないわよ、ジョニー・ジェイ」とわたしはどなり返した。彼がどなっていたので。「休職中なんだから」

「裁判所に訴えてやる」

「つきまとってるのはあなたのほうじゃない！　ストーカー行為で逮捕してもらうわ」

「小型のビデオを持ってるんだからね」とパティが強がりを言った。いまはいているカプリパンツにはポケットがひとつもないからだ。でもジョニーは気がつかなかった。「この人に指一本でも触れたら」とパティ。「あんたの記事がまたもや一面を飾るわよ」

ジョニーは口をあけ、閉じ、ふたたびあけたが、言葉はひとつも出てこなかった。やがてわたしに視線を向けた。「フィッシャー、おまえのせいでわたしはもうおしまいだ」

ジョニー・ジェイはこれまでわたしのことを〝ミッシー〟と呼んでいた。公開の場で謝罪したとき、それが〝ストーリー〟に代わった。いまではただの〝フィッシャー〟？　まあ、彼のほうはいつだってジョニー・ジェイだ。制服を着ていようといまいと。

それに、ずうずうしいにもほどがある。自分のしたことを棚に上げ、責任を人に押しつけるなんて。責任逃れをする人間は大きらい。おばあちゃんは社会に蔓延《まんえん》している問題だと言ってるけど、ほんとにそのとおり。

「自業自得でしょうが、ジョニー」とわたしは言った。「あなたが必要もない暴力を勝手に振るったのよ。女性を痛めつける、しかもビデオを持っている証人の前でそんなまねをするようなおバカさんには、ちょうどいい薬よ」

「もう一度思い知らせてほしい？」パティがスプレー缶を構えて、わめいた。

「いや、待て」とジョニーが言った。その声はまだ大きかったけど、どうやら目を痛めたらしい。泣いたあとのように充血し、せわしなくまばたきしている。わたしも目がひりひりした。パティが殺虫剤をかけまくったせいだ。「いったい何をまいた？」と彼がパティに訊いた。

「スズメバチの駆除剤。まだまだあるわよ。ほらほら、下がって」

またもや驚いたことに、ジョニーはさっと後退した。「くそっ」と言いながら。

ベンがふたたびうなり声を発し、指示を求めてわたしを見た。「すわって、ベン」とわたしは命じた。おかげさまで悪党とわたしたちのあいだにはいくらか距離ができたので。ベンは腰を下ろしたが、頭をめぐらせてジョニーをじっと見すえている。

「あんたと話がしたい」ジョニーがわたしに言った。

従姉のキャリー・アンとアリ・シュミットがバタバタと角を曲がってくるのが見えた。キャリー・アンが先頭で、勢い余ってわたしにぶつかった。わたしもぎりぎりまで気づかず、よけるひまがなかった。押し倒されて、パティの家の植え込みに尻もちをついた。

パティの殺虫剤をまともに浴びそうになるわ、さらにキャリー・アンの体当たりをくらうわで、友人たちの手助けを受けるのもなかなか大変という気がした。

「お客さんが、あなたがからまれてるって教えてくれたの」アリがぜいぜいあえぎながら言った。

「あたしは携帯を店に忘れて、ちょうど取りに戻ったところだった」キャリー・アンがわたしを助け起こしながら言った。「それで、ふたりで駆けつけたってわけ」

「なんのつもりだ?」とジョニー・ジェイが言った。「自警団でも結成したのか?」わたしをじろりとにらんで、首を振る。「やりすぎだ」

「ご名答だよ、あんた」パティがなおもすごむ。

「ストーリーにしつこくつきまとうなんて、どういうつもり?」キャリー・アンが詰め寄った。「まだ懲りてないの?」

「《リポーター》に載る記事のことを聞いたか?」とジョニー・ジェイ。「この女はわたしのことをなんて言ったと思う?」

「事実じゃないことはひと言も言ってないけど」とわたし。パティはいつになったら名乗り出て、その記事に大きな役割を果たしたのは自分だと認めるつもりだろう。彼女をちらりと見やった。目を合わせようとしない。「わたしの車は盗まれたんだ」とジョニーが言った。

「都合がいいこと」とキャリー・アン。

わたしたちは円を描くようにして立っていた。毅然とした女が四人と、しょぼくれたいじめっ子がひとり。ご気分はいかが、と訊いてみたいところだけど、どうせジョニーにはわかりっこない。苛立ちと怒りで頭がいっぱいなのだ。

「おとなしく車に戻って、帰りなさい」とパティが言いわたした。「もう二度とストーリーに近づくんじゃないわよ」とスプレー缶を持ちあげた。指をボタンにかけている。「この次は、はずさないから」

「スズメバチの駆除剤？」キャリー・アンがあきれたような顔をした。「護身用に使ってるの？」

ジョニーはわたしをちらりと見た。一瞬、その目に懇願の色が浮かんだような気がしたが、すぐにいつもの陰険な目つきに戻ってにらみつけた。

「これで終わりだと思うなよ」

「いまのを聞いた？」とキャリー・アン。「あたしたちの目の前で脅迫したのよ」

友人たちがジョニーにつめよる。バッジも銃もなく、わたしたち四人と攻撃犬ににらみつけられた彼は、いつもほど自信たっぷりには見えなかった。

と、いきなり身をひるがえして立ち去り、わたしたちはその後ろ姿を見送った。

全員とハイタッチしたあと、わたしは膝から力が抜けて、歩道にへなへなとしゃがみこんだ。「もし、ひとりだったら」とわたしは言った。「どんな目にあわされていたことか」

「そんなことは考えなくていいのよ」とアリがわたしの隣に腰を下ろした。「あなたはひとりじゃなかったんだから。でかしたわね、パティ」

パティは会心の笑みを浮かべた。

「あなたとキャリー・アンが駆けつけてくれて、ほっとした」

「この次は」とわたしは助言した。「スプレーは正面からまいて。頭の後ろに噴きつけても、なんの役にも立たないから」

「あせってたのよ」とパティ。

「店は大丈夫？」とわたしはアリに訊いた。

「ブレントとトレントがいるわ」とアリ。「もうそんなに込んでないし。あの子たちが店じまいしてくれるそうだから、わたしはこれで上がりなの」

「一杯飲みたい気分」と言って立ちあがりながら、わたしに飲酒の問題があるという母さんの見立ては当たっているのだろうかと不安になった。

「スチューの店に行かない？」とキャリー・アンが言った。

「それはまずいんじゃないの」とわたし。

「あたしのことなら心配しないで」とキャリー・アンは言った。「あそこへ行っても大丈夫だから。それに、飲んべえたちから一生隔離できると思う？　まわりを見なさいよ。猫も杓子も飲んでるじゃない」

「全員じゃないわ」とわたし。「ハンターはちがう」

「じゃあ、あたしたちふたりはその奇特な人間なのよ。だいいち、ハンターだってバーに出入りしてる。ソーダ水を飲んでるじゃない。あたしもそうするから」

そこまで言うなら。とりあえずこれだけの人数がいれば、目が行き届くだろう。わたしたちは通りを進んだ。ベンもわたしの隣を小走りについてくる。

ドアを勢いよくあけてバーに入るまえに、キャリー・アンが最後にもうひとこと言った。

「人が吸ってる煙草の煙でもよかったのに。禁煙になって、ほんとに残念。でも心配しないで。お酒は一滴も飲まないから」

従姉は「心配しないで」をやたらに連発する。わたしは気を引きしめた。

店のなかでは、ケリガン一族がテーブルを囲んでいた――テリー、ロバート、リタ、ガス、その他数名。

「先に始めて」と連れの面々に言った。「ガスと話があるから」

わたしたち一行は通りに面した窓際に、空いたボックス席を見つけた。わたしはケリガン一族のテーブルにおじゃましました。

キャリー・アンへの配慮から、それに、ジョニー・ジェイとの確執以外はどんな問題も抱えていないことを自分に証明したい気持ちもあって、スチューが注文を取りにきたとき、炭酸水にレモンを搾ったドリンクを頼んだ。

母さんにいまのわたしを見せてやりたい。どうしていつも都合が悪いときばっかり現われるのだろう。わたしが醜態をさらしているさなか、とか。

「ジョニー・ジェイについさっき不意打ちをくらったの」わたしはそのテーブルにいたケリ

ガン家の面々に話しかけた。「友だちやベンと一緒でよかった。さもなければどんな目にあわされていたか」

わたしの周囲でつぶやきが洩れた。怒りの言葉が飛びかい、ベンは頭を何度も撫でてもらった。ようやく応援団を見つけた。どうしてローレンの親戚に呼びかけることをもっと早く思いつかなかったのだろう。

「あいつには塀の中に入ってもらいたい」ガスが伸びかけたひげをこすりながら言った。

「辞職ぐらいじゃまだ足りん」

「辞職じゃないさ」とテリーが訂正した。「休職だよ、休暇みたいなもんだ。だが、おれたちの言い分が通れば、やつは二度と戻ってこない」

「あの男がローレンを殺したのよ」とリタがつけ加えた。くぐもった声には恨みがこもっている。

「でも証明できない」とロバート。「とりあえず、いまのところは」

それを聞いて、人ひとりを有罪と立証するには、どれだけの努力と幸運に恵まれなければならないかに思いいたった。たとえ町じゅうが真相を知っていても、適切な証拠か、犯人の自白でもないかぎり、冷血な殺人犯はまんまと逃げおおせ、べつの人間に襲いかかる。考えるだけでぞっとする。

テリーは検討すべき点をひとつひとつあげていき、わたしは苦笑した。その方法はわたしの専売特許だと思っていたから。

「その一」と彼は言った。「ジェイは父親を殺したローレンをいまだに許していない。その二、ローレンが殺されたとき、やつはどこにいた？　仕事柄、だれもその答えを知らない。いつもひとりで路上に出てるからな。確実なアリバイなんぞあるもんか」

「その三」とわたし。べつの視点からもつけ加える。「彼には手段があった。ジョニーは射撃の訓練を受けている。あのふたりの女性に初めから勝ち目はなかったのよ」

「だが、やつのしわざだとどうやって証明する？」とガスが訊いた。「そこが問題だ」

その問いに答えられる人間はひとりもいなかった。

32

キャリー・アンがブラックアウトのあいだの記憶を取り戻すのを手伝おうと、わたしはスチューの手が空くのを待って、先週の土曜日にキャリー・アンを見かけたかどうか訊いてみた。

「夕方、店にきたよ」スチューは、窓際にいるわたしの友人たちをちらりと見やった。

「すごく飲んでた？」とわたしは訊いた。

スチューは大げさにうめいた。「お客のことをあれこれ言いたくないな」と彼は言った。

「商売に差しさわる」

「彼女はうちの親戚だから。教えてよ。ねぇ、スチュー」

「一杯か二杯は飲んだかもしれない」

「キャリー・アンは何ひとつ覚えてないのよ。それぐらいじゃなかったはずだけど」

スチューは首を振った。「ここには、一杯かせいぜい二杯飲むぐらいの時間しかいなかった」

ということは、キャリー・アンは河岸《かし》を変えたのか。スチューの店を皮切りに、どこかべつの場所へ移動した。でも、ここからどこに移動したのだろう。従姉と目が合ったので、頭をわずかに動かして合図した。キャリー・アンはバーにやってきた。

「スチューは先週の土曜日の午後、あなたをここで見たそうよ」と彼女に言った。

「ふうん」と彼女はゆっくり言って、自分の頭のなかを探るような目つきをした。脳みそに分け入り、なんとか思い出そうとしているように。

「その調子」とわたしは言って、ふたりで席に戻った。キャリー・アンは浮かない顔でセブンアップを飲んでいる。スタート地点がわかっただけでもありがたいと思わないと。彼女は先週の土曜日の午後ここにいた。どうして細かいことをひとつも思い出せないのだろう？ 彼女はそこがどうも腑に落ちない。本当は覚えているのに、それを隠しているというなら話はべつだけど。

アリが席をつめて、わたしがすわる場所を空けてくれた。

「ケリガン一族を味方につけたみたいね」と独特のハスキーな声で言った。

わたしはうなずいた。「あとはジョニー・ジェイのしわざだと証明するだけ。楽勝よ」

「甘いわね」とパティ。「警察長なんだから、アリバイでもなんでもでっちあげるでしょうよ」

アリは首をかしげた。

「それはどうかしら。彼のためにうそをついてくれる人を見つけないと」

キャリー・アンが言った。「そうね、そんな人間が必要かもしれない。あんたたちも、あたしが頼んだらうそをついてくれる?」

「あんたがだれかを殺してなければ」とパティがきっぱり言った。「もちろん殺されて当然の場合はべつよ。たとえばそいつ自身が人殺しとか、子どもや動物を傷つけたとか」

しばらくしてリタ・ケリガンが化粧室に向かうのが見えた。わたしは彼女を追いかけて、スタンリーの農場にあった段ボール箱のことを説明した。ほとんどはガラクタだけど、そのなかにひとつだけ例外があったと言って、わたしが見つけたロケットを渡そうとした。

リタはそれを見ようともしなかった。「あの事件に関わりのあるものは、何もいらない」と言って、目をつぶってしまった。たまたま目に入ってしまうのもいやだと言わんばかりに。

「スタンリーにもそう言ったのに。全部まとめて捨ててちょうだいって」

それならしかたない。スタンリーの言うとおりだった。リタはその箱から飛び出してくるどんな思い出とも向き合いたくないのだ。彼女に過去のつらい記憶を突きつけるようなまねをしたことを、申し訳なく思った。

席に戻ったとき、ロケットをテーブルに落としてしまった。

スチューがやってきた。「女子会のみなさん、追加のご注文は?」

「ソーダをもう四杯」とパティが言った。「それとサツマイモのローストもお代わり」

「これはだれの?」スチューが注文を取って引っこむと、キャリー・アンがロケットを手に取った。

「段ボール箱のなかで見つけたのよ。ローレンの車に残っていた私物をスタンリーが集めて、保管してたの」とわたしは言った。「あの子がウェイン・ジェイをひいた夜からずっと」

わたしはつづけて、スタンリーがその箱を捨てようとしたのに、スタンリーの蜂を怖がってトラックに隠れていたホリーが、その箱を無理やりわたしに押しつけたことを話した。そして、ネズミの糞をかき分けて、そのロケットを見つけたいきさつも。

「リタは受け取ろうとしない」と話を締めくくった。「どうしたらいいと思う？」

「あまり上等には見えないわね」とパティが言った。まるで目利きのように。ちなみに、パティの体に余分な飾りはひとつもついていない。アクセサリーのたぐいはまったくなし。

「安物よ。店で売れば？」

アリはキャリー・アンからロケットを受け取って、しげしげと眺めた。ふたをあけて、T・Jの小さな写真を見つけた。懐かしそうな、どことなくせつなげな表情で。

「彼はいつもいかしてたわね」

アリが写真をまわし、みんなも同意した。わたしも含めて。アリの夫が見栄えがすると思ったことは、あのりっぱな歯をのぞいて一度もないけど、アリがそう思っているなら、文句をつける筋合いはない。

アリはロケットをテーブルに戻して脇に押しやった。わたしたちは次から次へと料理を注文した。気力体力が衰えているときは、飲み屋の定番メニューに勝るものはない。わたしはベーコンとチーズをはじめ盛りだくさんの具材をはさんだ、特大バーガーを頼んだ。

けれども、ぜい肉のもとを丸々一個食べてしまいたいという欲求に抵抗して、従姉と分け合った。キャリー・アンはお腹がすいていないと言いながらも、半分受け取って少しかじった。こんなに落ちこんだ彼女を見るのは、ガナーが子どもたちとの面会を制限したとき以来初めて。

それもそのはず、じつは彼女は心配ごとを抱えていたのだ。

一時間ばかりたったころ、ガナーが店に駆けこんできて、店じゅう捜してわたしたちを見つけると、キャリー・アンに、警察が取り調べのために出頭を求めていると伝えた。

「だれがそう言ったの？」とわたしが訊いているあいだに、キャリー・アンはテーブルの下に隠れようとした。

「サリー・メイラーが彼女を捜してうちにやってきた」

「もうおしまいよ」とキャリー・アンが足もとから言った。「この先死ぬまでずっと、金魚鉢の金魚みたいに、檻のなかのサルみたいに過ごすんだわ」

「ただの取り調べだって、ガナーは言ってるわよ」とわたしは言ったが、気休めにもならなかった。「わたしもついていくから」

「いや、ぼくが同行する」とガナーが言った。

「でも子どもたちがいるわ」とわたし。「お父さんはそばにいてあげて」

人生で初めて、わたしは正しい決断をした。アルコールを飲まずにいたのは正解だった。キャリー・アンを警察署まで車で送っていくはめになったから。警察署では、ジョニー・ジェイが脇から一切を取り仕切っていた。町の住人にはずっと休職中だと思わせておきながら。しかも制服まで着こんでいる。

「フィッシャー」とわたしに声をかけた。こんな近くに立たれては気づまりだ。わたしに向かって、これ見よがしに鼻をひくつかせる。お酒のにおいがしないか嗅いでいるのだ。「トラブルと見れば追っかけてくるんだな。その犬をうちの署から出してもらおうか」

「ここで何をしてるの？」とわたしは訊いた。

「容疑者の取り調べに、犯人の逮捕だ。あんたのお仲間はどうした？　携帯は使えるぞ」

「あなたじゃなくて、サリーと話がしたいの」とわたしは言った。キャリー・アンは黙りこくっている。ずっとわたしの後ろにいて、追いつめられた動物、しかもやましいところのある動物のように見えた。

「差し出口はやめてもらおうか、フィッシャー。さあ、キャリー・アン、行くぞ」

そして彼はわたしをロビーにひとり残して立ち去った。従姉はすがるような目で一度振り返ったが、まもなくふたりは視界から消えた。

わたしのもとの計画では、不愉快な手続きのあいだずっとキャリー・アンのそばから離れないつもりだった。それを、この場でベンとすわりこみをするという案に切り換える。外から帰ってきたサリー・メイラーと立ち話をするにおよんで、そのもくろみも崩れた。

「彼がずっと指揮を執ってるわ」わたしに訊かれて、彼女は認めた。「あの手の男はしぶといのよ」

「それは違法じゃない？」

サリーは皮肉な笑みを浮かべた。「いいえ」そうだったらいいのに、といわんばかりの口ぶりだ。「いずれ新聞社が嗅ぎつけて、復職したと書きたてる。そのころには警察長は、ご大層な声明を用意してるでしょうよ」

「彼はどうしてキャリー・アンに目をつけたの？」

「証人になってくれそうな人間がいるのよ。ローレン・ケリガンとヘティ・クロスが殺される少しまえに失地でキャリー・アンを見かけたと言ってる」

そんなことを聞くとは思っていなかったし、聞きたくもなかった。

「でも……でも……だれがそんなことを？」

「それは言えない。もう帰りなさい。釈放が決まったら連絡するわ、そうしてほしければ」

わたしはハンターに電話した。

「ヘティとローレンが殺されてそろそろ一週間よ」とわたしは言った。「ジョニー・ジェイの捜査はどうなってるの？」

「彼は犯人じゃない」

「ケリガン一族は全員、彼のしわざだと思ってるけど」

ハンターは沈黙を守り、わたしもそれにならった。

「ジョニーはいまキャリー・アンを尋問してるのよ」としびれを切らして言った。

「知ってるよ、すまない」

「こっちにきて、彼女を釈放してよ。せめて口添えぐらいできないの？」

「きみはそこにいるのか？　警察署に？」

「ここであなたを待ってる」

「ぼくはキャリー・アンと個人的なつながりが深すぎる。幼なじみだし、アルコール依存症《A》自助グループ《A》の助言者だ。この時点で警察官として関与するのは、利益の相反になる。いまのところは距離を置いて、ジョニー・ジェイに尋問させるしかない」

「いまどこ？」

「ノーム・クロスに会いにいく途中だ」

直感だか虫の知らせだか知らないが、それを聞いたとたん、おしゃべりな証人がだれかぴんときた。ノーム・クロスがキャリー・アンを失地で目撃したのだ。

あるいは、目撃したと言っている。

33

ベンは助手席に乗った。わたしたちはモレーンの町を通り抜け、反対側に出た。そこからクリーマリー道路をたどったが、ノームの家につづくわき道には曲がらなかった。ハンターにわたしのもくろみを知られたくなかったので。

ハンターとノームがどんな会話を交わすにしろ、ハンターが帰ったあとでノームから聞き出すつもりだ。わたしの恋人未満の男友だちは、どうせ捜査の内容を教えてくれないから。実際、わたしは蚊帳《シャドウズ》の外に置かれていた。いまいる場所も、文字どおり、暗がり《シャドウズ》だ。

カントリー・ディライト農場のリンゴ園に車を止めたときには、あたりは漆黒の闇だった。ここならだれにも見とがめられずに、道路を見張ることができる。もうじきハンターのSUVがクリーマリー道路を通りすぎるはず。それを見届けてから、ノームの家を訪ねよう。こんなことをしているのは従姉を窮地から救い出すためとはいえ、少女探偵ナンシー・ドルーとシカゴのタフな女探偵V・I・ウォーショースキーを足して二で割ったような気がした。なかなかいい気分だ。言うまでもなく、彼女たちはいつも事件を解決する。わたしも先輩たちを見習いたい。

だから、しんぼう強く待った。

ところが、いつまでたってもハンターが路上に現われない。見逃してしまったのだろうか。警察署を飛び出して、リンゴ園に隠れるまで十分足らず。しかも電話で話したとき、ハンターはまだノームの家に到着していなかった。

もし本当にハンターを見逃したとしたら、ノームが留守だったのですぐに立ち去ったのだろう。もしそうなら、ここで一晩じゅう張りこんでいてもハンターはもうこない。

どうしよう?

ノームの家の前を通りすぎれば、ハンターがいるかどうか確認できる。

とりあえずそうすることにした。

ノームの家にゆっくり近づきながら、念のためにトラックのライトを消した。ハンターが外にいて気づかれては困る。ところが、そんなことよりもっと心配な事態が進行していた。

なぜなら、サイレンの音が近づいてきたからだ。サイレンは不吉なものと相場は決まっている。

わたしは車を脇に寄せて止め、ハンターに電話した。

「あのサイレンはなんなの?」と訊いた。パトカーのサイレンではありませんようにと祈りながら。

「救急車だ」とハンターが言った。そちらも不吉さでは劣らない。「ノーム・クロスが心臓発作を起こした。ぼくの見立てだけど」

「命に別状は？」

「息はある。でも危険な状態だ」

「手伝いにいきましょうか？」

「いや、もう遅いから。帰りにきみの家に寄るよ」

そういうわけで、わたしは方向転換して家に向かった。途中で救急車やパトカーとすれちがった。

とうとう厚切りのベーコンが命取りになった。ノームは持ちこたえられるだろうか。もしだめなら、だれがお葬式を出すのだろう。彼とヘティには子どもがいない。でも、親戚ならどこかにいるはず。

うちの通りに曲がろうとしたところで、大事なことを思い出した。

ディンキーはどうしているだろう。無事かしら。ノームが入院したり、万一亡くなったりしたら、あの子の行く末は？

わたしは路上で百八十度向きを変え、後戻りした。ベンが助手席からけげんな表情でこちらを見た。「ディンキーの様子を確かめにいかないと」とベンに言う。どうして犬に言い訳しているのだろうと思いながら。

救急車のライトはまだ点滅していたが、サイレンは止まっていた。車の周囲にはだれもいない。わたしはポーチからなかをのぞきこんだ。いくつもの声とあわただしい動き。外で待つことにした。

しばらくして、ようやく意識のないノームが担架で運ばれ、救急車の後部に収まった。ハンターはしんがりだった。ディンキーを抱いている。

彼はこれまで見たこともないほど感謝にあふれた表情で、そのお荷物をわたしに託した。

「ベッドの下に隠れてたんだ。きてくれて助かった」

わたしは黙ってうなずいたが、内心、ハンターの役に立つことができて、飛びあがるほど嬉しかった。たとえ、彼がディンキーを厄介払いできてほっとしているだけにせよ。

「どんな具合だったの？」とわたしは訊いた。

「彼に話があって訪ねると、床に倒れていた」

「あの体重と脂っこい食事を考えたら、まだ息があるだけ運がいいわ」

ハンターはわたしの腕をぎゅっとつかんだ。

「恩に着るよ。二、三日預かってもらえないかな」

「いいわよ」救急車がライトを点滅させ、サイレンを鳴らしながら遠ざかっていくのを見送る。

「ノームとはどんな話を？」わたしは、キャリー・アンの目撃者に関する情報を得ようとした。「まだ容疑が晴れてなかった、とか？」

どこまで情報を明かしていいか、ハンターが悩んでいるのがわかった。ようやく「ノームはローレンとヘティが殺された夜、家の裏手の森である人物を見かけたんだ」と言った。

「そして、それがキャリー・アンだと思った」とわたし。

ハンターはうなずいた。「身元については絶対にそうとは言いきれない。でも、短くて黄色い髪をした女性だったのはまちがいないそうだ」

「そんな髪の女の人ならいくらでもいるわ」とわたしは言った。

「そうかな。このあたりでほかにだれがいる？」

彼はいい点を突いてきた。キャリー・アンの好みはかなり個性的だから。

「どうしてノームはいままで黙ってたの？」

「まえから言ってたんだ。ぼくたちがその発言にもとづいて捜査してこなかっただけで」

従姉はどうしてこんなまずい事態に陥ってしまったのだろう。さらに言うなら、彼女をどうやって救い出せばいいのだろう。「家のなかから、ディンキーの餌とおもちゃを取ってくる」とわたしは言った。

何を荷造りすればいいかはわかっていた。餌、犬用ガム、ピンク色の〝毛布ちゃん〟、それはまたしても汚れていた。こんなに早く、ここまで汚れるなんて。毛布があったノームの寝室は、家のほかの部分と同じく、不潔で散らかり放題だった。

ディンキーはベッドの下に駆けこみ、出てこようとしない。

「おいで、いい子だから」と猫なで声を出しながら、まえに預かったときも、この犬のせいで死ぬほどいらいらしたことを思い出した。膝をついてベッドの下をのぞくと、ディンキーがこちらをじっと見ているのが見えたが、手が届かない。しかたなくベッドを壁から離して、そちら側から攻めることにした。何度か行きつ戻りつして、ようやく捕まえた。

ベッドの位置を戻したとき、テーブルにぶつかり、ものが床に落ちる音がした。そのままにしておいてもだれも気づかないだろうけど、目についたものを拾って、もとの場所に戻そうとした。落としたものの大部分は、処方薬だった。ひとつは高血圧用の水薬。もうひとつは不安を感じたら服用するようにと指示されていた。

「すっかり遅くなってしまった」ハンターは、わたしが薬の瓶を渡すとそう言った。「きみの車のあとからついていって、無事に家に入るのを見届けるよ。それから薬を病院に届けて、ノームの様子をのぞいてくる」

わたしたちはそうした。彼が帰ると、わたしの手もとには、針金のような毛皮で覆われたディンキーという名の手ごわいおチビちゃんと、もっと頼りになる招待客のベンが残された。過去の事件が気になってしかたないのも、ハンターの置き土産のひとつだった。記憶の奥底に埋もれていたものが、姿を現わそうとしていた。

34

翌朝、濡れた舌で顔をなめまわされて目がさめた。六秒ほど、ハンターにキスされている夢を見ていると思いこんでいた。目をあけると、毛むくじゃらの顔と濡れて冷たい鼻が目の前にあった。

やれやれ、ディンキーだ。

ベンは床で丸くなり、頭を下げ、片目でわたしたちを見ている。くつろいでいるように見えた。

失地で死体が見つかってから、こんなにぐっすり眠ったのは久しぶりだった。昨夜、気持ちよく夢の国にいざなわれたのは、いつも警戒を怠らない頼りになるベンがそばにいてくれたから。それなのに、こんなに長いあいだ犬を怖がってきたなんて。わたしが何を言おうと何をしようと――いついかなるときも、無条件に――愛してくれる仲間がいるという素朴な喜びをみすみす見逃してきた。

ベッドから飛び起きて、まずはベンとディンキーを裏口から庭に出してから、朝の仕事に取りかかった。コーヒーを淹れて、二匹を呼び戻し、シャワーを浴びて黄色い上着とジーンズに着替え、犬たちに餌をやる。ディンキーがベンの餌をくすねるのをやめさせてから――ベンにそこまでがまんさせては気の毒なので――自分のトーストを焼いて、はちみつバターを塗った。

アリ・シュミットから電話があったので、わずかとはいえキャリー・アンのことで知っていることを伝え、ついでノームの身に起こったことも話した。ただしノームが殺人のあった夜にキャリー・アンを見かけたと思っていることについてはそっくり省いた。ハンターはわたしを信頼して内部情報を教えてくれた。その信頼を裏切るつもりはない。

「キャリー・アンはだれも殺してないわ」わたしはアリにそう言った。

「それにしても、不利な状況がそろっているのね」とアリ。

たしかにそのとおりだけど、あきらめるつもりはない。アリにもそう言った。

「一度、みんなでじっくり話をしないと」とわたしは言った。「ウエイン・ジェイが死んだ十六年まえの夜のことを」

「どうして？　過去はそっとしておきましょうよ、ストーリー。そもそも、わたしはあの晩、現場にいなかったし。あなたも知ってるでしょう」

でもT・Jはいたじゃない、とわたしは言いたかった。

そのときアリが、今日、診察のキャンセルが出たので、そこにわたしの虫歯治療をインクで――鉛筆でなく――書きこんでおいたと言った。それればかりか、わたしが店を口実に、あの麻酔注射から逃れるという道まで断ってくれた。アリがつづけて言うには、わたしが診察室の椅子に落ち着いたら、すぐに店に駆けつけ、店番を代わってくれるそうだ。それはどうもご親切に、アリ。胸のなかでつぶやいて電話を切った。

これまでのところ、警察署のサリーからもだれからも釈放の連絡がないので、キャリー・アンまだ拘束されているのだろう。

ちょうどそこへ、ハンターが玄関ドアをノックした。ジーンズ、ハーレーダビッドソンのブーツ、保安官事務所から支給された薄手のウインドブレーカーという野外捜査用のいでたちだ。

彼はこれまでで一番やさしいキスのひとつをしてくれた。もとどおりの暮らしが戻ってくるまで、そのキスを抱きしめて引きこもっていたい。もとどおりというのは、事件が解決し、もうジョニーにわずらわされず、殺人犯は塀の中という意味だ。

「ベンを引き取りにきた」と彼は言った。「今朝、訓練があるから」

わたしはしょげ返った。「そんな、いまさら……ベンを頼りにしてるのに」

「すまない、でも今日はベンを置いていくわけにはいかないんだ。人目のあるところにずっといたらどうかな。あとは、怒りを抑制できない人間をやたらと刺激しないこと。いいね？」

「そうする」ふだんよりも素直にうなずいた。

「店まで送っていくよ」ベンはSUVの助手席に乗せて待たせておくことにした。ディンキーはわたしの腕にすっぽり収まった。

「キャリー・アンはどうなった？」と彼にたずねる。

「引きつづき勾留中だ。それしかわからない。ほかのことを話さないか？」

「従姉の身を心配しちゃいけないの？」

「今朝、様子を見てきた。変わりないよ」ハンターはわたしの空いている手を取り、たくましい手にすっぽり包みこんだ。「ノームはまだ重態だ」

「持ちこたえてくれたらいいけど」

「そうだな」

「ノームの証言と彼女の証言がぶつかることになるわ」

「この事件もいずれ片づくさ」ハンターが励ますように言った。

わたしたちは残りの道のりを黙って歩いた。念のためにリードをつけてディンキーを下におろし、最後にもう一回、家のなかではなく外で用足しをさせようと努力していると、ハンターがわたしを建物の壁にもたせかけ、そっと体を押しつけてきた。

「一緒にいられなくてごめん」と彼は言った。「今晩は息抜きしよう。うちで夕食を食べないか。ぼくが料理するよ」

「楽しみにしてる」

彼はわたしの唇を指で押さえた。「ただし、仕事の話はなしだ。きみとぼく。ぼくたちふたりのことを話そう」

「いいわね」

「雨が落ちてきたな」

「急いで戻ったほうがいいわ」

ハンターがきびすを返して歩み去るころには、彼に腹を立てていたことをすっかり忘れていた。気分もうんとよくなった。ハンターが骨を一本投げてくれただけで、すっかりご機嫌になっている。後ろ姿を見送りながら、ハンターは強いし有能だから、すぐに真犯人を見つけてくれると思った。でもとりあえずいまは、彼が好むと好まざるとにかかわらず、事件から手を引くわけにはいかない。キャリー・アンはわたしを必要としている。

雨が本降りになってきたので、店の日除けの下に駆けこんで、店をあけた。キャリー・アンを助ける計画ならもう立てていた。ベッドから起き出すまえに思いついたことだ。

その一。わたしは犯罪捜査の方法は何も知らないし、そもそも本人が覚えてもいない事件当夜の足取りをどうやって追えばいいかもわからない。ずぶのしろうとだから、実地で学ぶしかない。その二。前進するには、ひとつひとつやり遂げるしかない。正しい質問をし、得られた答えをたどる。あまり得意とはいえないけれど。

いまさらとはいえ、店にしばりつけられているのも泣き所だ。

車軸を流したような大雨になったので、店の明かりをつけた。ホリーが出勤してくるまではひとりだけど、妹はどうせ遅れてくるに決まっている。キャリー・アンがいないのは痛手だった。

「できるだけ早く出てきて」とホリーを電話でせかした。「キャリー・アンが警察で取り調べを受けていて、しばらく帰してもらえそうにないの。店はわたしひとりだから」

「すぐ行くわ」と妹は言った。なんとまあ。ちょっと怒ってみせるのも悪くない。

でも、それはぬか喜びだったのかもしれない。それから一時間半というもの店はすいていたけれど、ホリーはいっこうに姿を見せなかった。スチューがいつものように新聞を買いにきたので、キャリー・アンについて情報を交換したが、めぼしいものは何もなかった。それにしてもスチューはいつ寝ているのだろう。バーを遅くまでやっているのに、翌朝十一時にはランチのために店を開け、毎朝だれよりも早く出勤する。

店を経営するということがどれだけ大変か、同じ立場になってみないことには、なかなかぴんとこない。自分で経験して初めて、店を繁盛させるには時間とお金と血のにじむような努力が大切だとわかる。

そこへ、絞り染めの麻の服を着たオーロラがやってきた。わたしに声をかけて、有機農産物のコーナーに向かう。彼女が戻ってくると、キャリー・アンにまつわる最近の出来事が話題にのぼった。オーロラはまたもや言った。「そういう運命なのよ」

「水晶玉を持ってる?」と訊いてみた。「もし持ってるなら、わたしものぞいてみたいんだけど」

オーロラはモナリザを思わせる謎めいたほほえみを浮かべた。

「わたしもよ。でも、それは大きなまちがいかもしれない。だって、結果がわかったところで、それを止めることはできないから。まあ、その未来が気に入らない場合だけど」

なるほど、それも一理ある。

「この世のすべては因果応報なの」オーロラは聴き手が現われて嬉しそうだった。

「過去が現在と未来を決めるのよね」とわたし。「ローレンが殺されたとき、たしかそう言ってたでしょ」

「そのとおり。いま起こっていることを理解したければ、過去の出来事を調べないと。ただし、あなたが何をしようと結果を変えることはできないのよ」

その不吉な予言を残して、オーロラは小さな買い物袋をさげて雨のなかに出ていった。ゆっくりした足取りなのは、雨に濡れることが気にならないのか、ひょっとしたら気づいていないのかもしれない。

過去がどんどん近づいてくる。

よし、とわたしは腹をくくった。過去を訪ねてみよう。

わたしは、みなと同じように、ローレンがウェイン・ジェイをひき殺したと思いこんでいた。もし検死官の見立てどおり、別人が運転していたとしたら、それはいったいだれだろう。見当もつかない。

でも、うら若き娘をこんなに長い年月、無実の罪で刑務所に入れておくなんて。それはどこからどう見てもまちがっている。あまりにもむごい。

雨のなか買い物にきたひと握りのお客たちとあれこれ雑談しているうちに、ホリーがようやく到着した。キャリー・アンの問題とノームの心臓発作について最新の情報を伝える。

「これからどうするの?」とホリーが訊いた。

「十六年まえのあの夜のことを、できるだけくわしく思い出してみるつもり。難しいかもしれないけど」わたしが頭のなかで思いめぐらせているのと同じ結論を、はたしてホリーも引き出すかどうか。

「あまり覚えていないのよ」と妹に言った。「わたしたち六人――ハンターとわたし、キャリー・アンとガナー、T・JとローレンＩ―は、一緒に失地に出かけた。しばらくしてローレンがT・Jに腹を立て、ひとりだけ先に帰ってしまった。それだけ」

「よく考えて。そのあと何があった？」

「なんにも。彼女を見送ってから、解散したの。T・Jはローレンのあとを追いかけていったけど、少し時間がたっていたから見つからなかった。残りのわたしたちはもうしばらくして失地を出た。ランタンマンが出るんじゃないかと警戒してたけど、けっきょく現われずじまい。それでおしまい」

わたしはごくりと唾を飲んで、その先をつづけた。

「でも、その話にはまだつづきがあるの。検死官のジャクソンが言うには、だれかべつの人間があの夜、車を運転していたんじゃないかって。その言葉をうのみにはできない。彼は酔っ払ってたし、こじつけみたいに思えるから。でもそれ以来、考えるのをやめられないの。もしそうならって」

「いいかげんにしなさい、母さんならそう言うわね」ホリーの声がはずんできた。さすがは妹だ。「それに、T・Jは彼女を追いかけていったんでしょ」

「そのことはこれまで思い出しもしなかったの。あの当時も問題にされなかった。ローレン以外の人間が車を運転していたなんてだれも思わなかったから」

「それなら、姉さんはT・Jがローレンを見つけられなかったってどうして知ってるの?」

わたしは口ごもった。「本人から聞いたような気がする」

「いつ?」

「あの当時よ、でも事件のあとだった」

「ということは」ホリーとわたしは目と目を見かわした。わたしたちが出した結論は同じものだった。パズルのピースがようやく組み合わさってきた。しかも、それはジョニー・ジェイとはまったく関係のないものだった。

35

雨足があまりにも激しくて窓の外がよく見えず、おもての日除けをたたきつける音だけが聞こえた。店にはお客がひとりもいない。

「じゃあ」とわたしは言った。「T・Jがローレンに追いついて、家まで車で送ったとしましょう。彼は誤ってウェイン・ジェイをひいてしまった。でもウェイン・ジェイは死なず、しかも運転手の顔をしっかり見ていた。T・Jは酒気帯び運転をしていて、これはまずいことになったと思った。彼には将来の夢があった。物心ついたときから歯科医になりたかった」

「でも殺人の容疑で告発されたら、その夢が台無しになってしまう」と、ホリーがつづきを言った。興奮し、すっかり夢中になっている。「COL（いやだ）！　ありえるじゃない。そのあとT・Jはウェイン・ジェイをもう一度ひいて止めを刺し、車が木にぶつかったあと、ローレンを置き去りにして罪をかぶせた。その時点で彼女は気を失っていたんでしょう。でもどうして、いまになって彼女を殺すの？」

わたしの番だ。「ローレンが町に帰ってくると知って、彼女が真相に気づいたのかもしれないと思った。彼に真実を突きつけるために帰郷するんじゃないかって。だから殺した」

「でも、ローレンが戻ってくることをどうやって知ったのかしら?」とホリー。

その質問の答えはすぐに頭に浮かんだ。「その答えならまかせて。このまえ治療を受けたとき、T・Jが言ってた。患者は彼に個人情報をべらべらしゃべるって。医者のことをかかりつけの心理療法士か牧師みたいに思ってるのよ」

ちょうどそのとき、わたしの真後ろで大きな声がした。「でかしたわね!」

ホリーが悲鳴をあげた。わたしも。

パティが立っていた。緑色のレインコートをはおった姿は、緑色の沼から水を滴らせながら這い上がってきた妖怪そのもの。

「もう、人を脅かすのはやめてよ」わたしはその化け物の正体が、こっそり這いよってくる《クローリー》気色の悪い《クリーピー》パティ《C・C》だと知ってほっとした。これからもこんなまねをつづけるなら、ぼやき屋《P・P》パティ改め、脅かし屋パティと呼ばなければならない。

「いまの話、すっかり聞かせてもらった」と彼女は言った。「あたしたち、とうとう謎を解いたみたいね」

「あたしたち?」とホリーが訊き返した。「あなたはいまきたばかりじゃない」

パティは聞き流した。「もっと証拠が必要だわ。それに動機も。死が迫っているローレンを、どうしてわざわざ殺したのか?」

「そこまでは知らなかったんじゃないかしら」とわたし。パティはわたしと妹の会話の一部を聞き洩らしたにちがいない。「あるいは、彼女に真相を知られていると思ったか。いまのところは、どれもこれも仮定の話だけど」

パティはわたしが受話器を取りあげ、番号を押しはじめたのを見とがめた。

「何をしてるの？」

「歯科医院の予約を取り消すのよ」とわたし。

パティが駆け寄り、受話器をひったくった。「ちょっと待って。予約があるの？」

「今日これから。電話を返してよ」

「本当に彼と会うの？」とパティが確かめる。

わたしは首を振った。「もう会わない。これから予約を取り消すから」

「だめ、待って」パティがレインコートをさっと脱ぐと、首から七つ道具がぶら下がっているのが見えた。雨に濡れないようにまとめてビニール袋をかぶせている。いくつかはベルトにはさんであった。「願ってもない機会じゃないの」

わたしはうめいた。「あなたにとってはね。お待ちかねの特ダネでしょうよ。仕事のためにわたしを犠牲にするつもり？」

「あたしがすぐそばにいるから。何も起こりゃしないわよ」

「警察に連絡したほうがいい」とホリーが言った。「警察にまかせましょう」

わたしは思案した。「ジョニー・ジェイがいまでも裏で指揮を執ってるのよ。彼なら常識に耳を傾けるより、わたしを街灯から吊すでしょうよ」

「わたしが話してくる」とホリー。

「彼はあんたも恨んでるわよ」とパティが教えた。「考えてみれば、あたしのことも。こうなったら自分たちの力でなんとかしないと」パティの目は期待にはやっていた。「千載一遇のチャンスなんだから。これをものにしたら新聞社に雇ってもらえる。本物の記者になれるのよ」

「ハンターに電話する」とわたし。

パティはせせら笑った。「そうね、ボーイフレンドに泣きついたらいいわ」

パティを無視して、わたしは携帯でハンターにかけたが、留守電になっていた。ＡＳＡＰ（なるべく早く）折り返してほしいと伝言した。

「今日はＫ９係の訓練なの」とわたしはホリーとパティに言った。「携帯は身につけていないのよ。電源を切ってるのかもしれない」まえに訓練を見学したことがあって、彼がポケットを空にしたのをぼんやり覚えていた。犬の攻撃訓練をするときに、何も壊されないように。毎度のことながら、まったくついてない。

パティが身を乗り出した。何やらたくらんでいそうな、真剣な、本物の記者そこのけの態度で。「大丈夫よ。三人でやりましょう。あたしたちがついてるから、ストーリー」

「わたしは数に入れないで」ホリーの声はかすれていた。「店にいないと」

妹は責任感あふれる店主に早変わりした。すばらしい。

「まだ、うんと言ってないけど」と、わたしはパティに釘を刺した。

「あんたは歯科医院に患者として潜入し、手きびしい質問を突きつけ、彼の秘密に気づいていることを知らせる」とパティは言った。「あたしはすぐ外で待機して、あらゆる動きを見張る。ビデオもオーディオ機器も必要なものは全部そろってるから。大船に乗ったつもりで、あたしにまかせなさい」

「このまえおまかせしたときは」と前回のことを持ち出した。「あんたはさっさと逃げ出し、こっちはノームの家においてきぼりで、ひどい目にあったけど」

パティは苛立たしげに天を仰いだ。

「でも、ここぞというときにあんたを助けた。ちがう？」パティは答えを求めているわけではなかった。頭をせっせと働かせて、細部をつめている。

わたしはもう一度ハンターに電話した。出ない。

それから時計をちらりと見た。もう時間がない。望むと望まざるとにかかわらず、わたしは深みにはまりこんでいた。ああ、どうしよう。歯科医院の予約はたしかに、T・Jと対決し、ことによると真実を引き出せるかもしれない願ってもない機会だ。それに支えてくれる味方もいる。たかがパティと妹だけにせよ。さあ、どうする？

パティは〝武器庫〟を探って、小型の電子機器を取り出した。「これをつけて。ただし盗聴器じゃないから、あたしに声は届かない。デジタル式のボイスレコーダーなの」と説明した。「次善の策ってわけ。粘着テープはどこ？」

「二番通路」と妹が言って、自分で取りに行った。

「胸の谷間に貼りつけたいんだけど」パティはわたしの胸を検分した。「まあ、なんとかなるでしょ。人の声に勝手に反応するから、いちいち操作しなくてすむし。これで会話はばっちり記録できる」

「もし危ない目にあったら、だれが助けにきてくれるの？」

「あんたの仕事はT・Jに自白させること」とパティが言った。「彼はまんまとあんたを捕えたと思って油断し、洗いざらいしゃべるでしょう。もし不穏な動きが見えたら、あたしがドアからなだれこむ」

「お粗末な作戦ね」とわたし。

でもそのとき、従姉のキャリー・アンのことを思い出した。留置所に閉じこめられ、アリバイもなく、記憶がとぎれているあいだに人を殺したかもしれないと怯えている。ローレンのように、無実の罪で刑務所に行かせるわけにはいかない。もしこの作戦がうまくいったら、従姉は今日じゅうに釈放されるだろう。

「ずいぶん、かさばるのね」ホリーが、盗聴器を仕込んだブラをじろじろ見ながら言った。

「気づかれないかしら」

「大丈夫だって」とパティ。「例の殺虫剤を持たせたいところだけど、あやしまれるし。あんたの護身用スプレーは？」

「ポケットのなか」

「じゃあ、手順を覚えて」とパティはつづけた。「まず最初に、十六年まえの事件の夜、彼がローレンの車を運転していたことを話す。彼の反応に目を光らせること」

わたしはうなずいた。

「それと、彼に治療させちゃだめよ。何がなんでも」

わたしはごくりと唾を飲みこんだ。

「よし、じゃあ行きましょう」

「あとひとつ」わたしはみずから虎穴に入るまえに言った。「わたしを診察室に案内したら、アリはすぐここにきて、わたしが戻るまで手伝ってくれることになってるの。ホリー、アリにはひと言も洩らしちゃだめよ」

「K（了解）」とホリー。「まかせて」

まかせてくれと言った妹は、爪を嚙んでいた。すごく緊張しているときに出る癖だ。よい兆候とはいえない。

36

パティは虎の穴に通じるドアの前にわたしを残し、偵察にぴったりの場所を探しに建物の裏手に消えた。わたしは深呼吸をひとつして、なかに入った。

アリが受付にひょっこり顔を出した。待合室はわたしたちふたりだけで、あとはだれもいない。「あら」とわたしを見て、驚いたように言った。「本当にきたのね。えらいわ。奥で用意をしてくるから、すわってて」

そこでわたしは椅子に腰かけ、T・Jに肝心の質問をぶつけたあと、どんなふうに話を進めようかと思案した。たいしたことは思いつかなかった。でも、なにしろわたしは失言の名人。何かしら口からぽろっと飛び出すだろう。

キャリー・アンの記憶の空白について、よくわからないことが二、三あるので、待ち時間を有効に使うことにした。

「ねぇ、スチュー」と、声をひそめて携帯をかけた。「キャリー・アンはローレンが死んだ日の午後、バーにいたのよね。その件で訊き忘れてたんだけど、彼女、だれかと一緒だった？」

——よく覚えてない。注意を払っていなかったから。

「T・Jは店にいた？」

——いなかったんじゃないかな。でも、歯医者の名前が記憶を呼びさましたらしく、スチューは、アリがキャリー・アンと一緒にいたように思うと言った。そうそう、思い出したよ。

それを聞いて、背筋に冷たいものが走った。わたしは周囲を見まわした。アリの姿は見えなかったが、奥から鼻歌が聞こえた。

「ふたりは一緒に帰ったの？」

——どうだったかな。

「T・Jがバーにいなかったのはたしか？」

——まずまちがいないと思うけど、絶対にそうとは言いきれない。

「あとひとつ」とわたし。「お酒を一杯か二杯しか飲まなかったのに記憶がないとしたら、それはどうしてかしら？」

「薬だよ」とスチューは言った。「アルコールに何かの薬を混ぜたんだ」

わたしは電話を切った。そして、歯科医院にあるさまざまな種類の薬剤に思いをはせた。きっとT・Jは薬をたくさん持っていて、用途にもくわしいだろう。その気になれば、キャリー・アンの飲み物にも細工できたはず。それならブラックアウトの説明もつく。

彼が一服盛ったのは、キャリー・アンに罪をかぶせるためだとしたら？　ことによると彼女を失地まで連れていき、意識を失った彼女を置き去りにして、自分はそのあいだにローレンと落ち合って、ヘティともども殺したのかもしれない。もしそうなら、ノーム・クロスがキャリー・アンを目撃したという証言とも合致する。

T・Jがわたしにも一服盛ろうとしたらどうしよう。パティがさっきほのめかしていたように。

それは困る。

アリはキャリー・アンと一緒にバーにいた。彼女も薬剤についてくわしく、使い方も心得ているはずだ。歯科医院を何年も手伝っているのだから。

もしかしたら、わたしたちが追っているシュミットはシュミットでも、人違いでは？

ちょうどそのときアリが待合室に戻ってきて、わたしをT・Jの拷問室へ通した。わたしは治療用の椅子にすわった。

「T・Jは？」と訊いた。内心の緊張が声に出ていませんように、と祈りながら。

「あっちの部屋で患者さんの治療中。もうじき終わるわ」アリはわたしの首にビニールのエプロンをつけた。「トレイを持ってきて準備をすませたら、すぐに店に行くわね」

パティが窓のすぐ向こうを通りすぎるのが見えた。ここよ、と大声で知らせたかった。わたしに気づかなかったのかと思いきや、ひと呼吸おいて顔を出し、親指を立てて合図してから窓の下にしゃがみこんだ。わたしがお守り代わりに膝の上で握りしめている携帯は、手の汗でぬるぬるしている。

T・Jが入ってきたらなんと言おう？　へたな小細工はせずに、いきなり非難したほうがいいだろうか。十六年まえのあの夜、何があったかお見通しだと匂わせる？　はったりをきかせる？　でもアリの役割は？

まだわからないことだらけだけど、なんとしても、虫歯の治療だけは待ったをかけなければ。この問題がすっかり解決するまで、夫婦のどちらにも指一本触れてほしくない。

アリが治療器具を満載したトレイを運んできた。「もっと楽な姿勢にしましょうね」と言ってボタンを押すと、椅子が倒れて、よりくつろいだ姿勢になった。ただし、わたしはちっともくつろいでいなかった。

アリが道具を並べようと体をかがめたとき、ハート形のロケットが首から下がり、襟の下に押しこんであるのが見えた。

わたしは内心うめき声を上げた。頭がようやくフル回転しはじめた。

あのロケットだ！　あの日、ガナーがバーにやってきてキャリー・アンに悪い知らせを伝えたあと、わたしはロケットのことをすっかり忘れていた。店に置き忘れたものを、アリが持っていったのだ。

そのときぴんときた。

わたしは勘ちがいをしていた。あのロケットはローレンのものじゃなかった。持ち主はアリ。彼女がローレンの車を運転していたのだ。

「T・Jはじきにくるわ」アリはそう言って部屋を出ると、そっとドアを閉めた。

T・Jになんて言おう？　あの晩、車を運転していたのがアリだとしたら。でも証拠がない。

ここから抜け出して、この新しい展開についてパティと話し合わなければならない。

パティがまたもや窓から顔を出した。わたしは手で時間切れのサインをした。「作戦中止」とゆっくりした口の動きで伝えた。

そのとき、待合室からジョニー・ジェイの声が聞こえた。「通報があった」と言っている。「診療所のまわりを、だれかがうろついているらしい」

「あら、警察長」とアリが言った。「もう復職したのね」

「数時間まえに正式に。建物の裏手を調べたいんだが」

「お願いします」とアリの声。

そんな！

どこかの善意の人が、パティを怪しい人物だと思ったのだ。それはあながちまちがいではないけれど、迷惑をこうむっているのは、主にわたしひとりだ。

パティに携帯で知らせようとしたが、あせってキーをうまく押せない。そうこうするうちに、ジョニー・ジェイが窓の外を走っていくのが見えた。

一刻も早く逃げ出さないと。頼みの綱が切れてしまったからにはしかたない。動揺しているわたしには、それが一番もっともな行動に思われた。三十六計逃げるにしかず。とはいえ、うまく立ちまわるつもりなら、落ち着きを失わず、具合の悪いことなどひとつもないふりをしなければ。

窓の外をアリが通りすぎるのが見えた。パティとジョニー・ジェイと同じ方向に向かっている。何人かの声が聞こえた。

「どうかした？」アリが診察室に戻ってきたとき、わたしはそうたずねた。

「警察長が不審者を探しにきたんだけど、まんまと逃げられた。警察長は追いかけていったわ」

わたしはエプロンを乱暴にはずした。

「店で急用ができたの」と言った。「悪いけど、帰らなくちゃ」

「まあまあ」とアリ。「店のことはわたしが何とかするから」彼女はマスクを手に取った。

「それはなに？」

「亜酸化窒素を少し吸入すると、気持ちが楽になるわ。マティーニを三杯ほど飲んだ感じかしら」

「笑気ガスのこと？」

「じゃあ、始めましょう」とアリは言って、チューブのついたマスクをわたしの顔に近づけた。「きっと気に入るから」

「でも、帰らないと」

そのとき気がついた。アリの目つきがなんだかおかしい。どことなく異様で、猛々しい光を放っている。さらに、わたしに迫ってきた。

「もうわかってるんでしょう」と彼女は言った。「ロケットを持ってきたときから、そうじやないかと思ってた」

「あなたのロケットなのね？」

「あたしとＴ・Ｊの思い出の品」

「ローレンを殺したのもあなただったのね」と言いながら、アリがマスクをつけようとするのを防ごうとした。隠してあるボイスレコーダーがちゃんと動いてくれますように。いまのわたしは絶体絶命、頼みの綱もない。「あなたが全員を殺した。ウェイン・ジェイもヘティ・クロスもローレン・ケリガンも」

アリはマスクを装着しようと躍起になっている。彼女は力が強く、しかもわたしより有利な体勢だ。横になった状態でだれかを払いのけようとするのは、見た目よりもはるかに難しい。

携帯電話は、笑気ガスをよけようとして揉み合っているうちに、どこかへ飛んでいった。

「Ｔ・Ｊ！」わたしは夫婦がぐるでないことを祈りつつ叫んだ。もし共謀しているなら、わたしの命はない。

「彼は留守よ」とアリが言った。取っ組み合いのせいで声がしゃがれている。「あなたとわたしのふたりきり。そうなるように仕組んだの」彼女は馬乗りになり、妹がたまにするみたいにわたしを押さえこんだ。腕で喉を締めつけて気道をふさぎながら、マスクを押しつけてくる。

「さあ、吸って」

わたしはマスクを振り払うのをあきらめ、人指し指と中指をアリの口に突っこんだ。舌のすぐ下をねらって思いきり突く。げっという声がしたので、うまく命中したようだ。でも、わたしも笑気ガスを吸ってしまった。

頭に靄がかかったようになる。思わず、アリの喉を両手でつかんで締めつけた。

二度目に吸いこんだときは、天にも昇る心地がした。

体から力が抜け、両手がぱたりと落ちて、背もたれにぐったり寄りかかる。

「それでいいのよ」アリの声が遠くから聞こえた。「楽にして。薬にまかせなさい」

脚がコンクリートのように重い。アリはまだしゃべっていた。

「何もかもとんだ手違いだったの。わたしは失地の入口でT・Jを待っていた。でもローレンが出てきて、いつも乗っていたポンコツ車に乗りこんだ。あの車、覚えてる？　ベンチシートだったのよ」

またガスを吸いこむ。いい気持ち。けらけらと笑いたくなる。

「そしたらあの子、運転席で寝てしまったの。わたしはただ、どこかべつの場所に連れていって、酔いがさめたら、話し合いたかっただけなのに。ウェイン・ジェイのことは、はねるまで気がつかなかった。でも顔を見られちゃって。だから、ああするしかなかった。わかるでしょ？　しかたなかったのよ」

わたしは次のガスを吸いこむまいと弱々しい抵抗を必死でつづけながら、やっとのことで頼りになるスプレー缶をつかんだ。ありったけの意志の力をかき集め、アリの顔めがけて噴射する。スプレーのボタンを押した。マスクがはずれる。アリが苦しげなうめき声を立てはじめた。

わたしは心地よい、うっとりするような靄に包まれたまま、重い足を踏みしめて立ちあがり、アリにふたたびスプレーを浴びせかけた。

携帯が床で鳴った。拾いあげる。

「もしもし」と電話に出た。気分はもう最高だ。

「姉さん、大丈夫？」とホリーが言った。

「ぜーんぜん、大丈夫」とわたし。

「パティが電話してきて、しくじったって言うのよ。どういう意味なんだか。後ろから聞こえてくるその音はなに？」

「友だちのアリよ」わたしがこれまで訪れていた楽園が、ゆっくりと遠ざかっていく。

「姉さんの声もおかしい。さっきハンターに連絡したから。もうじきそっちに着くわ」

「わかった、まかせて《オーケー・ドーキー》」自分がそんなだじゃれを言うなんて信じられない。「あわてなくていいわよ」

パティはドアから駆けこんでくるなり、状況を見てとった。

「アリだったの？」

「そう、彼女が犯人だった」わたしはこみあげてくる笑いを抑えようとした。

パティはマスクを手に取り、わたしを見やった。

「アリがわたしに笑気ガスを吸わせようとして」

「どうやら、うまくいったみたいね」とパティ。

パティはわたしからマスクをはずし、アリの顔に押し当てた。

「これで完璧な自供が手に入るわよ」

「それはやめて」吸いこんだガスの影響はまだ残っていたが、できるだけ毅然とした声を出した。この状態で人の身を気づかうのは、たいそう難しかった。

そこへ彼が到着した。わたしの彼氏。颯爽としたいい男で、いかにも刑事という雰囲気を漂わせている。

その次に起こったことは、笑気ガスがひと役買ったにちがいない。アリが事実を洗いざらい、一片のうそも交えずに白状したからだ。パティのもくろみどおり、わたしたちは完璧な自供を手に入れた。あのガスは自白薬も同じだった。アリが話した内容は――

・ケリガン一族の若者が歯科医院の待合室で携帯をかけているのを聞いて、ローレンが町に帰ってくることを知った。
・立ち聞きした会話から、ローレンが帰郷するのはアリの罪を暴くためだと思いこんだ。
・そこで策を練り、アルコール依存症と闘っているキャリー・アンにねらいをつけた。キャリー・アンの髪に似せるために黄色いかつらを買った。
・それからローレンに電話して、キャリー・アンだと名乗り、ウェイン・ジェイが死んだ夜のことで重要な情報を持っていると匂わせた。
・ふたりは失地で落ち合うことにした。
・アリはリタが拳銃を持っていることを知っていた。ある夜、彼女がバーにいたとき、テリーがそのことを話していたので。男ときたら、銃の話に目がないんだから！　アリはローレンを〈ワイルド・クローバー〉で見かけるとすぐさま、彼女とリタが手作りキャンドルの教室を受講しているすきに、リタの自宅から銃を失敬した。
・ローレンに勝ち目はなかった。
・ヘティ・クロスは悪いときに悪い場所に居合わせた。

「ローレンはけじめをつけに帰ってくると聞いたのよ」とこぼすアリを、ハンターは唖然として見つめていた。どうやら、ここまで赤裸々な自白には慣れていないようだ。そもそも、パティとわたしは笑気ガスのことは黙っていた。「それはつまり、あの晩車を運転していたのがわたしだと、思い出したってことでしょう？」

「あるいは、自分が犯したと思いこんでいる罪を償うために帰ってきたのかも」とわたし。

「余命いくばくもない女性を殺すなんてあんまりだわ」

「がんのことは知らなかった」アリの表情はガスのせいで穏やかだった。「だからどうってこともないけど」

「わたしを車でひこうとしたのもあなたなの？」わたしの頭はようやくはっきりしてきた。

アリはなんの躊躇もなく答えた。

「そう。みんなの関心がジョニー・ジェイに集まっていたから、ついでにもうひとつ罪をかぶってもらうことにした」

「じゃあキャリー・アンは？　彼女に何をしたの？」

「ビールに強力な睡眠薬をこっそり入れて、家まで車で送りとどけた。ただしそのまえに、顔に泥をなすりつけ、ベッドには木の葉をばらまいて。それからかつらをかぶって、失地に向かった」

「正気じゃないわね」パティが手帳にメモしながらつぶやいた。

ちょうどそのとき、ジョニー・ジェイが名誉挽回とばかりに飛びこんできた。ひとしきり騒ぎ立て、わたしに嫌味をいくつか言ってから、真犯人を逮捕した。

パティも記事を書きあげるために、あわただしく帰っていった。

ハンターとわたしは歯科医院のおもての通りに出た。彼はまだ納得しかねる表情をしている。

「T・Jが、アリはお姉さんを訪ねて留守だと言ったからでしょ」とわたしは言った。「姉妹で夕食に出かけるって、バーでわたしたちに話したわよね」

「アリの姉さんにも確かめたが、そう言ってたよ」

「姉妹のきずなは強いのよ」そのきずながいかに強いか、わたしは身をもって知っている。

「お姉さんも供述をすぐに取り消すだろう」

「そもそも、事件のことはよく知らなかったんじゃないかしら」

ハンターはわたしの肩に腕をまわし、ふたりで通りを歩いていった。「夕食をおごるよ」と彼が言った。

「ステーキはどう？」

「いいわね」と言って、わたしは彼にぴったり身を寄せた。

37

「ＳＵＰ（調子はどう）？」ホリーが翌朝、出勤してきた。

「今朝はやけに早いのね」妹がきたとき、わたしは店の正面にあるはちみつの棚を並べ替えていた。キャリー・アンはレジ打ちのあいまに、ポケットにしのばせた小さな手鏡で身支度に余念がない。留置場にいたあいだに親しくなった彼氏とのデートにそなえているのだ。

「相手は囚人とかじゃないのよ」とわたしに断わりながら、短い黄色の髪を逆立てている。

「だれなの？」パティが興味を示した。

「あんたには関係ない」とキャリー・アン。「しばらくは秘密にしとくの」

「この町で？」とわたし。「まず無理ね。それに、お相手がガナーだって、わたしたちみんな知ってるけど」

キャリー・アンはにっこりした。わたしたちにというより、自分に向かって。拘禁されたせいで、かえって距離が縮まったのかもしれない。どうかそうでありますように。ふたりはお似合いのカップルだから。

スタンリー・ペックが店にきて、しばらくおしゃべりした。ミツバチのことを話題にし、ゴシップにも耳を傾ける。

そこへミリーもやってきた。「〈ワイルド・クローバー通信〉の原稿を持ってきたの」と差し出す。「誤字脱字がないか確かめて。どうせわかることだから、あらかじめ言っておくけど、アミガサタケにはちみつを入れるレシピは思いつかなかった。世の中には相性が悪いものってあるのよ」

「確認したいことが二、三あるんだけど」とパティが言った。「ジョエルと連名の記事を出すまえに」

「いまさら？」とホリーが言った。新聞があっというまに旧聞になることは、みんな知っている。

「いいのよ、あそこは週刊紙だから」とパティは受け流し、それから手帳に目を落とした。「アリのしでかしたことがまだ信じられないの。正気の沙汰じゃないわよ」

「T・Jとアリはしょっちゅうけんかしてたが、いつももとのさやに収まったとばかり思ってたよ」とスタンリー・ペックが指摘した。

「あのときはちがったのよ」わたしはお客から聞いたとびきりの情報を披露した。「T・Jはローレンのことが本気で好きになって、アリにもそう言ったらしいの。ほら、十八歳は思いこんだら一途だから」

パティはまだ手帳に視線を走らせていた。「アリがウェイン・ジェイを二度ひいたのは、自分の身元を隠し、ローレンに罪をかぶせるためだった、と。でも今回は、どうしてキャリー・アンを犯人に仕立てあげようとしたのかしら」

「あたしにもさっぱりわからない」とキャリー・アンも言った。「アリに何かしたおぼえはないのに」

パティが口をはさんだ。「願ってもないカモに見えたんじゃない？」

「ひどい」

「でもうまくいった。でしょ？」とパティが指摘した。「ところがジョニー・ジェイが騒動を起こして、彼が犯人だと町じゅうが思いこんだから、アリも当初の計画を棚上げして、そっちに荷担した。彼女なりのささやかな方法で」

「わたしをひき逃げしようとしてね」とわたしもつけ加えた。「そして、それをジョニーのしわざにみせかけた。それにしてもT・Jも気の毒に。さぞこたえているでしょう」

「ノーム・クロスの容態は？」とスタンリーが訊いた。

「あと一日か二日で退院するから」

ちょうどそのとき、おばあちゃんの車がおもてに止まった。母さんが助手席から降りてくる。

「わたしは奥にいるわ」とホリーに言った。「休暇でいないと言っておいて」

「いつまでも逃げていられないわよ」と妹は言った。

でも、わたしはその場にぐずぐずして、妹と議論を戦わせるつもりはなかった。事務所に逃げこみ、ディンキーを抱きあげた。

裏口から出て通りを歩きはじめたところで、パトカーが近づいてきて止まった。ジョニー・ジェイが降りてきた。「フィッシャー、みんなの前であやまってもらうぞ」と言いだす。わたしは立ち止まらず足を速めたが、追いつめられたように感じていた。母はわたしを捜している。ジョニーは町角でわたしをつけねらう。

おまけに……。

ロリ・スパンドルがうちの前で、両手を腰に当てて仁王立ちになっていた。

「役所から命令を出してもらうから」と彼女は言った。「庭の雑草を抜いて、蜂をどこかへ移動するように。念のために言っとくけど、月末までにこの家が売れないと、あんたの元亭主が戻ってくるわよ」

死んでもお断わり、と言いたいところだけど、ロリはそのためなら喜んで手を貸してくれるかもしれない。でも、あの男をわたしの故郷に迎え入れるつもりはない。もう二度とごめんだ。それぐらいなら隣の家に火をつけてやる。その可能性はあながちゼロではない。

今日はもう最悪と思いはじめたところへ、ハンターが現われて救いの手を差しのべてくれた。わたしはディンキーを抱いたまま彼のSUVに飛びのり、ベンにやさしく挨拶をした。それからハンターに熱いキスをして、一路町をあとにした。

ワイルド・クローバー通信

5月号

養蜂場からのお知らせ

●流蜜期が始まりました。ミツバチはタンポポが大好きです。

●巣分かれした蜂の群れを見つけたら、〈クイーンビー・ハニー〉までご一報を。ストーリーとホリー(笑)が、引き取りにうかがいます。

●殺虫剤をまくのは慎重に。益虫まで殺してしまいます。

はちみつを使った朝食向け簡単レシピ

●はちみつシナモントースト
バター、はちみつ、シナモンを混ぜて熱々のトーストに塗る。

●お茶うけのケーキを温めてはちみつを垂らす。

●グレープフルーツを半分に切って、果肉にそってぐるりと包丁を入れ、はちみつをかける。グリルに入れて、はちみつがカラメル状になるまで焼く。

チョコレートはちみつケーキ

チョコレートとはちみつほど相性のいいものはありません！

［材料］
小麦粉……1½カップ
ココアパウダー
（砂糖の入っていないもの）
……¼カップ
ベーキングパウダー……小さじ1
重曹……小さじ½
シナモン……小さじ½
卵……1個
ショウガの粉末……小さじ½
無塩バター……1本
（室温で軟らかくしておく）
はちみつ……1カップ
バターミルク……½カップ

［作り方］
❶ 小麦粉など、粉類を合わせてふるっておく。
❷ 別のボウルで卵、バター、はちみつ、バターミルクをよく混ぜる。
❸ ②に①を加えて、よく混ぜる。
❹ バターを塗った型に流し入れ、170度のオーブンで30〜35分、竹串を刺して何もついてこなくなるまで焼く。

ハニー・トレイル・ミックス・クッキー

ハイキングのお供にどうぞ。

［材料］
カラス麦……3カップ
小麦粉……1カップ
ベーキングパウダー……小さじ1
重曹……小さじ1
塩……小さじ¼
シナモン……小さじ½

ナツメグ……小さじ½
ショートニング……½カップ
バター……½カップ
はちみつ……⅓カップ
卵……2個
ペカンナッツ（煎ったもの）
……¼カップ
ココナッツ（煎ったもの）
……¼カップ
レーズン……½カップ

［作り方］

❶ 小麦粉など、粉類は合わせてふるっておく。
❷ 別のボウルでショートニング、バター、はちみつをクリーム状になるまでよく混ぜる。
❸ ②に卵を加え、さらに①を加える。
❹ 最後にナッツ類とレーズンを混ぜる。
❺ 油を引いていないクッキーシートに載せて、175度のオーブンで8分焼く。

ルバーブ・メレンゲ・タルト

ウィスコンシン州のルバーブは5月が旬。ルバーブをひと抱え収穫し、最高においしいルバーブ・タルトを作りましょう。

［材料］

●生地
小麦粉……2カップ
砂糖……大さじ2
塩……小さじ¼
バター……1カップ

●詰め物
ルバーブ（刻んでおく）……4カップ

●カスタード
卵黄……4個分
牛乳……¾カップ
はちみつ……1カップ
小麦粉……大さじ2

●メレンゲ
卵白……4個分
砂糖……1カップ

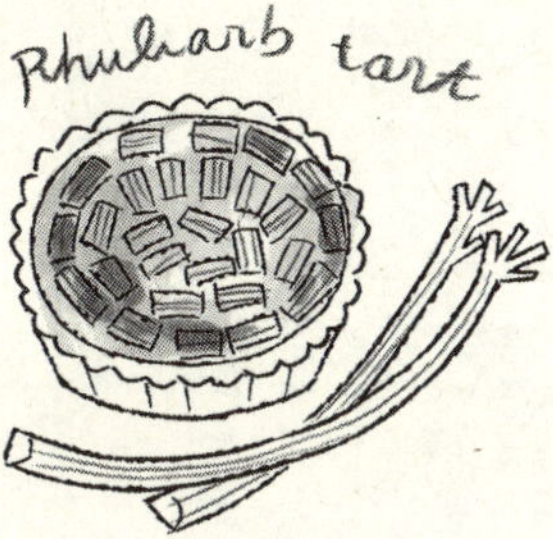

［作り方］
❶ 生地の材料を混ぜ合わせ、33×23センチの型に入れる。
❷ 170度のオーブンで20分焼く。
❸ オーブンから取り出し、ルバーブを加える
❹ カスタードの材料を混ぜて、中火でぐつぐついうまで煮立てる。③に流し入れる。
❺ さらに20分オーブンで焼いて、取り出す。
❻ 砂糖を大さじ1ずつ加えながら、卵白を固く泡立る。
❼ タルトの上に重ね、仕上げに10分焼く。

アミガサタケのソース

［材料］
溶かしバター……大さじ6
エシャロット（みじん切り）……¾カップ
ニンニク（みじん切り）……大さじ2
アミガサタケ……7〜10本
タイム……小さじ1
赤ワイン……1カップ
ビーフブイヨン……3½カップ
（鶏肉に添える場合はチキンブイヨン）

ドライシェリー……⅔カップ
ホイップクリーム……230cc

［作り方］
❶ バターを溶かし、エシャロットとニンニクをきつね色になるまでじっくり炒める（焦がさないように注意）。
❷ アミガサタケ、タイム、赤ワイン、ドライシェリーを加える。
❸ 半量になるまで煮つめる。
❹ ブイヨンを加え、半量になるまで再度煮つめる。
❺ 冷まして裏ごしし、ホイップクリームを加える。
❻ ステーキか鶏肉に添える。

家庭菜園からのお知らせ

1. 今年はハーブガーデンに挑戦してみてはいかがですか。カモミール、ペパーミント、ラヴェンダー、レモンバームを植えます。オリジナルのハーブティーを淹れ、スプーン1杯のはちみつを加えてお出ししましょう。
2. 堆肥作りは簡単で楽しいものです。野菜くずに刻んだ木の葉か藁をよく混ぜておけば、ふかふかの堆肥ができあがります。

『ワイルド・クローバー通信』
オンライン版講読申込み先
▶ www.hannahreedbooks.com.

訳者あとがき

ウィスコンシン州の小さな町モレーン。森と川に囲まれた自然豊かなこの町で、食品雑貨店〈ワイルド・クローバー〉を営むかたわら、養蜂業にも精を出しているストーリー・フィッシャー。彼女の活躍を描く〈はちみつ探偵〉シリーズ第二弾をお届けします。

前作『ミツバチたちのとんだ災難』で、養蜂の手ほどきをしてくれた師匠の死の謎を解き、〈クイーンビー・ハニー〉というブランドで、はちみつの製造と販売を引き継いでから半年。春を迎えたモレーンに、またしても殺人事件が起こります。

被害者はストーリーのハイスクール時代の同級生で、十六年まえに飲酒運転で先代の警察長の命を奪い、長らく刑に服していたローレン・ケリガン。ローレンは末期ガンをわずらい、恩赦によって故郷の町に帰ってきたばかり。〝失地〟と呼ばれている町はずれの森の一画で、銃殺死体となって発見されます。しかも、殺されたのは彼女だけではありません。夫とふたり、森の奥でひっそり暮らしていたヘティ・クロスという女性も、すぐ近くで凶弾に倒れていました。

失地は、かつて〝ランタンマン〟なる怪人が出没するという噂のあった気味の悪い土地。そして十六年まえ、ハイスクールの生徒だったストーリーが、ローレンを含む仲よしグループ数人で肝だめしに出かけ、その帰り道にローレンが事故を起こしたという因縁の場所でもありました。

だれがふたりの女性を殺したのか。ローレンに父親をひき殺されたことをいまだに根に持っている現警察長のジョニー・ジェイか。あるいはヘティの夫で、何やら秘密のありそうなノーム・クロスか。十六年前の事件との関わりは、そしてランタンマンの正体は――？

物語は過去と現在を行きつ戻りつ、いくつもの謎をはらみながら、重層的に展開します。事件当日、巣分かれしたミツバチの群れを追ってたまたま失地にいたストーリーは、持ち前の好奇心から、しだいに捜査に深く関わっていきます。

本シリーズの魅力は、犯人と動機というミステリとしての骨格がしっかりしていることに加え、シリーズものには欠かせない個性的なキャラクター、そしてウィットに富んだ一人称の語り口でしょう。

ヒロインのストーリー・フィッシャーは三十四歳。女たらしの夫と離婚して、故郷の町で食品雑貨店と養蜂業を切り盛りしています。前向きで行動力がある反面、一度結婚に失敗した心の傷のせいか、〝恋人未満〟の刑事ハンターとの交際にひと思いに突き進めないという繊細な部分も併せ持っています。

そんなストーリーの周囲には、娘のやることなすことに渋い顔をする母親（長女と母親にありがちな確執？）、お金持ちに嫁ぎ、店の出資者でもある妹のホリー、おん年八十ながら愛車キャデラックの運転にこだわるおばあちゃん、アルコール依存症から立ち直りつつある従姉のキャリー・アンといったおなじみの面々が脇を固めています。また、ゴシップ大好きの困った隣人P・P・パティが、今回は新聞記者めざし、特ダネをつかもうと、ストーリーを助けて大活躍。さらに今作では、寡黙で優秀な警察犬ベンとは正反対の、チワワのミックス犬、ディンキーも登場。ひょんなことからディンキーを預かるはめになったストーリーは、しつけのできていない小さな犬に振りまわされます。

少々ドジでおっちょこちょいなところもご愛嬌という、自立した等身大のヒロインの奮闘ぶりと、驚きの展開をどうぞお楽しみに。

巻末には、はちみつを使った手軽でおいしいレシピ満載の〈ワイルド・クローバー通信〉五月号が掲載されています。物語の随所に織りこまれたミニ知識と合わせて、魅力的なミツバチとはちみつの世界をご堪能ください。

二〇一二年　八月

コージーブックス

はちみつ探偵《たんてい》②
家出《いえで》ミツバチと森《もり》の魔女《まじょ》

著者　ハンナ・リード
訳者　立石光子《たていしみつこ》

2012年　9月20日　初版第1刷発行

発行人　成瀬雅人
発行所　株式会社　原書房
〒160-0022 東京都新宿区新宿1-25-13
電話・代表　03-3354-0685
振替・00150-6-151594
http://www.harashobo.co.jp
ブックデザイン　川村哲司(atmosphere ltd.)
印刷所　中央精版印刷株式会社

落丁・乱丁本はお取り替えいたします。
定価は、カバーに表示してあります。
 ISBN978-4-562-06007-8 Printed in Japan